诗意的烟火

李振秀 —— 著

内蒙古文化出版社

图书在版编目（CIP）数据

诗意的烟火 / 李振秀著 . -- 呼伦贝尔 : 内蒙古文
化出版社 , 2025. 5. -- ISBN 978-7-5521-2704-1

Ⅰ . I247.5

中国国家版本馆 CIP 数据核字第 2025QD5950 号

诗意的烟火

SHIYI DE YANHUO

李振秀　著

责任编辑	朝　日　赵佳禹
封面设计	鸿儒文轩·末末美书

出版发行	内蒙古文化出版社
地　　址	呼伦贝尔市海拉尔区河东新春街4－3号
直销热线	0470－8241422　　**邮编**　021008

印刷装订	三河市华东印刷有限公司
开　　本	880mm×1230mm　1/32
字　　数	202千
印　　张	9.75
版　　次	2025年5月第1版
印　　次	2025年5月第1次印刷
书　　号	ISBN 978-7-5521-2704-1
定　　价	68.00元

序：提炼日常生活中的诗意和特质性表达
——李振秀散文集《诗意的烟火》浅析

　　散文是最易作假，也最不易作假的文体，一作假就很容易被人们发现。现代诗歌作假可有现代和后现代主义、先锋派等给托着，小说本身就是虚构的文体，古典小说越传奇就越接近小说的虚构性。散文不行，一装腔作势假抒情一句，就露出作者为文的根本操守，所以，写散文要真情实意，写好散文，这促使作者要投入生活中，去观察、实践、发现、体悟，最后找到要阐述的根本要旨，写出让人心生共鸣的东西，也就是要提炼出日常生活中的诗意，并用有特质性的行文有张力地表达呈现出来——这是散文家的根本任务，李振秀在她的近作《诗意的烟火》里显然已经完成了这个任务。

　　《诗意的烟火》共分六个小辑，即灵魂小吃、古城肌理、清风有时、山有木兮、侘寂之梦和山生明月。她写寿州小城的美食、风俗、人物，寿州古往今来的人与事、前世今生的沧桑渐变，寿州的城巷和乡野，寿州的文人雅事、亲朋好友、少女情怀、闺蜜友谊以及儿子成长和与夫的"智斗"……她的文章如珍珠泉水一样汩汩流出清冽甘甜和多种有益于精神的矿物质稀有元素，有着很强的辨识度。

《诗意的烟火》有两个主意象，一是人间烟火——日常生活，属俗世的；二是诗意——被提炼的诗意，属精神的。从物质层面上升到精神层面是她写作的主要追求，这可能是由于她受荷尔德林《人，诗意地栖居》或海德格尔哲学的影响，在这两个主意象里找到自己写作的多重向度，从自己的日常生活中找到、发现并提炼出诗意来，从而实现"从俗世中来，到灵魂中去"的文学写作目标。故此，她如女儿爱母亲一样爱着寿州之城和寿州之人，爱着古城墙的青砖和八公山的松涛，以及她的喧嚣的菜市场和报恩寺里的银杏树、清真寺里的迎宾树……

《诗意的烟火》里的诗意生活是甜蜜的，也是苦涩的。她一边热烈地写出生活馈赠我们的幸福甘甜，一边又冷静地写出生活给予我们的艰辛与苦涩。她在《寻味寿州》小辑中写寿州的多种风味小吃，其实是在写寿州人的惬意生活，在介绍美食的过程中，注重写出人对生活的积极态度和精神状态。"蛋炒饭一定要配上自己腌制的咸菜，才叫登对"，"一众咸菜，吃得你口畅心欢，再喝一碗面汤，或者绿豆汤，这日子还要怎么美？"（《小刀面》）"来几个锅贴，或者切点油馍，鲜乎乎，热乎乎啊，孩子娇嫩的胃得到了鲜汤的安抚喂养，成年人的胃脾得到温暖受到清洗，怎一个妙字了得！"（《鼎煮的汤》）还有"若是春天，摆几把木香花、栀子花，人们心底的热情瞬间被唤醒，生活原来如此可亲可爱呢"（《我的古城肌理》）等，这些直抒胸臆的喜悦充溢于字里行间，让读者不由得被她炽热的情感所感动，被她动情的文字所打动，从而爱上她的小城和她笔下的万物。同时，她又冷静地为我们道出生活的真相，生活的另一面的真实存在，她在对正阳关的凭吊式的文章《正阳关，一粒世上的盐》中写道："无疑她老旧了，被当今时代的大潮拍到沙滩上，但一切老旧的事物都有故事，在自己的掌纹中刻下历史的印记，牵动着所有与她有连接的根脉。"写出时代之变给古镇和人们带来的情感上的幻灭感和重生感。她笔下《一棵叫"他"的树》中道长和三叔的命运；《非虚构羊汤》中老舅和老姑没有结合的婚姻，老姑一辈子奉献的大爱；还有《香附子》中的老映精——刘白英的自悔自赎、犯羊角风的妹妹和二狗子的自救和他救。尤其她在《关于寒冷的记忆》中，从叫玉树的狗在冬夜被冻死，写到在上海职场打拼的杨感到人间的寒冷，进一步揭示了人间需要爱，渴望温暖的迫切需求。在写出人性之美的同时，也写出生活厄运和命运多舛的真实存在，好在李振秀的文本中在道出生活真谛的同时，做到笔下不哀不颓不伤不废，总是让人喝了苦茶后，又有回甘之味。

《诗意里的烟火》里的诗意生活是平常的、物质的，也是精神的、哲学的。用平常心，透过平常事理，探讨不平常的精神层面的思索，使李振秀的散文变得有重量，有浑厚之感，有金石之声，有哲学的思考；这让她的文本特质凸显，她的视野变得辽阔和深远，思想变得敞开和深邃；这让她的散文文本有别于女性一般性抒情散文的写作，不是在小情调、小格局、小我里纠缠。《回乡偶书》中，她把笔墨浓浓地留给故乡和故乡里的亲人，写他们悲欣交集的命运，她用悲悯的情怀感受故乡的人们，包括他们的生死离别和对土地的赤诚坚守。《戴在手臂的戳记》的文本所指已然不仅是闺蜜之间的友情这一个层面，而是世事无常给个体的人带来的多向的人生。《落花的街》告诉老街上慢走的人和追风少年，最后都会在哀乐中走完自己的人生。所以，除了终极意义的思考之外，她的诘问是：在生活面前，何必这样急吼吼地紧赶慢赶，终会过去。她的生活宣言是：慢才显示对生命的尊重和时光的珍贵。在快速发展的内卷激烈的今天，我们该从慢的角度来重新思考和重设我们急促而潦草的人生了。她让我们进入一种玄思和冥想，如哲人和智者一样回望和反省自己的过往和将来，这是读她散文的一种收获。

《诗意的烟火》里的诗意生活既是幽默的，也是睿智的。幽默风趣是文章很难达到的境界和高度，李振秀的不少文章读完之后总能让人忍俊不禁，有时还会让人笑出眼泪来，这里最数她的《我们"起义"吧》一文，每每读起来都让人"喷饭"。文中写道：自己和儿子合谋对抗丈夫，趁丈夫出门赴宴，两人去街上吃牛肉汤，喝小啤酒，准备以此"起义"，"打倒大生帝国主义"，不料丈夫一个电话打来，就把他俩"招安"了，妈妈"用超级奴颜婢膝的声音说着话"，儿子也招供"我没有起义，是我妈想起义"，妈妈尴尬地笑着，"我瞌睡了，我睡呼呼了"。就这样，一次家庭内部的"起义"就此土崩瓦解了。这里有许多妙趣横生的细节描写，"眼里高扬着起义大旗，心里高喊起义大号，向超市和牛肉汤进军（干这些都是地主老财不高兴却是母子俩高兴的事情），既然都起义了，当然从他不高兴的事情开刀了"，"儿子脸色也变了，做逃跑状。大事不好，起义不到一小时，儿子要变节了"，"妈妈向地主老财连抛媚眼，老财真是牛气十足，朝妈妈瞪了一下，不教好的，就教坏的，怎么当妈的？"作家狡黠且煞有其事地把一件家庭生活中的小事，渲染成一次"起义"，而这"不到一小时的起义"又以"归降"和"臣服"结束，用黑色幽默道出生活中的另一种快乐，以及对生活的另一种消解和妥协。而这种消解和妥协又是温馨的，而不是文章表面所大张旗鼓地渲染"起义"的对抗，她是反向地、有趣地写出家庭的真实情感故事，也用幽默高度完成了亲情与真爱的主题升华，使她写亲情散文比他人的同类题材更有高度、更有趣味。还有她的《猫哥和他的画》一文，写出猫哥的猫画在小城从冷到热的转变，猫嫂利用网络宣传后，引来众亲友索画而紧张不已，也让我们对猫哥和猫嫂的经历紧张而暗乐一番。还有她在《旧城明月》中写到自己作为一个女孩最初的理想是捡垃圾、当木匠、说大鼓书。她这古灵精怪的理想让我们发笑，也使我联想到鲁奖获得者李娟的《记一忘三二》中许多好笑好玩的文章，她们的文章有异曲同工之妙。

我们知道，幽默写作是智性写作的一种方式，智性写作需要作家有高超的、独特的见解和发现，要有不同寻常的形式和语言的塑造及表达，要有逆向的、跳跃的、奇异的思维方式，人云亦云、惯性思维显然是写不来智性文本的。李振秀在智性写作方面有着很好的表现，她具备这方面先天性的潜质（智性写作有时后天学不来），真希望她能在这方面多写些，形成自己智性散文的风格，在中国女性散文写作里独树一帜。

除了她智性的写作之外，她文本的特质也是很明显的。

一是多文体形态对散文的渗透和介入。她的散文作品中，篇与篇之间有内在的联系和外在的区别。而这里是她把各文体不同的表现形式和手法进行大量的有机借鉴和引用所致，如运用诗歌的语言，"姐姐的伤心太平洋经过一个夏天太阳的炙烤，萎缩成一个小水洼"；"孤独，是一个人的狂欢，狂欢是一群人的孤独"；"三串银铃，摇响在大卫巷，再叮叮当当逐步擦亮我家五楼的每一个阶梯"；"下弦月挂在西边的树头，是老天挂在树梢的琴"；"一块小石块就能让海澎湃，一丝小微风就能让杨花私奔"，等等，这些现代诗歌语言的进入让散文的词句变得更加生动活泼，也更加凝练和隽永。此外，是小说技法的引入，她的《非虚构羊汤》《猪奶奶回来了》《山有木兮》《山下的母亲》等作品，都可被当作小小说和短篇小说来读，有人物塑造，有故事情节，有戏剧化冲突，有反转。

二是多视角的叙述，使主题的展示呈现了多棱镜的效果。李振秀在《八公山证件照》一文中，采用黑泽明的《罗生门》的多视角多重叙述的手法，让花菜、潘星月、张念念等七人，从不同角度来谈论八公山的美。由于每个人的文化背景和认识都不一样，所以他们对同一事物有着不同的认识和理解，各自说出的八公山就有着不同的美，使八公山变得具有复合之美和差异之美。这种多角度对同一主题的叙述，使作者的书写空间变得更为广阔，有了更多的行文变化，同时给读者带来了多维度的、立体的对事物的理解和感受。

　　三是对有张力的动词的运用，使词语具有跳跃性。"釉光泛着天光，面团安卧于此，它需要圈圈性子"；"船到码头，水波被揉成一朵朵小小的碎花，亲吻着河滩"；"她的话，一字字砸中我的心脏"；"歇了一季了，铁牛也不好意思偷懒，它们喝下了几葫芦柴油，走向稻茬高高的田"，这里的"安卧""圈圈性子""揉成""亲吻""砸中""歇了""喝下""走向"等动词的大量使用，让散文词语变得有跳跃感和具象化，让我们看到的被叙述主体是活动的，是行进中的活的物质，而非平庸的、僵硬的。

　　一个好的作家其实就是不断用灵动的语词撞击沉默的静态的事物，让它们有声音、有动感，最后让它们在蹦跳的语词中告诉读者事物存在的内部隐秘真理。这是一个作家要做的事情，做好它就是优秀作家；反之，就是蹩脚的作者。我不打诳语，李振秀属于前列，不信就请翻开她的《诗意的烟火》去细读，我想你一定会开卷有益，一定会和我一样有诸多收获。

　　是为序。

李云，诗人、评论家、编剧
安徽省作家协会副主席，安徽文学院专业作家

目 录

第三辑　清风有时

第五辑　侘寂之梦

第六辑　山生明月

第一辑

∨

灵魂小吃

癸酉大暑
李葭秀
畫於
沐風堂

灵魂小吃

在寿州待久了，对她的好，深有体会。

人的地域情怀很奇怪，如故乡，童年少年时待过的农村，当时没有那么喜欢，甚至想尽快跳出农门，逃离她的束缚，到远方去，追求传说中的诗意生活。

人总是在离开乡土后，才会爱上乡土。

人到了一定年龄以后，经过一段时光的美化，又想回到故乡。记忆中的故乡奇妙地嬗变为牧歌田园。小时候令人讨厌的赖皮张三，怎么无端地拥有了一张慈祥又可爱的脸？从小最不喜欢的蟾蜍、小猫、小狗，如今变得可怜可亲起来，现在回想，心里会翻涌着抱歉和愧疚的情绪。

人从平地看平地，看到的都是墙。神奇的时间给我们平添了一对翅膀，让人可以从半空中俯瞰过往，不独是墙，虽有遗憾，也有风景。

对古城的地域情怀，也是如此。我不敢讲自己怀瑾握瑜，起码也算敝帚自珍吧。在某个方面，像护犊子一样，自己批评可以，轮上路人甲，非上前跟"这甲"华山论剑，辩上几天几夜，直到"这甲"缴械投降为止。

爱她，才能发现她的美！

早有系统地写寿州的夙愿。寿州的美食，寿州的巷道，寿州的风物……随便拎一样出来，都是小切口的大文章。

民以食为天，先从寿州的美食开始吧。讲美食这块，得先从二弟对美食特有的心得开始。

二弟是个老寿州——寿县在职工作人员兼本土画家。他敦敦厚厚、白白胖胖的，艺术气质不明显，单从外表，一看就是个吃家子。

二弟住在新城区，心、嘴却在老城区。按他的话讲，还不是因为老城区里有一大堆好吃的。他特指寿州小吃。

二弟说，从早到晚，满大街都是好吃的。

什么梅家的绿豆圆子、麻鸠家的凉面，什么丁家的馄饨、郝家巷的小刀面，什么小长街的牛肉砂锅、状元街的糯米酒加元宵……早晨，伴随着古城第一缕晨光，这些等候在大街小巷的小吃，推醒她怀里的城民，早饭时间到啦，起来添加能量吧。人们揉揉惺忪的眼睛，身体醒了，灵魂也随之苏醒。小吃喂养身体，也喂养灵魂。二弟说，这些好吃的小吃，他给它们起名为"灵魂小吃"。

到了晚上，北街的烤鱼、爱情麻辣烫，西内环的内蒙古烤肉，十字街口的一夜香牛肉汤、油炸馍馍……这些小吃继续坚守在食为天一线。二弟采取换汤不换药的妙招，接应暗下来的天光，把灵魂小吃改叫"黑暗料理"。二弟说，吃过黑暗料理了，入梦甜香啊，第二天保证是个明媚艳阳天。

这还不止，二弟说，还有大大小小的卤菜摊，老苏家卤猪蹄、老奶奶家卤猪头肉和猪肚子、小蒋家咸水鹅、疤癞家卤菜、江黄的咸水鹅……二弟恨不得把脚丫子都用上，就这样，也数不完寿县的著名小吃。

这都还没有算上充斥在大街小巷的饭店、宾馆，每一家都有自己的拿手菜。大饭店，如老字号宏盛里的牛气冲天和肉烧饼；大排档，如七品香的白炖大肠豆芽；回民饭店，如小嘴、清真小饭店、大地回民和伊兰园；西内环的美味厨玛瑙泉豆腐宴……

二弟讲得满嘴喷香，听者听得口角流涎。

二弟说，难怪古人讲：走千走万，不如淮河两岸，果真！

二弟是个彻底的美食主义者，他会打着宠犬萨摩耶要啃骨头的旗号，开车进城，过红绿灯，过瓮城，左躲右闪，一路崎岖，奔至北街老奶奶卤菜摊前，买上两个猪蹄子，顺带捎上半拉猪耳朵，再一路摇摆开回南门外的家。猪蹄上黏嚼嚼、肉津津的肉，自然归二弟夫妻俩。将猪大蹄骨在白水里泡上一晚上，早晨拿出来，递给整天求好吃、求抱抱的萨摩耶，狗狗快乐地伸出舌头，发出婴儿犬吮奶般的呢喃，衔着骨头，跑到狗窝里，磨自己的牙，也磨自己的心，知足如它，可以幸福好几天。这样的幸福，二弟不会让之断链，他最会把握胃肠蠕动的规律，人和狗的快乐会适时接续。

二弟说，人生在世，唯有两者不可辜负：一是美食，二是美梦。一个是物质范畴，一个是精神领域。二弟说，他的每周一歌，就从寿县早晨的灵魂小吃开始。

他排出了一周的食谱。

寿州西砂

星期五晚上，二弟雷打不动地要吃砂锅牛肉汤，并且一定要是城里北小长街菜市场门口那家的。

寿州新老城区有无数家牛肉汤，家家味道不同，各具特色。嘴刁的二弟，说到寿州牛肉汤，又是几天讲不完啊。

寿州城里的，什么新军牛肉汤、西街定湖巷方家牛肉汤、棋盘街九号楼方家牛肉汤……城外的，什么南关小吃里的牛肉汤、杨帆牛肉面……淮南人来寿县开的有 26 号牛肉汤、88 号牛肉汤，还有一众淮南牛肉汤……二弟从原料、汤汁等方面入口品鉴，再出口评价，像一个老到的高级品菜师，一套又一套。

二弟这个画家，最擅长调色，除此以外，还特会调味。他在外事接待中，介绍起寿州小吃头头是道，一定会讲到寿州牛肉汤。二弟咽口唾沫，捋捋头发，像说大鼓书一样，把寿州牛肉汤描述得极其好吃。

有一次，有人亲眼所见，二弟把一个外地朋友说得口水直淌。当天晚上，这个外地朋友连大饭店都没有去，缠着二弟，直奔西街寿州砂锅店杀去。

一段时间，寿州城西北小长街砂锅店享誉满城，它和东街的丁家馄饨、如意水饺以及北街的兆和牛肉汤、十字街口的羊肉汤拥有了自己的新名字：西街砂锅简称西砂，东街馄饨简称东馄，北街贵州花椒狗肉简称北椒……像下了一夜大雪，西安变回长安，寿县叫回寿州，古城里的一切事物有了古意。寿县小吃的这些称谓赋予吃客一副古道热肠、英爽俊朗的模样，寿州就是我们的江湖。

西街砂锅店算得上是寿县老字号牛肉汤，老板叫李然，20世纪60年代生人，做了三十多年牛肉汤了。

三十年的时间，一批树木静静成材，一群婴儿青春而立。

西砂的汤还是那锅汤，烧汤的人却有暮色爬上了脸颊。汤的价格由从前的一元五角升至现在的十元，烧汤的锅由砂锅换成了不锈钢锅。砂锅价格上涨自然是因为原材料价格上涨，水涨船高，做生意要成本，利润是经商者的核心，李老板也未能免俗。烧汤的器皿原本是从景德镇定制的紫砂锅，使用频繁，砂锅又是冬季的宠儿，外寒内热，放在火上，烧坏了不少。李老板一看，也不是个事儿，想来想去，决定换用不锈钢盆，汤不换，用什么装，味还是那个味嘛！不知从哪一年起，紫砂锅换成了不锈钢盆。现在，你到西砂去，只见带着浓厚岁月包浆的不锈钢盆，盆底被烧得黑乎乎的，放在特制的灶头上一字排开，盆肚子里装着粉丝、千张、小青菜、薄薄的牛肉片、牛板肠或者火腿肠，加上秘制红油汤汁，咕嘟咕嘟烧开，根据食客的口味泼上中重辣椒，再撒上香菜，一碗麻辣鲜香的牛肉汤带着市井生活特有的幸福感，弥漫在街巷。

像艺术的触类旁通，经商也是如此。到李然这里，是无师自通，一通百通。李然用多年的积累，盘下了现有的门面，购置了不动产，减少了成本投入。彼时，新城区还在如火如荼地建设，学校、医院、居民区还没有大量外迁，城区十几万民众的生活依然喧腾。老百姓开门几件事，衣食住行吃喝拉撒，讲究的寿县人毫不马虎。小城市慢生活，夜市自然是少不了的，李然受到启发，夜晚的砂锅店经营业务顺便带上了小炒。说到他的小炒，也是很有一说的。西砂店里的爆炒牛头肉，堪称一绝。牛头肉是活肉，煮熟切片，加调料青椒烹制，撒上胡椒，装盘，绝对霸占人的味蕾。他还独创了一道菜，叫清炒扁担塞，土豆不是切成土豆丝，而是切成小手指粗细的条，加青红辣椒炒制，口感丰满脆生。像凉拌黄瓜、萝卜丝、糖浸西红柿、炒肉丝这些传统家常菜自然不在话下。在与食客打交道的过程中，有求必应，李然自然又开发出一些新菜品，像颜色分明的红白豆腐，李然也做出了自己的味道。西砂在西街菜市场边上，有着得天独厚的资源优势，各种食材得之方便新鲜，外黄里嫩的小鱼面皮是许多食客的新宠。

当然，这些都是西砂的副产品，主打还是牛肉汤。

西砂让人印象深刻的还有一样，就是一家人有特别好的记性。某年的三月十五，南乡的一家人抱着小婴儿来赶庙会，吃过西砂，记住了西砂。时隔十余年，这家人又来到了西砂，那个婴儿已经是一个小学生了。李老板准确地报出了这家人的口味，家常如亲，真是让人激动。二弟说，凭这点，他尤其喜欢西砂，你想啊，久别重逢，论饮食习惯，除了自己的亲人，有谁会特别记住你好哪一口呢？西砂的老板就可以啊。

随着机关事业单位出城，人口大量外迁，拥挤的老城区终于可以做回安静的自己。西砂的生意寡淡不少，但凭着自己多年口味、信誉的积累，西砂和老城区的方家牛肉汤、新军牛肉汤等依然坚守在寿县灵魂小吃一线，是体验寿县市井生活不可忽略的一处。

二弟说，人间烟火何处有？西街砂锅走一走！

贵妃凉皮

夏天一到，二弟肚里的小馋虫有了新动向，整天鼓鼓歪歪在二弟耳边细语，吃许记贵妃凉皮的时间到啦。

许记贵妃凉皮位于老实验小学的营房巷里，悠长的夏日时光拉迟了晚餐的时间，许记贵妃凉皮轻松地占领了下午档，零食一般的补给，是古城女士们的心头好。

二十年前，二弟的单位在老城区。有一次，他被女同事拉了一回壮丁，陪吃陪喝陪付钱。吃过这碗贵妃凉皮后，贵妃凉皮住进了二弟心间。

当时，二弟还没有成家，整天除了工作，就是画画，还有一件重要的事情——搞对象。二弟在一本书上读过冰心老人对作家铁凝说过的一句话：对象不是找的，而是等的。有才的二弟也是这么想的。

二弟回家描述贵妃凉皮如何香辣爽口。二姐说，这家的孩子和小宝是幼儿园同学呢。二弟说，小地方就是好呢，典型的熟人社会，一桌人吃饭，算关系，不出五人，保能算成亲戚朋友或同学。真可谓吃凉皮都能吃出朋友来！

　　小宝和小许是寿春镇幼儿园（俗称大幼儿园）的同学。有一次，二姐出差，二弟临时受命，要接送小宝。当时，小许的妈妈二十多岁的年纪，戴一副近视眼镜，斯文秀气，自行车篮子里经常放着一个黑色的塑料袋，里面是凉皮的配菜绿豆芽儿。有时，是小许的爸爸来接，他清清瘦瘦的，很干练的样子，自行车篮子里照例会出现挂着露珠的芫荽、青色的海带条、一大袋绿豆芽儿。每天如此，一日三餐般的家常，让人心生温暖的情愫。

　　许氏夫妇是 20 世纪 70 年代生人，90 年代初，正值改革开放，二人双双下岗。从寿县的市面上来看，暂时还看不到改革带来的巨大变化，但蓄势发展的春风已然在吹了。

　　有一次，夫妻俩去合肥办事，去逛城隍庙，遇到了贵妃凉皮。当时，米线、凉皮等美食风靡合肥，在百花井、三里街等地，随处可见这样的美食摊。麻辣爽口的凉皮一入口，像重庆火锅的霸道，夫妻俩的味蕾瞬间沦陷。这是初恋的味道，让人久久难以忘怀。

　　夫妻俩一拍即合，打道回府，回寿县做贵妃凉皮！

　　问题来了，做凉皮虽然不是高科技，技术含量不高，但入口的东西马虎不得，还是有许多门道要讲究的。不然，怎么有的家凉皮供不应求，有的家凉皮门可罗雀？

　　这要出门学手艺啊，时代在变迁，因为从手艺养家到手艺发家已经不再是神话。二人深谙其理。他们先是到了云南，学过桥米线的做法；后来又到了凉皮发源地西安，学怎么做贵妃凉皮。

路费交了，学费交了，在干事创业的年纪，他们学成归来。回到古城，为节约成本，他们改装了一组食品柜，盛放凉皮，并置办了小桌子和小凳子，供顾客使用。按照消费群体的特点，他们把流动经营摊点特意选在实验小学后门口。一来离家近，不用转街区，推个车就到，来回拿个东西也方便。二来这里是家长接送孩子们上学放学的必经之地。正在长身体的孩子们，需要三餐之外的辅食来增添心力。

许记贵妃凉皮取材于天然植物根茎淀粉，手工制作，纯天然无污染，绵软润泽，光滑细腻，夫妻俩极少用成品。配上焯过的豆芽儿、海带丝，加上酱油、醋、蒜泥、味精、麻油、辣椒等特制调味汤料，根据口味，最后浇上一勺热醋，这一碗口感极佳的凉皮等在转过弯的街角，如大自然的雨滴之于需要浇灌的水稻，在长身体的孩子们最需要的时候，送到他们的手中。

当时，二姐还很年轻，坐在孩子的旁边。有时，她会陪着孩子吃上一碗。在温暖的陪伴下，香香的凉皮进入小宝的胃肠。咔吧咔吧声，是睡着的孩子在拔节生长呢！青葱少年样样红，一个个寿县少年就是这样养成的。

时间如飞鸟，小学六年转眼而过，铁打的营盘流水的兵，夫妻俩送走了一批又一批毕业生。贵妃凉皮成为童年的记忆，刻在家长和孩子生命的年轮里。有的孩子上了大学，有的成了家，还是忘不了小学后门口的贵妃凉皮。他们会循着味蕾的记忆，来营房巷寻味，问问生意怎么样，顺便汇报一下毕业这么多年自己成长的故事。夫妻俩说，看着他们，犹如看到自己的孩子，这就是他们坚持下去的意义！

夕阳西下，长巷寂寥。

一日，二弟独坐在许记贵妃凉皮的小摊点上，一位袅袅婷婷的姑娘路过，停下了脚步，悄悄坐在二弟对面，要了一碗贵妃凉皮。这位姑娘在贵妃凉皮里放了许多油炸辣椒，又放了许多凉醋。见此，二弟搭起了讪，说："这么秀气的女孩子这么能吃辣椒，我还是头一次看到，佩服佩服！"女孩子被幽默的二弟逗笑了。就这样，在许记贵妃凉皮，二弟遇见了一生的挚爱。

这一切，都好有感觉啊。是的，二弟说，世上的事情做到极致，都是在用情怀给付。寿州每一种坚持下去的灵魂小吃，和许记贵妃凉皮一样，无一例外。

和合肥的周贵妃凉皮差不多一个时段创业的许记贵妃凉皮，至今，他们还停留在手工作坊阶段，并没有扩大规模的打算。实验小学出城，偌大的校园转行成古城区的一个停车场。小学后门口的店面生意清淡，许多店面转让，夫妻俩终于盘下了一处店面，为融合本土特色，他们带上了牛肉汤，意图为消费者提供多品种高品质的餐饮体验。这样多种经营的时间并不长，牛肉汤嘛，还是让做牛肉汤的做吧。夫妻俩决定还是老老实实做自己的贵妃凉皮。

二弟说，他们的儿子和小宝同龄，早已大学毕业，当了一名医生。门面固定虽然增加了经营成本，但省却了风雨劳顿，人到中年了，小城市生活压力相对小，只图有个事做，挣点小钱，对健康平安之外的名利财富，他们并没有野心。

二弟说，来吃寿州贵妃凉皮，找一找初恋的感觉！

小刀面

极目楚天舒。晨曦破开了楚天的云，推开了宾阳门，古城美好的一天开始了。

这一天，从早餐的一碗面开始吧。

走进宾阳门，仿见 20 世纪 80 年代的样貌。东街的法国梧桐生长自由，浓荫繁密，和行人一起投影在地，一切都是美好的样子。

汪家小刀面就诞生在这个季节。当时，汪家的女儿呱呱坠地，初为人父母，两个年轻人很喜悦，同时，生活把担子撂到了他们的肩上。为了美好的明天，他们开始琢磨营生。从开门七件事柴米油盐酱醋茶入手，小刀面算是他们家祖传的手艺。当然，寿县城里，不止他们一家会吃面做面，上一代人做给下一代人吃，一代代也就传了下来。

民间力量顽强。

民以食为天，身体是生命保存和延续的根本，进口很重要，所以吃啥、怎么吃一直是关乎民众生活的头等大事。俗话说，走千走万不如淮河两岸。寿县地处江淮之间，中国版图的腰部，可南可北，是各种美食的集散地。主食一般是北面南米，供养着寿县城的民众。在历史上，寿县古城做过蔡、楚、袁术、刘裕王朝的都城，十次为郡。南来北往的人群走过古城，总要留下点痕迹和声响，h、f不分的声母就来自楚文化的遗留，想必一城美食也是其中之一吧。在古城成长起来的汪氏夫妇深谙其道。他们从小刀面入手，发挥淮河平原小麦面独有的白细、筋道的特征，糅合寿县人喜荤爱素的特点，做一碗早晨的小刀面，一年四季，一日三餐，居家的深情，可以通过不费吹灰之力就能买到的这一小碗面来实现。

这一碗面得从头一晚开始准备。取高筋面粉若干，放水和鸡蛋，用手反复揉压，让水分和鸡蛋抱紧每一粒面粉，加上春雨的芬、夏蝉的鸣、秋霜的静、冬雪的宁，合四季的氛围为一体。这样的揉面，简直就是作诗啊。能做到面光、手光、盆光三光才是真正的行家里手，再把面团放进瓦制的面盆，这面盆在窑里用武火文火烧制而成，釉光泛着天光，面团安卧于此，它需要圈圈性子，去粗存精，等到擀制就能随心所欲。等到第二天天微微亮，把面取出，用碱水蘸手揉搓，用擀面杖摊开，再叠加数层，用正阳关的名刀切粗切细即成。县城刚开始的面条摊，都是纯手工的；现在，一般都交给面条机了，这样既节省了时间，又解放了双手。

时间和双手另有安排，要熬制面条的配汤，这配汤最有讲究，要想长期霸占顾客的味蕾，就得在熬汤上下功夫。清人有诗赞云："不托（面条）丝丝软似绵，羹汤煮就含腥鲜，尝来巨碗君休诧，七绝应输此盉然。"简单用酱油制汤太过草率鲁莽，讲究的当用鸡汤、鱼汤、排骨汤，这样才够细滑入味、鲜香四溢。俗话说，瘪稻唬老鸭，最后，老鸭唬瘪稻。古城的面馆可不会，他们一般用鸡和骨头熬汤，土鸡大棒骨食材好，汤汁自然不在话下。汪家的小刀面馆，很舍得，顾客每次去，都会看到一根或者几根大骨头，静悬锅架，高汤滚沸，清爽可口，就等着出锅的一碗面。这从清晨苏醒的油亮面团，现在已成根根分明的面条，浓郁的汤底冲破黄亮的面条，撒上葱花和香菜，加个喷香的卤鸡蛋，如果不过瘾，可加油泼辣子，这清香鲜美的一碗面，抚慰着寿州人早晨刚刚苏醒的胃。

除了汪家小刀面，古城里还有不少面馆。兰州拉面、牛肉面馆等，但都比不过小刀面。小刀面馆以北街和东街的最为有名，北街的面馆除了有小刀面，还有蛋炒饭。看过香港电影《食神》的都知道，夺冠的黯然销魂饭，也就是蛋炒饭，古城吃货们也如此称之。蛋炒饭一定要配上自己腌制的咸菜，才叫登对。泡酸豆角、泡菜、磕辣子、腌韭菜、清炒榨菜丝等一众咸菜，吃得你口畅心欢，再喝一碗面汤或者绿豆汤，这日子还要怎么美？

当然，心中所念的还是这碗色泽微黄、质地弹润有嚼劲的小刀面。不要吝啬你的赞美，加上你所有的喜欢吧，迎着光，看树荫摇曳，落花匆匆，来上那么一口，鲜香浓郁、层次丰富的口感在口腔里经久不散。有爽有辣，把胃口撑开，增强它的记忆功能。让它记住这一碗面吧，供养着身体的活泼，让你一天都有劲，一生都铭记。

绿豆圆子

我的家乡在寿县最南端，地形属于江淮丘陵。主产水稻，旱粮以高粱和绿豆为主。绿豆对生长的土壤质地要求不高，它耐高温，喜温暖湿润的气候，生长速度快，从种下地到收获需要三个多月。它的这种生长特点，被乡亲掌握，是补歉收的良招。夏季，江淮易发洪水，洪水退后，庄稼被淹坏了，农民就会在灾后农田补种绿豆，当季种当季收，当年的亏空当年就能补上。夏季长出来的绿豆，有抗高温的特性，以毒攻毒，是谷物界防暑降温的大咖。

小的时候，我和二弟都不爱到田间地头去摘绿豆，它成熟的时候天还热着，刺眼的阳光照得人头昏，二弟和我大汗淋漓，毛刺刺的豆荚扎着腿和胳膊，真让人感到日子无望到无边无际。但一喝放了糖精的绿豆汤，身心的各种不适都被冲去，无望也跟着退去，盼望重新升起。除了绿豆汤，我们家常年绿豆稀饭主事早餐。绿豆最好的用处是母亲淋出的绿豆芽儿，脆生清凉，让整个夏天变得好过起来。

工作了，我和二弟从寿县最南端跑到寿县最北端，居家古城。各种好吃的小吃云集一城，令人目不暇接，弥补着二弟和我从小上学因路远家贫吃不上早餐的亏空。都说最大的养生应该从一日三餐做起，早餐要吃得像皇帝，中餐要吃得像富翁，晚餐要吃得像乞丐。古城里的一众小吃，头戴皇冠，等着我和二弟。

对于早餐的吃，二弟最有心得。他从小瘦弱，因各种会吃，二弟体重一度飙升，变成了一个可爱的团胖子。

二弟第一次吃绿豆圆子后，大发感慨，说，真没有想到，城里人真会搞，居然把小绿豆磨成粉做成圆子，素食做成了荤菜。要知道，贫穷的童年，我们吃得最多的荤腥是不要钱的鱼虾，对荤菜是从心里热爱，吃荤腥如遇明星，眼福都在其次，口福紧要。二弟吃过了大卫巷口的绿豆圆子后意犹未尽，又听说曹家巷的味道最好，他走过不长的十八茅祠巷，拐过巷角，到了曹家巷。

二弟端坐在曹家巷绿豆圆店，看着老板娴熟的操作，心里羡慕得很。他说，有鱼不如会渔，我要学会，回老家做给爸妈吃。晶莹的粉丝、带着豆香的千张、细细的萝卜丝，十几个圆溜溜的绿豆圆子团聚一起，在沸腾的汤锅里走上一遭，再装进青花瓷的海碗里，浇上一勺大骨汤，撒一小撮葱花和香菜，满当当一碗青天的云雾。这时候，夹一颗丸子入口，鱼虾之鲜止于羞涩，圆子比较有嚼劲，待绿豆圆子充分吸收汤汁之美，只感各种鲜美集聚味蕾，长大的圆子，圆鼓鼓遇汤不散，只待入口，再次摇曳荡漾。让人一生难忘啊，像妈妈熬的绿豆汤，淋的绿豆芽儿。

一回生二回熟，二弟成了绿豆圆店的常客。世上无难事，只怕有心人，再说做绿豆圆子是眼力活，技术含量不高。时间不长，二弟就掌握了绿豆圆子的制作秘籍。他说，原材料很重要，绿豆泡好磨粉，用七层绿豆面加三层面粉，备好瓦埠湖或者淮河的虾米，萝卜洗净切成细条，略焯一下，挤去水分，黄豆芽儿摘好洗好切好，把这些配料一并揉进绿豆面里，用精盐、五香粉、鸡精等搅拌均匀。拌料是个技术活，像调制饺子馅，用盐最讲究，要不咸不淡。当然，这些问题时间都可以解决，多练几次就行。好了，开始炸绿豆圆子了，锅中花生油七成热时，将面糊用手挤成直径两厘米左右的丸状下锅，这里有要注意的事项，如何做到一片草原见秀木，保证每一个圆子里都有一粒虾米、一棵豆芽儿，这需要你的小手好好拿捏。圆子在锅中炸至金黄色捞起，放在漏篮里，控油，圆子半热半冷，捡一颗入口，又酥又脆，满口生香。

二弟会做绿豆圆子后，我们一家都成了有福的人。一年四季，一日三餐，食物里藏着生活的馈赠和深情。到了冬季，绿豆圆子还可以做汤锅，配上粉丝汤、青菜汤做成素锅子，配上羊肉汤、牛肉汤做成荤锅子，再配香菜、辣椒油、蒜花，是另一番风味的寿州小吃。

二弟每月都要去探视老家的爸妈，爸妈的青春儿郎带着香喷喷的绿豆圆子来家喽！儿女回乡，是父母最喜悦的事情，他们像接待贵宾一样，早就炖上了三年生的老母鸡。母鸡汤清澈，园里的小白菜翠绿，绿豆圆子金黄，青葱少年样样红，二弟把这样的一碗绿豆圆子端至双亲面前，咸香鲜美的滋味在舌尖上绽放，爸妈的幸福溢于言表，最美的人伦是孝心的完美表达。爸妈老了，他们眼中出现了泪雾。但绿豆永远年轻，它们在不远的岗地，开着淡黄花，结着苍绿的豆荚，等待着曾经采摘的那双手……

第二辑

≫

古城肌理

古城肌理

一城人文典故，千年魅力楚都，寿县古城的别致之处在于她独特的肌理。某日，我和二弟——我县一位著名的画家，循着古城特有的肌理，走上这么一圈，让没有来过寿县的朋友云游一次。

和丽江、大理、平遥、歙县古城的不同之处，首先是古城墙，这是迄今为止，国内保存最完整的宋代古城墙。寿县古城墙和平遥等处有所不同，它的个性化特征是城墙外依偎着护城河。护城河和东淝河相通，可以保证护城河水是流动的新鲜活水。淝河是淮河支流，因被载入史册的淝水之战，让在中华山水系列名不见经传的八公山和淝河声名大噪。近年来，随着寿县古城墙内外三环的整修贯通，走城墙是不少老百姓休闲锻炼的方式之一。古城墙总长七公里有余，一圈走下来，看青山妩媚，听淝河波音，沐清风徐徐，消耗了卡路里，收获了多巴胺，新时代古城墙在做着自己的新贡献。

其次是古城棋盘式的布局，和差不多同时代的苏州古城不同，苏州古城是河巷双棋盘布局，寿州古城属于单棋盘式格局，城内没有河，主盘是三街六巷七十二拐，住户是落拓在棋盘上的棋子。20世纪90年代开始，老建筑被拆迁损毁不少，现在的街巷依稀可见从前的样貌，老式建筑零星散落其间。近年来，随着寿州古城创5A（国家5A级旅游景区），东北两条大街靠近城门楼的两边，统一进行了外立面改造，建新如旧，各种捆扎的电线被迁移入地，把捆绑多年的建筑解放了出来，街面上青砖伴瓦漆、白马踏新泥的古意顿显，清清朗朗，让人眼前一亮。

古城四角塘，历史悠久，声名卓绝。它们盘桓在古城四个拐鼓楼附近，原为方便生活生产，人工开挖而成。在塘的四周，分别有四片菜地，东园、西园、北园、南园，是城里的四个蔬菜队，供应着十几万民众的日用蔬菜。可以想象一下，赵匡胤困守南唐，为何可以维持三年之久？皆因菜园成为战时的军需补给队。四片菜地生产出的各样蔬菜是寿州特产之一，特别是东园的黄心乌菜最为畅销，往年，乌菜在地，就被人们订购完了。城里的辣椒也堪称一绝，弯弯扭扭，像小羊角一样，够辣够味。菜豆葱韭，只要冠上城里的标签，身价立马飙升。东园还有一磨地，劈给了寿州香草，有故事、有味道的香草，沉香古旧，愈久愈远愈香，都是沿袭下来的生活情怀。城里的这些菜地，养育着生命和文明，给不同时段的古城注入勃勃生机。现在四角塘方位建成熙春、延寿、文峰、清风四个公园，古城少了菜地，人们多了几处休闲的好去处，可以说是时代所做的上佳选择。

　　城墙、棋盘布局、四角塘都是古城的肌理，肌理作为一种理想的表面特征，古城巷道的质感，是市井生活的渊薮，在寿县古城最有特色。

　　有名有姓的三街六巷七十二拐，如果游客逐一游览下来，一定收获很多。古街巷有的以姓命名，有的以巷叙事，有的以巷记史，各具特色，各有一些动听的故事，可寻得历史的痕迹。留犊祠巷的故事最为著名。据载东汉末年，时苗来寿春当县令，他上任时，带来一辆黄牛车，"居官岁余，牛生一犊"。到他离任时，他把小牛犊留下来，并说"犊为淮南所生有也"，两袖清风，留犊而去，一时传为佳话。后来，寿春人为了纪念他，就在此巷内建"留犊祠"，巷也因此而得名。还有北过驿巷和南过驿巷，明朝嘉靖年间，寿州有驿站十余处，这南北驿巷就是供传递书信的邮差、士兵歇脚休息，给马补充饲料的地方。

　　再一起来看看巷子里的建筑，感受一下热气腾腾的市井生活。俯瞰古城一回，多是水泥制式的平顶房和楼房，混杂着零星的老房子。见楼宇起个脊，叠上小盖瓦，这户人家就显出大户人家的气象。留犊祠巷里的孙蟠故居和营房巷里的孙家鼐故居，隐在街市，气定神闲，斜阳巷陌，汩汩然自我讲述，在等着那个独特的听众。从前的老中医院门诊部位于刘少海故居，丹参苍术，茵陈茯苓，芳香的中药加深了故居的古意。现在，刘少海故居翻新如旧，陈年岁月的包浆被新木头包裹起来，既是保护也是复兴。小巷里有住家住户的，也有做着各样小生意小买卖的，靠着门槛，卖个米酒元宵，摆几个糖轱辘馍、韭菜合子、咸鸭蛋、葫芦、黄瓜、羊角椒……若是春天，摆几把木香花、栀子花，人们心底的热情瞬间被唤醒，生活原来如此可爱可亲。

　　一圈下来，同行的二弟说，其实，我们都是古城的肌理。

八公山证件照

　　那天，铁公鸡李梦熊在我们的小群里发了一条消息，讲在七品香大排档请我们几个吃饭，给他正在做的画册出出主意。铁公鸡拔毛，概率低，机会难得，不到半小时，大伙儿到齐。席开之前，梦熊说："我在编一本画册，是全省著名景点精粹，每一个景点只能选一到两幅作品，估计今年年底出版。寿县其他的景点我选得差不多了，就差选八公山的了，请大伙儿给个建议。"

　　问题一出来，大家一时间很踊跃。

　　花菜说："当然是春天八公山的梨香雪海最有代表性了，你从八公山下的大泉村出发，走到张管村再到郝家圩，眼前呈现着绵延十几公里的万亩梨花田，高低错落，层次分明，点缀着小桃红，地上或是油菜花织就的金黄地毯，或是青青荞麦翻滚的麦浪，淮河如一条银项链在山脚下吟唱，游人如织沉醉在梨香雪海中，这场景不论和著名的江西婺源还是和淮北的砀山比将起来也毫不逊色呀。"

当下，正值春三月，我们刚从八公山下桃红梨雪处回来，听花菜这样一讲，深以为然。

潘星月说："你这代表不了历史和文化，只是八公山的一个侧脸而已。我们八公山是历史文化名山，这证件照，林伟老师早都拍出来了，就那张，从升仙台上望向四顶山，层层递升的道观建筑群，大手笔印染着秋叶树影，仙气缭绕的背景墙下，推出岩然巍峨的碧霞元君祠，八公山和碧霞仙遥遥相对，有传说、有历史、有文化，这多抓眼球啊。特别是那山岚雾气，就是咱文化仙山的标签呢。山不在高，有仙则名，这张证件照都已经吸引许多外地游客按图索骥慕名前来寻访了。"

我们的眼前，呈现着林伟老师的这张摄影作品，顿时感觉胸中升起了一股如仙气般的豪气，讲，这张行！

张念念说："现在都什么时代了，是讲绿水青山就是金山银山的新时代，用自然原生态景观来做八公山的证件照多响应时代号召啊。我游过一个山谷，应该是八公山最朴拙、最原始的一处，真让我见识了山中有仙境的奇景。一条细路牵引着我，如一条流向大山心脏的血脉，它带着我在山的心腹游走，大山肚腹里的所有器官、所有秘境——展现给了我，有流泉、墙篱、桐花、雪松、橡栗、朴树，有一片山还爬满了香紫的藤蔓，蝴蝶群舞，随手一抓都是。翩若惊鸿，婉若游龙，什么叫惊鸿一瞥，我算是亲身体会了。这是我长到那么大第一次见到如此盛景，见过如此多的蝴蝶。是的，确定就是八公山的一个山谷，我给它取名'蝴蝶谷'。"

在念念的描述下，我们的眼前呈现一幅蝴蝶翩跹飞舞，紫藤兀自芬芳、清香四溢的人间仙境。念念说，要是把这张拿将出去，肯定艳惊四方。

阿五说："要我讲，这八公山上的泉水是一绝，你看山东虽也有珍珠泉，但没有我们的别致，你一喊它回应，真有灵气。我们还有大泉和玛瑙泉，是磨出天下一绝八公山豆腐的独有泉源。诗人高峰不还给大泉写了诗歌吗？大泉的豆腐不还上了大型纪录片《舌尖上的中国》吗？你就对着珍珠泉吐水的大龙的嘴拍，找两个穿着汉服的小姑娘来当模特儿，轻轻戏水，娇憨可爱，证件照，杠杠的！"

阿五是我们圈子里的话妈妈，脑子活，语速快。停顿了三秒，他接着又说："或者在大泉畔，拍豆腐村村民制作豆腐的日常，老妈妈头上顶着小方巾，在泉边淘洗黄豆，旁边放一个小石磨，拐来拐去来磨。你看多么怀旧，就是一个农耕生活的经典版缩影！"

阿五这样一讲，我们眼前出现了《舌尖上的中国》第一季第三集中的场景：豆子磨过做豆腐，大泉村村民胡学兵到寿县古城街上卖豆腐，紫铜色的豆腐刀迎着晨光闪闪发亮；紧接着，洁白如玉、肉爽嫩滑的豆腐菜被捧上了餐桌，每一道都堪称艺术品。

梅香笑眯眯地说："还别说，这豆腐就是寿县的名片，更是八公山的特产，咱八公山是世界豆腐的发源地，淮南王刘安无意中发明制作出天下第一块豆腐。21世纪初，文化大师余秋雨先生到八公山时，独独给了这块豆腐以极高赞誉，当时满目疮痍的八公山因此喜获大师赐下的美名——'素食圣地'。日本人虽精明，挖掘出大豆的潜能，制作了几百种豆腐制品，但豆腐妈妈是我们八公山啊，他们搞的那些都是我们的子子孙孙。日本人为取经，多次到我们八公山豆腐村来拍我们的豆腐制作工艺。怎么说，咱也是天下豆腐数我村，天下豆腐我家始。听说，八公山是全市唯一省批的特色小镇建设地，规划建成后，八公山下，淮沘之滨，豆腐小镇俏然而立，该是多么楚楚动人啊，一定会成为我县北部旅游胜地线上的一颗明珠。要我说，就以赵阳先生拍的大泉村那个门牌——'中国豆腐村'来当八公山的证件照。"

梅香讲的那句——日本豆腐是我们豆腐的子子孙孙，把我们都惹笑了，大家的民族自豪感油然而生，一致竖起大拇指，讲："高！实在是高！"

铁公鸡外加有才的李梦熊也开说："我也说说吧，你们的提议都不错，把八公山的古装照、春装照包括部分前景照都展现了出来，均是正装照，可以当证件照，但这些照片不能完全反映八公山当下的情况。要我说，就拍商合杭高铁站房和淮河跨河大桥，你想啊，让这片古老土地接上国际电车轨道，这可是前无古人的大手笔啊，咱们的县领导可没有少操心。高铁通行后，再和大京九连到一起，通江达海根本不是梦想，指日可待，分分钟搞定。把那个以楚风汉韵为设计风格的高铁站房来上一张，当然，一定要把领先世界的高铁跨河大桥收进去，这可是当前高速铁路无砟轨道连续钢构拱桥当仁不让的世界第一啊。巍巍八公山是背景墙，悠悠淮河水行着《渔舟唱晚》的调调，伟丽的古城墙敲响编钟和锣鼓，飞驰在高速、高铁两路上的车流是流动曲谱，这就是一首青山下的交响乐啊！"

梦熊说到这儿很沉醉，站起来把自己当成了指挥，两手比画了起来，指着左边：青山唱！指着右边：淮河唱！合在一起：青山淮河古城齐唱！

我们很应景，一起唱将起来：我和我的祖国，一刻也不能分割……

这时候，我们的老师扁舟站了起来，说："同学们，为师幸会！为师甚慰！你们的脑子都很好使，看来只有好老师才能教出这样的好学生来。那么，为师明天就去买无人机！"

天哪！老师这是要卖家当的节奏啊，众人狐疑。

老师说："是无人机航拍器，你们讲的这些，只有航拍器才能可劲可尽表达！"

大家齐声鼓掌！

我提议：为证件照干杯！为明天干杯！

我们的杯子碰在一起，发出了欢快的乐音。

珍珠泉不竭的秘密

八公山上泉水很多，最为著名的有珍珠泉、玛瑙泉、大泉、淮王丹井、马跑泉、饮马泉、岚香泉、洗云泉、沁月泉等，据不完全统计有三十余眼。其中，流量最大、最为著名的是珍珠泉。珍珠泉水喷涌似吐珠泛玉，泉水涌动像珠落玉盘，其形其声，用珍珠来命名，名副其实。因此，全国有许多处泉水取名珍珠泉。

寿县最为著名的珍珠泉，位于八公山脚下，离寿县历史文化古城仅两公里。珍珠泉是一眼古泉，郦道元在《水经注》中有详细记载："肥水西迳寿春县故城北，右合北溪，水导北山，泉源下注，漱石颓隍。水上长林插天，高柯负日。出于山林，精舍右，山渊寺左，道俗嬉游，多萃其下，内外引汲，泉同七净。"明代御史杨瞻写诗描述其为"清清灵脉发，闪闪瑞光浮。尘垢难污洁，珍珠不断头"。这些特征，八公山上其他泉水也具备。珍珠泉出名的特别之处在于，它是一眼歌唱的泉。

山泉成因

要想了解八公山的泉水，首先要知道八公山的形成。八公山历史悠久，古称北山、淝陵、紫金山，位于安徽省中北部、淮河中游，由大小四十余座山峰叠嶂而成，方圆达二百余平方公里，主峰海拔241.2米。据地质学家考证，八公山上有8亿年前的"淮南虫"化石，这也是迄今为止，世界上发现最早的古生物化石，被国际地质学界誉为"蓝色星球"上的生命之源。2000年，中国社会科学院考古研究所在八公山又发现了古猿化石，距今300多万年，是我国迄今为止发现最早的古猿化石。这说明，八公山是地球上出现最早的山脉之一。山脉形成有四种方式：两个板块相互推挤，地壳会弯曲变形，形成褶皱山脉；火山岩浆从地球深处岩浆库喷发出来形成火山，喷射出的熔岩、火山灰和岩块形成高高的火山锥；地球板块互相碰撞，使地壳出现断层或裂缝，巨大岩块受挤上升形成断层山；冠状山地壳下的岩浆往上涌，使地球表层的岩石向上隆起，形成冠状山。从八公山上存有的岩溶地形地貌看，在那个久远的地质时代，应该是板块的推挤碰撞等原因成功创造了八公山这座古老的山脉。今天的世界最高峰喜马拉雅山，形成于距今3000万年前的造山运动中，在古老的八公山面前，喜马拉雅山是一座年轻的山脉。

八公山就这样形成了，再来看八公山上泉水的形成。在八公山形成的漫长地质年代下，可溶性灰岩经过多次构造运动和长期溶蚀，岩溶地貌发育，形成大量溶沟、溶孔、溶洞和地下暗河等，共同组成了能够储存和输送地下水的脉状地下网道。位于八公山中的青琅轩馆，也就是清朝孙蟠修建的孙家花园内，至今还存有石林等喀斯特地貌。除了岩溶石林等地形地貌特征外，地下暗河是喀斯特地貌的重要特征之一。按照八公山上泉水的特征，地表径流和地下暗河都是泉水的主要来源，在灰岩出露和裂隙岩溶发育的地方，地下暗河吸收了大量的大气降水和地表径流，渗入地下形成了丰富的裂隙岩溶水。这些裂隙岩溶水，受太古界变质岩的阻隔，沿岩层倾斜的方向，向北或向南作水平运动，形成地下潜流，当遇到侵入岩岩体的阻挡和断层堵截时，地下潜流大量汇聚，并由水平运动变为垂直向上运动，促进了岩溶发育和水位抬高，在强大的静水压力下，地下水穿过岩溶裂隙，在灰岩和侵入岩体的接触地带及第四系沉积层较薄弱处夺地而出，涌出地表，形成天然涌泉。从珍珠泉涌泉的地点和地形特征看，它离孙家花园比较近，有理由相信，在太古时代，发生在地下的这些奇妙变动，形成了珍珠泉。同时，珍珠泉喷涌的流量和速度也加快了孙家花园地区岩溶地貌的形成。

歌唱之泉

八公山形成在久远的地质时代，是蓝色星球上生命起源之山，喷涌在山体各处的泉水，成为山体的血脉，滋养着这座生命山，珍珠泉等泉水为涵养这座生命山立下了汗马功劳，从此意义上说，珍珠泉这眼会歌唱的泉水可称为生命的泉水。歌唱之泉是珍珠泉作为生命泉的表征之一。

　　八公山地处在秦岭—淮河800毫米等降水量线和0度等温线之南，属于亚热带季风性气候。四季分明，降水丰沛，位居其中的八公山地区因丰富的地表径流使地上河流量大。大气降水渗漏地下顺岩层倾斜方向流动，遇侵入岩体阻挡，承压水出露地表，是珍珠泉的水源之一。从西往东流淌的淮河环绕着八公山，河流通过植物根系，供应着树木的生长，八公山地区阔叶树木，通过叶面蒸发，把从地下吸收来的水，交还给天空的云层，云层加厚变成雨云，雨云带来降雨，雨将地面，形成了一个良好的水循环。从此意义上说，淮河是珍珠泉的水源之一。

　　充足的水源，在奇妙的地壳运动中，翻云覆雨，将水流的水平运动变成了垂直运动，垂直而出是所有泉水喷涌的方式。珍珠泉附近的山体板块至今还在较劲，它们在看不见的地方，在断层附近，推推挤挤，把一个个状如珍珠的水泡捧出了地表，从出水之形来命名，清朝吴育在《珍珠泉记》中说："泉出其下若珠，故名。"这些水泡露出地表的时候，发出咕嘟咕嘟歌唱的声音。更为奇妙的是，人到珍珠泉边，或跺脚，或高喊，珍珠泉随着这些声音的分贝高低会吐出大小不等的水泡。从其发声来命名，明嘉靖《寿州志》记："每闻人声，则泉水涌，若咄之，泉弥甚。"这是八公山的珍珠泉区别于我国其他地区同名泉水的地方，所以，珍珠泉又名咄泉，成为我国著名的十大奇泉、趣泉。

生命之泉

　　自古以来，珍珠泉附近三面环山，海拔不高，相对高度较高，林木绿化率较高。八公山奇峻的山峰，涓涓的溪流，汩汩的山泉，孙家花园附近嶙峋的怪石，神秘的石洞，茂密的丛林这一系列奇特的自然景观组成了一幅秀美画卷。

纪元前，淮南王刘安带着史上著名的八个门客在八公山炼丹，寻找长生不老之术，炼丹需要水源，淮王丹井成了记载中的重要取水地。从地理位置看，广义上的淮王丹井应该涵盖了离之不远的珍珠泉。永生丹难寻，刘安在炼丹过程中，无意间发现了豆腐。这奇妙转化重要的贡献者之一，应该有珍珠泉水，如李兆洛《凤台县志》中云："屑豆为腐，推珍珠泉所造为佳品。"成仙的理想永远是神话，而由珍珠泉水参加加工而成的豆腐，真实地成为历代的"仙丹"，养育着此后的芸芸众生。之前，珍珠泉水清澈甘洌，2008年后，八公山上石料加工企业被关停，珍珠泉水恢复了从前的味道。经过检测，从地下自然涌出珍珠泉水，富含多种人体所需的矿物质元素，其中锶的含量很高，对人体有软化心脑血管、促进钙质吸收、增强人体免疫力等功效。珍珠泉终年从龙口喷涌的泉水，冬温夏凉，使这里的空气格外清新湿润，构成了独特的小气候环境，是人们避暑疗养、休闲旅游的好去处。从远古时代走来的这眼泉水，也为寿县著名的"寿"文化提供着有力佐证。

从山志到泉志来看，珍珠泉到底形成于哪个时代？如何形成的？志书上没有表述，它的出水量丰枯也没有记载。它的年龄、它常涌不歇的秘密，等待更多的爱好者来八公山考证、解密。

正阳关，一粒世上的盐

小满过后，麦子把从阳光身上吸收的能量再以太阳的颜色展示在淮河两岸。这些天，麦子们整肃庄严，齐刷刷敞脸在天地间，迎接着属于自己的宿命，等待着农夫挥舞的镰刀割断自己的腰身。

割麦子的季节，我去探访坐落在淮河边上的正阳关。

> 他说你任何为人称道的美丽
>
> 不及他第一次遇见你

车上放着张磊的《南山南》，歌中一处有"孤岛"一词。中华八大名关之一的正阳关，这个应水而盛淮河上的一颗明珠，早已应水而落，渐渐成为淮河边上的一座孤岛。这个历史上载誉丰富的水岸商埠，舟楫便利，茶桑鱼盐，商旅自由，连内陆通海洋，是流淌在中原地带的一条血管，是承担过往每个世代国计民生的生命线，是水运文化、民间艺术、农耕文明的集大成者，是寿县的一块美玉。无疑她老旧了，被当今时代的大潮拍到了沙滩上，但一切老旧的事物都有故事，在自己的掌纹中刻下历史的印记，牵动着所有与她有连接之人的根脉。

我的根脉，要从我的父亲说起。父亲第一次登上正阳关的码头时，卸下他征战的盔甲。徐蚌会战结束后，国民党面临着向江南退缩之局面。父亲是国民党一个军官的马夫，十七岁就离开家乡的父亲，他没有高言大志，理由很简单，就是想念家乡的爷爷和奶奶。在蚌埠的码头，父亲和六安州的三叔早已会意过，不约而同登上了开往正阳关的大船。船到码头，水波被揉成一朵朵小小的碎花，亲吻着河滩。矮小的父亲扔掉军服，像扔掉了锁链，他走进阳光照耀下的正阳关。嗬！店铺林立，街市繁华，贩夫走卒，黄发垂髫，红男绿女，汇成滚滚红尘，整一个热气腾腾的淮滨要塞，上写着：淮南古镇（解阜）、凤阳首镇（拱辰）。再看帆樯林立，绵延河面数里，人声鼎沸，灯火辉煌，饭馆里正阳的"蒿子、蚬子、鸽子"捕获了父亲饥肠辘辘的小胃，走南闯北的父亲从此就成了这"三子"的俘虏。这些印象像被烧红的烙铁烙在父亲年轻的脑海里，成为他平淡人生中，唯一的传奇，在往后的无数次回忆中，如船遇旋涡，都会在这个地方打转转。他会无数次地在思想里寻摸着一切美好，在字词句里打磨出一些美辞，留给正阳关。所以，他每一次讲述正阳关，都像是在叙述一个女子的曼妙传说。

　　如果所有土地连在一起

　　走上一生

只为拥抱你

穷人的生活里，吃喝拉撒、瓜果梨枣的日常是生活舞台上的主角，以浪漫故事为佐餐是经济富裕、精神丰富的大户人家的特权。回到故乡的父亲，穷得叮当响。寒风吹着老李家的鸭蛋壳，日日夜夜吹啊，祖上的一点积蓄装在老鸭蛋里，哪经得吹弹，更不经淌，早已流光。国破家败，四野芜荒，年轻的父亲收起十年壮丁流下的泪水，掩去一切伤痕，不得不重整旗鼓。

几年后，为逃淮河水反，二十二岁的母亲离开定远县炉桥，踏上了开往正阳关的船。年轻的女子不知此去的命运前程，水波杳然，两岸寂静，战后国土的百废待兴，刻在母亲年轻的心间。正阳关、炉桥镇，他们都是淮上重镇，都有自己的冷面和娇颜，相差无几。母亲到了正阳关，把自己带着的盐，卖了出去，买了一把正阳关的刀。这刀可切菜，也可防身。大约每个人的脚掌所踏疆界，老天早已量定，毫无浪漫可言。为了生计，逃水反的母亲，一路坎坷，和在家乡寒风里开垦荒地的父亲会合了，犹如两军会师。他们此后总会在正阳关的话题上，拉扯辩论，说码头，说渡轮，说岸上的风土人情，指认飘摇在正阳关街巷的风音，哪一种是拉运亚细亚石油大船到港的声音，哪一种是渔民捕获水里仙蚬子的声音，哪一种是天上的仙鸟鸽子被捕获的声音，哪一种是板车运盐上坡下坡的声音，哪一种是新茶叶到家的声音，哪一种是抬肘阁走街、迎水寺祭祀血鸭入水的声音……

即使没有历史来丈量生命的厚度，但在淮河这段行船到港的经历，足以成为他们生命之舟的压舱石，或行或停，风口浪尖，都稳稳当当的。这些往事点亮着他们苍茫的人生，一对苦命人踏上新航线的船板，如正阳关的蒿子，如淮河岸边饱满的麦穗，被生活陶造得厚厚实实的，在生活面前，早早地弯下了腰。

　　如果天黑之前来得及
　　我要忘了你的眼睛
　　穷极一生
　　做不完一场梦

　　因为父母的这段经历，数次来正阳，我都有一种归家的情怯和欣喜，我把正阳关当成自己的故乡。父亲消失不再见，母亲走进了耄耋时光，作为他们的眼睛，我有义务有责任替他们走走看看。可是衰败是惊人的，一如高楼一夜起般的惊人。日光之下，残垣断壁，木门残破，老瓦断裂，父亲提及的老百货公司，隐在街巷里，如衣衫褴褛的老妇，徒有固执的贵气终抵不过衣不蔽体的寒凉，令人唏嘘。可以想象，这些有故事的新老建筑，若不加快对其重整保护的速度，它们会和那些刻在老正阳脑海中的明清和民国时的商铺、民居、四合院、亭台楼阁一样，逃脱不了消失的宿命。和老建筑肩并肩也站着一批新建筑，是钢筋水泥制品，模样鲜亮地立在老街。一批修旧如旧的替代建筑，是有识之士呼求拯救文化遗产的硕果，它们和我国多地的古建筑复制品一样，让观者可以从其眉眼间，隐约可见一点故影。

　　老街流动着麦香，蜀葵开了，它们麻秆样的身材顶着粉色或者玫红色的朵盘，俏丽无比，是老街脸上的眉间俏。小巷分享着老街的福利，大名被一个个唤醒，贴上了标签。它们都有好听的名字，有名的贤良街确实比普通的巷子宽展得多，又有大美巷、小西门巷、黄家巷、小楼巷、买卖街等，听着它们的名字，你就能从其中咂摸出其住家方位、姓甚名谁或者职业等，中国古老的街巷文化在此得到了展现，这也说明正阳关是中华名关并非浪得虚名。

　　历史沧桑，生活永远年轻。在老街，一位老人侧脸盯着一样东西在专注地看；一位奶奶领着大孙子，推着二孙子，颠颠簸簸地走在老街；一位瘫坐的妇人在水龙头下清洗衣物；一只名叫乐乐要跟着走的博美狗；卖船配件的老板为"南工北旅"如何在正阳落实来支招。在农贸市场，水里的蚬子和大妖皮子、小戈雅鱼远比寿县城里新鲜便宜，西红柿两元一斤，独头蒜五元一斤，小鹅在笼子里待价而沽，它们快褪尽鹅毛，大毛已在皮肤里孕育，三十元一只。若再问"苍沟舟市""秀涧离筵""边洲渔会""淮水帆飞""西城春柳""南湖晴光"等正阳关八景，在民众热闹前进的生活面前，问答会毫无趣味，如一场无解的梦。

　　　　南风之薰兮
　　　　可以解吾民之愠兮
　　　　南风之时兮
　　　　可以阜吾民之财兮

　　阳光热烈，水波温柔。一定要到淮堤上去走走。对岸的麦子黄亮耀眼，河面上停泊着大小的船只，有的废弃了，永远搁浅在芦苇丛里，有的停靠在岸边等待着整装修理。南风微熏，吹着水面，水波拍打着堤岸，摇动着船，发出水流才具有的灵动歌唱。也有一朵朵小小的水花，在我的眼前碎开、消失，一波赶着一波，都没有变，像父亲多年前见过的一样。船上一位妇人，招呼行走的我，上船去玩玩。她的朴实好客令人感动，民风淳朴，情意朴素，我想这定是父母不忘正阳的情节之一。

　　每一个时代都会有新的事物出现，推陈出新是历史的必然，那些在风中衰老的事物，一定都有自己的命运，或者留存，或者消失，不论如何，各个时代都有自己最美好的心意，如这首《南风歌》"南风之薰兮，可以解吾民之愠兮。南风之时兮，可以阜吾民之财兮"，大意是要为百姓排忧解难，减轻负担，增加收入，过上安居乐业的美好生活。

　　当然，生活可是最高明的老师。她有移地术，也有易容术。多年前到山东青岛，路过著名的八大关，有一条路就叫正阳关路，当时玉兰花开白胜雪，感觉开在梦中。令人一错愕，仿佛回到了父母念想中的正阳关。我一直担心这些祖宗的留存，真会像冯骥才先生所说的，"像一个个孤苦伶仃的老人，失去了昔日对话的伙伴"。所以，和许多人一样，想用一些关心、关注、呼吁来弥补流年给古老遗存造成的一切伤害。这样想来，何用过度担心？如果她是一粒盐的生命，说不定哪一天，一个全新古旧的正阳关就会出现在天涯的某一端。

喝一盏春天的茶汤

吹过淮河的风，就像谁在春天的山下号了一嗓子，山前是柔细的，飘到河上，遇宽而博，袅袅余音变成了恢宏的交响乐。

渡口，是朱厂的渡口。下一个渡口则在十几公里以外的何台轮渡。

渡口边上是农田，农田里站着青青的麦子，挤挤挨挨，告诉正盯着看的人，有一种幸福叫乐不思蜀。这些喝着清清淮河水长大的麦子，青穗饱满，麦芒上挂着露珠，在晨曦里熠熠闪光。淮河故道除了麦子，在高高的河岸上，还栽种着一排排威风凛凛的杨树，这些被我称为歌唱家的杨树，是长在我记忆里的树。它们长着心形的叶片，不论是东风吹，还是秋风起，都是它们齐声颂扬的时刻。它们用一片心形叶拍打着另一片心形叶子，自然物种演绎着心心相印，这也正是人世间最美的时刻。这些在记忆里一直歌唱的树，诗意地怀揣着一个个村庄和一条条河流的树，当时，它们遣下过一朵朵杨花，轻易地去追随路过的风，亲吻人面，粘人衣襟吗？

一大片留白，没有相关的场景。

杨花胜雪，漫天飞舞。河西的杨树喊话河东的杨树：你好吗？既然空中的叶子不能相握，它们约定好，就互派使者吧！一朵朵杨花，被大自然的鼓风机吹着，东西南北，方向有多样，目标很单纯，就是要找到那只长着心形叶片的手。随着流水看落花，杨花落在水面，远处的青山卧在河底，天上奔跑着一朵朵衔来雨水的云，河岸两边等着摆渡的人。一切有如古时的场景，千百年前的某一天，河东的我，要渡船去河西看你，为喝一盏你为我精心熬制的茶汤。

大河哺育着世界上的文明。围绕着这样的一条河，淮河文明枝繁叶茂，郁郁葱葱。时代之车轮不论怎样风驰电掣，都飞不出大自然的手掌心。河流可爱可敬，至今仍滋养着河边的万物，乃至更远的山林。凤台的曹集就是这样靠淮河滋养的众多的集镇之一，与寿县的朱厂隔河而居。暮春之晨，杨花还没有起性，被河岸杨树林紧抱在怀的曹集，已经人声鼎沸，市集开始了。百十户人家，在祖上就约好了，走下船舶，在这一处河湾定居，学习农夫侍弄麦豆，也不忘本行结网打鱼。晴天结网晒网，雨天撒网打鱼。走着走着的河沙恋着河上的月光不知不觉就留了下来，流动的水冲击着发呆的沙成为沙土岗地，点豆子、点花生、点西瓜……午季秋季，曹集人勤地不懒，大自然馈赠也丰富。当然，最拿手的还是捕鱼捕虾。淮河的鲤鱼，淮河的米虾，迎着晨光，跃蹦在盆钵里，鲜活鲜美，让人感到曹集人的生活那叫一个鲜亮。商铺林立，大都带着乡土特色。也有洋气的超市，写着"以马内利"。电信、农行等设施皆备，连汗蒸馆也开进了曹集，曹集已然成为一个功能齐全的社区。

一块小石块就能让海澎湃，一丝小微风就能让杨花私奔。杨花飞扬在曹集的集市，躲在墙角的月季花沾着杨絮，像擦了一层薄薄的脂粉，越发娇艳，香气馥郁。今日，杨花跑到所有庄户人家的门前。渡过了河，我们是为曹集的酒和茶而来。用秫秫酿制的秫秫酒，酒色清澈，酒味绵长，是曹集的特色。一个个小酒坊敞着门，酒糟堆在门外，接受顾客的检阅：我们没有勾兑，是真纯粮食酿造的。来，来，来，行船靠岸吧，喝一杯用淮河水酿造的酒，不去想远方的家，再来碗麻辣鲜香的狗肉汤，你就找到河里的傻沙为啥傻到留下来而不是流下去的缘由了。青山处处花开，春水迢迢有岸，杨花也有哲学，就是随风而动，随遇而安。临水的曹集，想必有着河埠文化的特点，逍遥又热情，悲观又快意。靠岸的人们，结束了无聊的河上旅行，是要找寻一点乐子的。酒肆、茶馆，是人们最好的去处。吃一碗香辣的狗肉汤，花椒的麻，辣椒的辣，撒一撮金芥，嘬一口好喝的小秫秫酒，撒去身上的湿气寒意，换上暖袍，兄弟，从此就把寒冷和孤独忘了吧。

穿行在曹集，把自己想象成一个行船者才有意趣。

抹抹嘴，咂摸着狗肉汤的味道，自己也觉着心里住着的那个高喊大爱的人是一个戴着面具的伪善者。可行船至此，下一个码头还远着呢，好吃不吃，才是真正的暴殄天物。春阳明艳，空气氤氲着春天的市集才有的味道。曹集的茶馆在附近县区是比较有名的。慢生活年代，曹集有几十家茶馆，远近的茶客，有的渡船来，泡一壶茶，嗑嗑瓜子，抽一袋烟，发一会呆，啥也不买，再渡船而归。淮水汤汤，荞麦青青，喝了茶的人仿佛被充了电似的，满血复活，又能继续在柴米油盐的日子里滚打了。

日子太快了，爱喝茶的人一代代老去，年轻的孩子们大都外出打工，留下不多的田园的继承者们，浸泡在日渐混浊的河风里，耕作、撒网、做狗肉汤、制作小酒、开茶馆喝茶。

池章茶馆，是曹集中十几个茶馆之一。二层楼房，十几张桌子，老桌凳是油淋淋的，泛着隆重的岁月包浆。夫妻二人，四十多岁，俩娃，以开茶馆为生。用蜂窝煤炉子烧开水，水壶的屁股都是黑黢黢的。瓷质的茶壶，配同质的小茶盏。抓一把茶叶，六安瓜片、安吉白茶、霍山黄芽、大棒绿茶……茶叶不同，价格不等。茶壶敞着口，男人提着烧开的水壶，对着茶叶浇下去。茶叶的品行，被一杯开水激活了，伸腰舒展，好像回到了山岚中，茶园里。轻轻地抿一口，有关六安瓜片的翠绿有光、香气清高、滋味鲜醇之类的形容词便落实在了味蕾上。为了使茶叶有清野元气，夫妻二人常年不用护肤品，因为茶叶易收香气，再泡就会失去茶应有的味道了。平素不喜味重的瓜片，在曹集，却改变了我的看法。和人一样，每一种茶都有自己对的时刻、美的时刻，它们藏在岁月的机缘里，等着那个知音和茶客。佐茶的不是小点心，是自己种自己炒的花生和瓜子，花生半熟，瓜子半生，半生半熟，行走在胃肠，带着瓜片的清贵之气，浓情的第二壶还没有开始，这样想着也是醉醉的。

艳阳高照，微风带着些躁意，杨花起了性子，肆意飞扬。池章茶馆的老板已经给我们续了几次水了，瓜片依旧有味，看

诗意的烟火

来淡若微风的茶尾要等下一次了。喝了春天熬制的茶汤，让我
以书生礼节和春天道个别吧，为你在河岸踏歌声，唱邰正宵的
《茶汤》：

> 我想再喝一碗你熬的茶汤
> 暖身后轻轻挥别再渡江
> 渡江到那遥远的寒冷北方
> 你就怕我的手会冻僵
>
> 我一定回来喝你熬的茶汤
> 这次记得要多放些老姜
> 我寄给你的信还在路途上
> 何时才到你的地方
>
> 北风它经过多少村落　来来回回绕过
> 分不清那年　你求神保佑
> 只见风声大作　却更寂寞
> 那庄稼已经几次秋收　麦田几次成熟
> 于是你祈祷　安静地难过
> 我还一直也没有　回来过

画小甸

　　初识水粉新鲜劲，每到一个地方，我第一眼就瞄天际线和地平线，想把映入眼帘的风物定格，在心底暗暗起稿。

　　到小甸也不例外。

　　自去年随县文联组织开展的"送欢乐下基层"演出走进小甸镇后，这是我第二次来小甸。

　　远观，小甸是安徽省寿县下辖的红色革命名镇。古时，是瓦埠去合肥驿道上的一个小店，渐成集市，明末清初小店衍称小甸集。其境内有西周时期汪古城遗址、春秋时期狄青寺遗址和汉代筑城、鲁古城、邵老湾遗址。还有汉代田铺小古堆、曹王岗小古堆、双湾大古堆、后新庄古堆、老牛上山古堆等古墓葬，是一个文明久远、历史底蕴深厚的地方。

　　近看，在中国版图上找寻小甸集，得用大倍数的放大镜。若翻新中国史，在开篇附近，三烈士曹渊、曹云露、曹少修以及曹蕴、马家礼、韩孟平、涂德文等无数烈士前仆后继披荆斩棘呼啸而来，班马萧萧，弓箭在腰，年轻的面容生动如新，可爱可亲。1923年冬，这里成立了直属中央领导的中共小甸集特支，是安徽省最早成立的农村党组织，是第一面红旗诞生地，彪炳史册，毫无争议。现在，这里建有三处纪念地：中共小甸集特支旧址、曹渊烈士故居、寿县革命烈士陵园，是安徽省爱国主义教育基地。

纸上学来终觉浅。这次来，我想走走烈士生前走过的乡路，看看这片红土地上新作物的长势。

曹渊故居修葺一新，土墙草顶，可窥农耕时代景象一二。东北方有一处瞭望楼，当时定居于村庄的至高处，是守望平安的双眼。故居外有池塘，满当当的一塘水，照见天上的流云埂边的垂柳。当年，曹渊在外读书，曾把木瓜引种进来。《诗经》里的木瓜可换琼瑶琼琚，恰如年轻的曹渊怀瑾握瑜、心若芷萱的理想，拜别乡亲父老，把妻儿留在乡土，以青春之躯换取珍贵的民主独立，护佑每一个物种和每一粒种子，在故乡，在中华大地，向下扎根，向上开花结果，供养子子孙孙，育长富强民主文明。

木瓜树已经没有了。他的故居旁边，一小簇一小簇的波斯菊开得热烈。几株枣树、石榴、桃树分行站立，它们在风中互致问候，小毛桃小尖嘴红了，引得雀鸟抱着桃枝不放。一朵美丽的桃花变成了一枚鲜艳的桃子，生命在悄然不觉的时光里发生着奇妙的改变。一粒种子若不落到地里死了，不论过了多少时间，仍旧是它自己。一粒种子若是落到地里死了，被剥夺被掩埋，便会经历着生命的奇迹，地平线上就会出现木瓜桃李榆枣椿槐楠檀……拄着天地。这多么像他，像他们，这粒粒革命的种子，牺牲埋葬，换来了一批批崭新的生长，组成了此后的时代。

1924年夏天，上海大学党组织派遣党员胡允恭和凤台的吴云等六人在小甸集曹小郢子，开办了小甸集淮上中学补习社，同时，建立了淮上中学补习社党支部，直属党中央领导。今天，在复建的补习社，可见被塑复原的一群热血青年为探求真理求知如饥似渴的场景。由此可见，从那个时候起，或者更早，老区人民就对教育非常重视。英雄就义，英魂还乡，既然是种子的生命，定有赓续的基因。小甸距离县城和合肥市不远不近，为方便老区的孩子上学，有识之士斥巨资建起了高标准的万瑞中学，学校教学设施先进，师资力量雄厚，可供三千多名孩子接受优质教育。在刚刚揭晓的今年中考中，万瑞中学取得了骄人的成绩。另据校方介绍，他们即将增设高中部，这样，老区的孩子在家乡就能享受大学前的优势教育，赢在长跑线上的每一段。

书读万卷，可医一愚，此乃荡涤思想和灵魂的快事。人吃五谷杂粮，在世上虚度春秋，总免不了受生老病死的驱赶和打扰。思想靠教育，病体要医院。南唐惠民医院是小甸镇一所民营医院，有病床九十多张，医疗设施齐全，医者仁心，技艺精湛，让有病寻医的老区人民一出门就能享受到全方位的医疗服务，解除病痛，安享幸福生活。怎么说衣食无忧、无灾无痛，都是咱老百姓最素朴的生活理想，这也是英烈最初的愿景之一。

小甸镇地处江淮丘岗地带，地面高低起伏，岗冲相间，土壤系黄棕壤与水稻土，属季风性亚热带半湿润气候。除丰产传统的水稻、小麦、油菜、棉花、豆类等外，多种蔬菜、水果也在此找到了佳美居所。贝贝南瓜就是适种较为成功的品种之一。在大棚里，它们用须蔓抓住园丁搭建的铁丝架，缓缓直起腰身，把自己的小绿灯一排排挂将出去，这翡翠的果实，捧在掌中，如它的名字一样，可心至极。据说，整瓜蒸熟的它，甜糯有致，是现在提倡低碳环保养生餐桌上的新宠。除贝贝南瓜，还有瓜蒌子、黄蜜桃等，这都是出现在小甸地平线上的新物种。

新物种需要新的种植推广者。张宇，这位在英雄土地上成长起来的新时代群众领头羊代表人物之一，利用新传媒，改换传统营销模式，打造出知名电商平台——"淘小甸"，把小甸特产，"土"系列和"新"系列农产品，搭乘上电商快车，销往全国，深受各地消费者喜爱。他们的做法经各种媒体的宣传报道，成为老区脱贫攻坚衔接乡村振兴的优异样本。衣钵传承，一代人有一代人的想法和干法，若泉下有知，英烈定会为这生动的小甸实践感到高兴而含笑九泉。

走至这里，心中的画卷基本有谱：选定天际线和地平线，用普蓝、青莲、深红调黛天晚云，用银白让每一个英烈星宿飞至天幕，动如参商。地平线上，橘红落日，山上群青，林立着无边苍翠。近处，流水洒金，稻菽滚绿，一群赭色淘鸟飞向天际。当然，要留白，我得把更多的白留给远方，留给明天……

顺河古镇

　　喜欢小时候的小视角，看到的世界总是很大。村口大塘足以和太平洋媲美，田野的花开了，开成大海的样子。青草高蹈，春光见长，一个小孩和一群鹅周游田园，田野里的许多事物都装着我，我却佯装不知，此刻，我的世界就是一团泥巴、小水洼里的小蝌蚪。

　　蝉脱了几层壳，长出了一对翅膀，把"老我"丢在地上，飞上了榆树，我叫它们半空中的歌唱家。小蝌蚪甩掉了尾巴，长出了四条腿，水陆两栖，居住在荷花塘，夏天的晚上，它们的歌声最响亮，我称它们为水波上的歌唱家。歌声长着翅膀，绕梁三日，何止，多年以后，我还能听到它们的歌唱，一个在白天，一个在夜晚。即为天籁，历久弥新。

　　和故乡里许多事物一样，这个顺河而建的古镇，大顺也有。之前很遥远的乡镇，因为同居在瓦埠湖东岸，如故土的面影呈现眼前，在思想里不由自主地亲切起来。

　　五月的大井水库，完美地演绎着天光云影共徘徊之画境，泊船微漾，青蒿历历，江蓠沐风，野油菜围着弯塘把籽粒抱紧，也许它知道小满快要来了，到时想搂也搂不住。这些美好的事物在向我们扑面而来，如水随行。水是生命之源，大顺镇三面环水，临水是大顺的地理特征之一，自然水润，养育农业，养育风景。大顺镇处于瓦东干渠末梢，大别山上来水，时走时停，为把水留住，除了天赐的湖泊纳水外，他们还打下了深井，取名为一二三四至九井，从地表到地下，径流都有自己的归处。水丰至极，会发大水，这样的年代屈指可数。水在地表一泻汪洋，淹没农田，泥土的房舍经不住水泡，人们被迁至高处，如鸟占高枝，俯瞰水波，直到大水退去，洪水成为一场事件，再回到日光之下，寒来暑往，稼穑不息。

湖是大地的眼睛，井是地心的明灯。看过水库，追寻着一口口井的位置，大顺的美丽乡村沿着湖岸星罗棋布。秀昌纺织、亚克力新型材料厂是生长在大顺土地上的又一种"作物"，厂房挨着村庄，厂子开到了家门口，村民和工人的双重身份随着上下班互换巧妙。他们在生产线上专注的样子，如凝视着麦芒上的露珠，令人心生尊敬。年轻的纺织女工把一团团棉花纺成一条条棉纱，如云端漫步，纤云弄巧，是另一种美好的形象。

顺着水迹到了余埠，又称顺河古渡。乍一听，听成了宋河古渡，起源对宋朝的喜爱，好感油然而生。顺河古渡，带着古字，自然刻着古意，早在明清，瓦埠湖水运昌盛，行船千里，送君千里，需要补给，湖岸搭起船和村庄之间的桥梁，为过往的船舶服务，顺着河岸形成了集市，就叫顺河集。市集繁华了几个世纪，河岸迎来游子，送走故人，船歌欸乃，水鸟至今仍在盘旋，犹往日重现，吹过你的风今天又吹过了我，就算今古的再次重逢。

　　水多光足，随万物生长。新店是个好地方，有着完美的田园风光。在大顺，这样的田园还有很多。大麦在场，小麦在地，杨花胜雪一地霜，打碗花吹着迎宾的小喇叭。杨树拍着心形的叶片，这是我热爱的树，我叫它们是田野里的歌唱家，歌唱家见了我们，拍掌而歌。此刻，小麦将黄未黄，间着零星的油菜，它们手挽手在蔚蓝天空下随风涌动。高低错落的楼房若隐若现，低洼处的群众再也不用担心遭遇水患，在最美田园中心，建有他们高高的安居之所。

　　田野的中央，是一口口当家塘。塘埂上的歌唱家杨树，当起了麦田的守望者，也是孕育美丽乡村风景的功臣。我想到了小时候塘就是我的太平洋的比喻，太平洋很大很远，远水解不了近渴，这些当家塘不大却解决了旱年的民生之需，在心理上，它等同于太平洋之重。更别说瓦埠大湖了，这样想着，就借着摄像的无人机鸟瞰一回，追着荡漾的湖水，追着五月的榴火，沿着绵延的湖岸，看湖光渐渐，等幸福小满，画一个圆满的银湾大顺。

故城秋天

夜半的风突然之间就有了一层薄薄的凉意。

季节更替真快呀，怎么就处暑了，秋老虎可还在城外的八公山上蹲着呢。

穿行在寿州旧城巷道，去赴大大小小的宴会。我看到了丝瓜了了的须，绕在电线上，非常生动。

丝瓜是什么季节的瓜果？一年四季吧！就是到了冬天，树上还会摇晃着它长长的枯瓜，摘下后，去皮，是刷锅用的好东西，不亚于钢丝球。入秋，丝瓜爬满这户人家的院墙，伸出藤蔓，遗下黄花，落在脚边。拥有三面爬满丝瓜的院墙，这户人家在寿州的深巷里，立马显出独特的韵味来，像一个农庄。

街市里的农庄，奢侈得令人嫉妒。

寿州，它是一座故城。农庄也只存在人的心里。因为这寂寞的故城，日光月影下的生计，还有不久就要迎接收割的田园和卸下丰盈的大地。我总是睡不好觉，感觉许多事物都在等着我，等着和我畅谈。

　　我会用生命该有的恩慈和宽容说明一场灵魂的救赎吗？就是从故城开始，把心灵旧城拆迁，再筑新城。

　　以爱为旗，这是我的理想。

　　春天总是很快，夏天也是很快，青草一直在大地上，生长又消失，消失又生长，无穷无尽的碧绿连接着无边无际的枯萎。青草霸占着父亲的坟冢。站在坟前，我至今仍在恍惚，父亲真的没有了，连生前所有的影像都开始变得模模糊糊。倒是风中摇摆的青草，起起伏伏，像父亲在每一个农忙时节弯腰起身的样子。尘归尘，土归土，我们的生命走到最后，又与大地再次联合，奇妙地变成了一株草，摇曳在风中。

　　我知道，青草萋萋，是我今后的故乡，也是我子子孙孙的故乡。

　　我还是喜欢伸长鼻子去嗅，捕捉那残留在时空中的气味，很淡，几乎为零。但我还是试图伸长鼻子去嗅，所有发生的路过的气味，如青草、落花，还有喧嚣街市浓烈的尘气。

　　我的小孩在快快地长大，蓬勃的样子，像青色的葱。他头顶着一个小太阳，那是青春的味道、大风里烈酒的味道。即使再冷，想到他，心里一会儿就热气飞腾。

　　天起了凉风。

　　气息开始流转啦，我越过丝瓜，闻到了漫山遍野中果子的味道，松树的味道，落叶的味道，还有采果子的姑娘淡淡的体味。

　　她们把梨子从树上摘下，放进篮子里，风吹过梨树叶，呼呼地响，看着看着，叶子就变成了金黄色，那是姑娘眼眸的光彩。秋天的风，从山上来，吹进寿州故城，有些纯金的味道。

如果一座城，因为一阵风过，就被镀成了金色，不要惊奇。就像在断瓦残垣中生长出金色小菊花，矮矮的瓦松，在许多古旧的建筑上凝结着一层薄霜，有诗意有古意，人们见怪不怪，说它们是原生态。我们爱把赞美献给远方，却吝啬于身边的发现。

季节不停给小城穿换衣饰，我也不停地变换衣饰，以衬托街市从热闹走向萧寂。我还把鞋跟变矮，等待满城尽带黄金甲，厚厚的银杏叶铺满故城的大街小巷，我正一片一片地走过。

旧城明月

月亮在天上，我在地上，可是有一天，我看到了汤锅里有一轮月亮。那一天，我发现自己不谈理想已经很久了。骑车经过新城菜市场，打算去买做汤的菜。忽地，想到了理想一词。这好像一点都不着调。日子云淡风轻，却不动声色地让我交出了风和花。

新城菜市场位于寿州标志性建筑大圆盘的东南方，是新旧城接合部，是一个落实民众鸡毛蒜皮的宝地，一个养育着民众七情六欲的宝地。我自从把风花雪月打包邮寄给未知名的远方后，就把菜市场当成了理想的新着陆之地，并且异常笃定道：到老不变了。所以，从这点小初心来说，谁也休想夺走我热爱菜市场的理由。菜市场，是一个养育民间的集散地。中午时分，白肉案收摊了，红肉案前，几块牛骨头撂在筐里，估计一位买家也没有了。还没有到吃羊肉的最佳季节，清真寺阿訇只宰了少量的羊只，早早地就卖完了，肉钩子还悬在那里，等待着明天的羔羊。最近虽受非洲猪瘟影响，猪肉价格却一直稳定，还有稀稀拉拉几家经营户在卖猪肉。我对卖肉的说：买五块钱的肉，炒肉丝。我的心里，突然响起了一句话，汤锅里泡着月亮。肉摊子旁边是家干货店，这些大茴香、小茴香、辣椒、花椒、胡椒的气味，是我曾经多么讨厌的气味，现在居然打败了讨厌的我，唤醒了那个喜欢的我。我喜欢这些气味，它们的味道让我想到海子的一首诗《幸福的一日——致秋天的花楸树》，花楸不是花椒，但每次吃放花椒的菜，我就不禁想到这首诗，舌尖上的滋味传感到内心，我把它叫作幸福的味道。

干货店里正播放大鼓书，是一个女性的声音。这让我一下子想起最初的理想了。三样：捡垃圾、当木匠、说大鼓书。

先说捡垃圾。在我看来捡拾是一次甄别选择，是对别人丢弃物件的二次认证，因为明珠或许会被丢弃，也许石头本身就是明珠，我喜欢赋予被遗弃的东西以新生命。小时候，村庄里没有什么可捡拾的，没有矿泉水瓶，没有易拉罐，也没有纸箱，除了猪屎牛粪，还有白鹅倒毛时落下的华羽，公鸡尾巴的毛……猪屎牛粪被早起的大人或者大小孩早早地捡拾走，倒在粪窖里沤肥了。临到我出门，我只能盯着老鹅、老鸭和公鸡的屁股看，希望它们能掉几根毛，让自己捡，我可以攒着，让母亲给做鹅毛棉鞋，让父亲扎鸡毛掸。鸡鸭鹅被我整天追着，气得很，便不在白天掉毛了，改在月黑风高夜落毛了。观察良久，我发现了铆窍。有一天夜里，我偷偷地溜进了鹅笼，想拔几根老鹅毛，不承想，老鹅大叫了起来，把家长也给吵醒了，自然少不了被大人暴揍，还挨了钉钉锤。人畜共居的村庄，植物葱茏，它们闪闪发光的样子，引着我把拾荒捡拾的理想雪藏。

　　我要把那些弯柳别木放倒，打家具。嘿嘿，当个木匠，这总该可以。家前四外，木匠倒有两个，但都不收女徒弟。我打算自学成才。届时，我初中毕业了，面临着复读还是读高中的选择，我自然说到自己的理想，我要当木匠，可两位老家长没有一个人搭腔。这不明摆着拒绝嘛，但谁也阻挡不了我收集短木桩的爱好，我把它们从田间地头捡回来，码在廊檐下。一等到假期，我像一个真正的木匠一样，斜着一只眼望过去，用白线蘸墨水打线，朽木也可雕啊，我的天赋居然被自己挖掘了出来。我做出了微型的写字台、小板凳、小饭桌等，士兵一样一字排在廊檐下。这惹得父母好一阵后悔，就讲，也许真能当木匠呢。经过多年家教、学教，我业已成为一个听话的孩子了，一个眼目顺从，耳朵听讲，短腿执行力强的假小子了。

　　村庄里经常来一位说书人小高，是大舅的把兄弟，我们喊他干大舅。干大舅说大鼓书，说《隋唐演义》，我从此记得了一个光辉烈烈的男性叫罗成。干大舅说书之前，要喝一个生鸡蛋润嗓子。干大舅敲着大鼓，用嘶哑的声音，把古书里的故事情节用唱的方式给叙述了出来，有时他的声音是唱，有时他的声音像哭。书中的那些个人物，是一个个被他从心腔里喊出来的，他们活脱脱地站在乡亲们的面前。金戈铁马征战沙场，铁血柔情肝肠寸断。我那可爱的乡亲们的心被干大舅的大鼓书揉得又酸又软，一个个眼睛都红红的，等干大舅敲定休止的鼓符，已经到冬天的后半夜了，下弦月挂在西边的树头，是老天挂在树梢的琴。乡亲们还不肯散去，他们想知道，后来那些人怎么样了。干大舅的大鼓书是乡亲们的精神食粮，喂养乡亲干瘪的精神世界。干大舅肚子里的东西真多，周书礼戏，百科全书啊。干大舅每年出现在村庄，都是在土地和乡亲共同休养的冬季。每当干大舅背着大鼓出现在村子时，整个就是一个大明星。前年听书的人，得知了音信，一早就等在村口，一直等着要"后来"的答案。他们一把把干大舅的行李抢过去，热切地问：罗成最后可死了吗？这些，像补洋瓷缸燃烧的牙刷把，一滴滴地滴进我的心，把我焊上了。我被大鼓书，深深地吸引着。我偷偷地和母亲说，妈，我要跟干大舅学大鼓书。我母亲都没有看我，就讲，你这丫头怎么就跟人家的姑娘不一样呢，你看可有一个女孩子说大鼓书，走村串户，逃荒似的，成什么样子？

后来，我知道了许多事女性都可以做，而且可以做得很好，我就想回家和大人理论。可是，我的大人变成了老人，我也变成了大人。村庄里的垃圾，瞎爹爹死了以后，就是黄姑父捡，黄姑父死了以后，是他犯有癫痫病的儿子在捡。猪屎牛粪也没有了，只有几只看家的狗，它们的狗屎是没有人捡的。村户使着城市生产着的物件，用过之后的垃圾出现在乡村的地头，捡了再卖回城市。我母亲说，没有一个捡垃圾的人是富有的，外面讲的都是骗人的。木匠自然是灭迹了，工厂化运作，流水线作业，品相好卖相高的家具，早已进入故园里的家家户户。我母亲说：木材都没有人要了，你要做木匠，估计早饿死了。又说到大鼓书时，我母亲带着哭腔：你干大舅死得惨啊，一个说大鼓书的，又烟又酒，嗓子唱破了失声了，也没有唱过点唱机、电视机。后来，连一个听书的也没有了，就这，死了还抱着大鼓不松手。估计你跟着后面学，你你……我母亲还是哭了，说：你干大舅是好人，肚子里真有货，你可以学他这点。

我找不到合适的词回答，安慰母亲，解释一下时代这辆火车是怎么回事，《月亮和六便士》是怎么一回事，文不对题地说，老妈妈啊，我现在汤锅里都能照进月亮。可是，不知怎么回事，每当我想到天心上的那轮明月，耳边就会响起干大舅叫魂似的说唱。

烟火与诗意

同学荣是个别致的人，不喜欢扎堆，除了工作，她读书、练字、写诗、跑步，忙得很。她说：时间都不够我用，哪有时间去交际，再说了，人到了一定的年龄，就慢慢开始往回走了，走回到内心深处，回转成小孩子的样子。若需结交，自然万物才是我的亲人。她每到一个地方，急切地与小草小花攀亲戚，凝视它们，为它们写诗。在这个繁忙的世界，她在自己的小天地里，活得润泽葱茏。这是她作为诗人的一面，有着以自然为师的人文情怀。

再丰盈的思想境界也需要肉身来支撑，乌托邦解决不了肉身的必需。生活开门七件事，柴米油盐酱醋茶，人都是要吃饭的，诗人也不例外。飞得再高，也得着地生活，最终还是要落实到一日三餐上。荣同学由不得又把一颗爱草木的心安放到了菜市场。她说：在菜市场，你看！众多的"亲人"从田间地头起身，走上了肉案和货架。大凡诗人总会带些或轻或重的抑郁气质，一句普通的话，被她一说，无端地生出了些酸楚的诗意。

把平凡的日子过成诗，荣同学是有这个本事的。

荣同学搬到南门外住，买菜自然要到南门外的菜市场。她嫌南门外的景天农贸有点远，超市里的菜她又不喜欢买。她说，日光灯下，这些菜没有了自然色泽，塑料样，像女人化了浓妆，不真实。邻居就给她推荐了新城菜市场。荣同学就到大圆盘附近的新城菜市场转悠，临时屋子钢塑的墙面，披挂一身石棉瓦，菜品敞在自然天光下，香菜、芹菜、菠菜、西红柿、辣椒等新鲜恣意，猪牛羊肉、鲜鱼活虾惹人垂涎。她说，菜市场最治愈人心，猪牛羊为你养得膘肥体壮，瓜果菜蔬吸收日月精华棵棵向上，它们为供养我们，甘愿献上自己。看着它们的牺牲，作为万物之灵长，我们真没有理由去郁闷而不好好生活。可是，她又说道：这菜市场环境太差，有一次下雨去买菜，顺便看看菜市场旁边华美的乌桕树，可惜，菜市场没顶棚，上面浇、地下涝，菜叶满地，污水横流，有一个人骑车跌倒了，正好倒在我的白裙子上……现实以她的骨感，戳了下诗人的理想，她很长时间都在心疼着自己的白裙子，忘了那天雨中美不自持的乌桕树。从那天起，她把自己的目光又转向超市了。她说，超市好，干净明亮，斯文有序。

在诗人的理解中，菜市场的菜自然有机，超市里的菜经过长途贩运，几道贩卖，几经捣饬，看起来已经有点呆头呆脑的。其实，她是在思念菜市场里的菜，一段时间不去菜市场，就感觉自己不接地气，少了点什么，读书、写诗、练字都没有感觉。于是，她下班后，就跑到远远的田间，看看麦苗，瞧瞧油菜，来为自己加加油、打打气。

最近，诗人翻看朋友圈，看到一则关于新城菜市场的报道，高兴得不得了，邀请我去逛逛这个菜市场。有趣的灵魂最吸引人，我想看看她如何在烟火的日子里觅得诗意。

新城菜市场位于老织布厂附近，县消防大队的对面。老织布厂破败的房子已被拆除，恢复成绿地，两栋刻着时代印痕的红砖红瓦的房子和高高的水塔还在，挨在菜市场边上。我们去时，是个美好的周六上午，行道树落叶纷纷。诗人说，最先发芽的树，秋天一定最早黄叶，你看，无患子树性子急。果然，无患子围着菜市场，黄亮成了一匹匹锦缎，仿佛是一盏盏点亮的灯。

迎着阳光，我们进了菜市场。高高的彩钢瓦棚，地下的雨污管道，整洁有序的商铺，红白肉区、蔬果区、水产区、家禽区等分门别类，清清爽爽。诗人说，从前最脏的地方就是卖鱼和卖鸡鸭的，鱼鳞鱼肠子，鸡鸭嗉子，真是不能闻，不能看。现在好了，都进屋经营了，铺上了瓷砖，还配备了冰柜，看着舒心，吃着也放心了。诗人还和熟悉的鱼老板拉了一会家常。鱼老板说，这当然好咧，政府给我们砌了鱼池子，修通了下水道，洗刷方便，顾客满意，我们生意当然更好了。

我们还到自贸区转了转，诗人说，还是我们寿县人脑袋灵活，理念都与国际接轨，有创意，特为附近菜农独辟了一处销售农产品的地方，还美其名曰：自贸区。诗人在自贸区说，如果我的父亲在，他定会在自贸区卖自己种的菜。你看，阳光洒在它们身上，也洒在我们身上，看着它们，我感受到了从未有过的温暖，我像回到了父亲的菜园，做回了他园子里的一棵白菜……

从菜市场回来，诗人特为新城菜市场写了一组诗：

早市协奏曲
荣儿

1.

审时度势，要有光，踏着满地月色
蹒跚的脚步，粗糙的双手，沧桑的面容
几粒忠实的星子，积极地呼应着吆喝声和叫卖声
公鸡的打鸣，鸭子的歌声，鸽子的奏鸣曲
繁忙正在构建着一个个极富生趣的凌晨

2.

从六月出发，从五谷到果蔬
西兰花，朝天椒，番茄，洋葱，胡萝卜
在行走中一一确立身份
它们既是亲戚，又是家人

注定了的，等了又等，一直等到麦香长成大海
寂静绽放一朵莲花，芦苇顿生一颗芒刺
生命的节奏清逸，安稳，从容笃定

3.

举头布满洁净和恩慈，俯首前行步步为营

诗意的烟火

那一双双慈目，深邃而又中肯
那温和的笑语，从血液膨胀到热血沸腾
不为别的，只为黑头发黄皮肤和黑眼睛

记一次桃花

我以为春天总要发生一些要紧的事情。可春天已经过半，还是啥也没有，看来我这想法有些蠢。

每天早晨，我和卖菜的妇女一起出门，我骑着我的小鸟电动车去上班，她们拉着自己种的菜，走街串巷兜卖。巷子里，会响起她们的吆喝声，卖豆腐的也按时来了，收破烂的喊得最响，剪头发辫子收旧电器的也不甘示弱，哇啦哇啦。

在市井的叫卖声里，"小鸟"载着我飞速前行，生活，我们的生活开始了。

春天，让人感觉总有一些不同。巷子里，稀少的植物抓住春风，拼命似的往上生长，以惹得上天注意，它们日夜准备着自己的发言，好把思想表达得更充分一些。这让我惊叹，我的心思被植物表述了出来，心意相通，我们面面相觑。

午后，卖菜的妇女把板车拉到了街上，莴笋刚从地里挖出来，带着长长的叶子，躺在街头；水嫩的上海青，被摆得整整齐齐的。这就是春日的寿州街头，菜摊子连着水果摊，青菜和水果站在一起，把人的眼吸得紧紧的，也让人的胃暖暖的。路过的我起了卖菜的念头，守着一堆水葱，几把芹菜，晒着暖阳，追随日影西移，何论光阴？等走过重复的日子时，过滤思绪，才发现自己记住的东西并不多，向往的也没有啥长进。后来，越来越发现，不但没长进，还退步了。可是，可以退到哪里去，来躲藏追赶的日子？

三月十五刚刚结束，我们的山像散戏的戏场，人群散了，留下一堆又一堆垃圾，环卫工人用火钳子把大一点的垃圾收集成堆，在马路牙子边就近焚烧。春风里，小小的火苗，多像我们感受寒冷仍然固执不想冷却的心，跳动着，闪烁着。占山为王，以为自己在一座城或者一座山下生活久了，这座城、这座山就是自己的了，他们会贴上我们的私人标签，有我们的样子。迎来送往，像是家里来了客人，他们带来了各种把式，集中展演一次。心里乐着，可等他们走后，高涨的心情不由得空落了下来。

日子总得自己过，牵得再紧的手，也有松开的那天。什么都不是我们的。

每天早晨，我们各自开始着自己的生活，她们卖菜，我有时买菜，有时和她们聊上两句，有时连招呼也不打，各走各的，我骑着我的"小鸟"上班，遇到花开，这次我绝不手软了，我要采摘一些，泡一罐浓浓的桃花酒，密封阴藏，过上一个月，开坛品尝，乐子也。

酒浓岁月浅，不说桃花的故事了，我退守生活的第一乐章，就从四月桃花酿酒开始了。

　　某年，如果还有桃下静坐的时光，也许买不成菜，但可以酿制各色花酒，灌满大小的坛坛罐罐，贴上标签，这可以是自己的了，按照时序，开坛斟酌，何惧岁月风寒。

　　于是，记一次桃花，目的，为了忆一次桃花。

曲名曰香

傍晚，也是黄昏的时候。我总会把茶渣从窗子倒进后面的山林，让它们去参加大自然的循环。斜阳余晖，透过云丝，行过天宇，落入群山、松林、野草丛，还有窗前观望的我。

早晨，薄薄的阳光，逗留在牵牛花的身上，她就是传说中的夕颜吗？还有一种深玫色的夜来香，在晨光中，悄悄地闭合了花蕊。有人说，这不是夜来香，夜来香是白色的。之后，偶从撒金塘后面的一处民居路过，我找到了淡黄色的夜来香，散落在人群，同在山野一样，也是肆意盎然地盛开着。秋天的花，若开在深浓的秋夜，在墨染的黑里，也会开得壮烈。侧耳静听，有这样一种歌唱，在用奔放热烈的嗓子，从无人的旷野，随风传送，曲名曰香。

还是说阳光，放在中午的时候，山林是淡静的，阳光是淡静的，山梁下安眠着刘安、廉颇，静静的淝河，依偎在山脚，千年的水波呀，他也是淡静的。前年清明，到孙大光墓前祭扫，又多年前，到司徒越墓前看过，这两位是寿县当代人的骄傲，最后，他们也把身体交给了八公山苍翠的松涛。多么热烈的时光和感情，都会过去，多么崇高的人生和理想，也会过去。你说，那千年如一日，我以前不知所云，现在才稍稍觉出点意思来。我想着，我和你也许不会在阳光下相遇，但我们不免会在思想里重逢，这，你同意吧？

阳光落尽，树叶再生，我们的故事还没有说完。

到了下午茶的时光，因陋就简，没有茶肆，没有喝茶的对象，在透明的光中，飞尘带着质感，环绕着我。飞尘啊，就陪我喝一杯吧。窗外是发黄的皮树叶，楝树在摇它的果子，矢车菊开出淡紫的小花，苍耳在等去年路过的那只羊。我举着茶杯，也在这里等你。

红茶若干粒，放进杯子，兑进开水，看不到茶叶在杯子里如何舒展，茶汤就开始酽酽了。香气四溢，飞尘先尝，快乐的光圈，盘旋在茶杯，这是飞尘的舞蹈。在舌尖上，在嗓子眼，在肚腹里，茶开始了自己的行程。

续水，是浓情的第二遍茶。我想问你，我是谁？是鸡蛋，是胡萝卜，还是你的茶叶？这是于丹的讲谈，关于人生的三种妙喻。世界是一锅沸水，你选择当鸡蛋、当胡萝卜还是茶叶，这选择权交给了你，活出什么样的生命，全看你自己了。

飞尘在下斜的光中，渐渐低近埃土，黄昏关闭昼门，拉开夜幕。夜来香舒展身姿，绽放第一朵微笑，向着天边的上弦月发出了邀请：今夜，来听曲。

关于寒冷的记忆

  经过几个昼夜的寒暖交替，我居住的小城有了秋天该有的样子。黄橙色的油彩涂抹在路边的树木叶片上，温差也是有痕的，它走过田野，走过城乡，在不同的物种身上留下了或红或紫或橙或黄的痕迹。

  全球变暖，江淮之间的春夏秋三季之间变得不太分明。

  眼下时序已过霜降，万木开始凋零，丰满的乡野逐渐消瘦，水瘦山寒的夜晚正慢慢走来。八公山下淝水之滨淮河沿岸，阔叶落木都做好了入土还乡的准备。古诗词中所述"无边落木萧萧下，不尽长江滚滚来"的清净萧瑟，正是秋天该有的样子。黄巢咏菊花"待到秋来九月八，我花开后百花杀。冲天香阵透长安，满城尽带黄金甲"还原了传统意义上的秋天，应该以菊开为算。寿州一地的菊花被移栽进瓦盆，成为商品，被喜爱的人购置，成为私人观赏的物种了。想看到"满城尽带黄金甲"自然菊花的盛景，是不可能的。古城里几株老银杏，适时充当了菊花的角色，每年这个时候，都要奉上黄裳群舞、黄金满城的盛大演出。

叶落菊凋以后就是冬天了。冬天是蕴藏的季节。人类懂得。到了冬季，人们把自己紧紧地包裹起来，棉衣阻隔着体外的冰寒，暖气包围着房屋，拒绝着屋外的冰霜。

在凌冬未登场之前，我想给大家讲几则关于寒冷的故事，用于抵御将要来到的寒冬。

邻居家有一棵养了十几年的玉树，树干有一人拳头粗，椭圆的叶片多汁多肉，属于时下比较流行种植的肉乎乎系列植物之一。多肉小盆栽，看似不名贵，但也不易养，一棵玉树能养十几年还真不容易。放在清雅的兰花丛中，它肉乎敦厚的样子，相当吸睛。摸透玉树的习性，倒也好养。它喜爱温暖干燥和阳光充足的环境，不耐寒，怕强光，耐阴。名中有玉，金枝玉叶，玉树临风，它的模样确也带着这样的特质。一年冬天，邻居家男主人出差去了，是夜，气温骤降，低至冰点8℃左右。女人和孩子钻进了棉被，房屋被灯光照亮，被暖气包裹着，玉树却被丢在了外面。第二天一早，小孩子跑到阳台上，看到这棵蹲在寒风中等着被领回家的玉树。玉树仿佛被开水烫过似的，一副凉拌菜的样子，了无生机。小孩子伤心地大哭，妈妈，你怎么会忘了它，我都被它喊冷的声音吵醒了，你是大人，你怎么会听不到玉树喊你呢？

狗是人类忠实的朋友，超过人友的忠实。我这样说，没有贬低真诚为人为友的用意。古城里养狗的人很多。这家看邻居家养了一只叫小辉的狗，也跟着养了一只叫小胖的狗。小辉是一条很懂事的狗，能揣摩主人的心思，听懂人话，在家里备受宠爱。而小胖天生一只混狗，就知道吃和睡，家里来了生人，都不知道叫唤。它天天耷拉着耳朵，夹着尾巴，躺在墙根下。但一旦小辉走过它家门口，它仿佛被打了鸡血，一下子兴奋起来，一张狗脸，无限谄媚，笑靥如花。玉树冻死的那年冬天，小胖和小辉也在经历着。那晚是圣诞夜，圣诞节是基督教国家的春节。古城里也很热闹，教堂里有平安夜的演出，钢琴伴奏，圣诗悠扬。小辉的主人去参加唱诗班，小辉被留在家里。寒冷是慢慢走慢慢浸的。两只狗隔着院墙，也是慢慢感知的。它们吠叫着，彼此打着气，也试图喊来主人，放它们进屋暖和暖和。小胖的主人被狗叫声吵醒了，大声骂了起来：死狗，这么冷的天气，居然叫起春来了！狗一时间变小声了，小胖的主人翻身又进入了梦乡。第二天，小胖的小主人大哭了起来：你们都说小胖不好，你们来看。在屋角，小胖盖在了小辉的身上，被冻死了，身下的小辉和小胖的小主人一样泪流满面。

　　同一夜，心理咨询师冰燕接到了一个久未联系的同学杨的电话。同学杨在上海工作，是当年她们那一圈混得相当不错的女生。自己是律师，丈夫是同行，在大上海立业置产，过得风生水起，令许多同辈人羡慕。冰燕接听了杨的电话。杨说，太冷了，上海真冷。同事也冷，丈夫也冷，高楼也冷，壁炉也冷，孤单时候冷，在人群中更冷。杨的话很稀奇古怪。冰燕说，你现在令多少人羡慕啊，怎么有这样的感觉啊？杨说，没钱的时候冷，有钱的时候没想到更冷。没小孩的时候到处治疗有了小孩，现在我却要带着她经受人间的寒冷，想到这些，我寒彻骨骼。杨说，冰燕，有没有办法让我暖起来啊？我担心自己走不过这个冬天。在我和冰燕讲玉树和狗的故事的时候，冰燕和我说了杨的事情。这是另一种寒风冻彻。杨至今还冰冻在大上海，等待回暖的春天。

久未动笔，写到这，冬更近了，寒意从四周围攻而来，八公山山上山下的树木和我一同站在暮色里，等着被领回家。寒冷和火热是矛盾体，却有着相近的特质。愿这些关于寒冷的记忆能成为暖宝，每读一则，就暖一下你。

落花的街

从前，寿县城东街、西街、北街的行道树是两排参天浓密高大华美的法国梧桐，尤其以东街最为突出。浓荫匝地，日影透过，洒下一地金色的光斑，闪闪烁烁，如一群跃动的精灵。即使盛夏来临，两边的店铺和行人躲在浓荫里，像走在春天，沐着如许清风，一切显得从容自在。

街上会有各样各色的行人，穿过东南西北四个瓮城，足音杳杳，你踩着我的影子，我踩着你的影子，走过街市，穿过树荫，抵达各自出行的目的地。千年亦然。

有一个人例外，他似乎从未走完一条街。

我上高中时，这个人，一直在街上很慢很慢地走着。不知他的家住在哪个巷道，从哪里出发，要到哪里去，他一直在街上很慢很慢地走着，让年少的我，很是好奇，想探究他的行踪，但他蜗牛般的行走速度，不由得让拉风少年败下阵来。记不清他具体的眉眼了，他总是穿着灰色或者蓝色的衣衫，从春到冬，一直很慢很慢地在东街走着，似乎拄着一根棍，似乎有疾于眼，似乎有疾在腿。那时候，街市安静，许多古迹偏安于古城的各个角落，在自己的地方，一副任岁月苍茫，我自脉脉流芳的样子。一个很慢很慢走着的人，也是那个时代生活节奏的写照吧，是为大众熟知的木心先生的诗歌《从前慢》中的场景：

> 记得早先少年时 / 大家诚诚恳恳 / 说一句是一句 / 清早上火车站 / 长街黑暗无行人 / 卖豆浆的小店冒着热气 / 从前的日色变得慢 / 车，马，邮件都慢 / 一生只够爱一个人 / 从前的锁也好看 / 钥匙精美有样子 / 你锁了，人家就懂了。

人们还没有从从前的生活方式中被唤醒，工业文明所带来的福利大家还没有条件来充分享受，没有享受，自然就没有伤害。慢节拍悠游的小城市生活，亮瞎北上广深的眼呀，是的，日光之下，并无新事。在生活面前，何必这样急吼吼地急赶慢赶，终会过去。

春天来了，树是最先知道的，小草也知道，东门外护城河边的宾阳柳鹅黄初发，如一枚美眉俏点上古城的额，风是守不住秘密的，一夜之间，城里的法国梧桐得到消息，根本按捺不住枝头一颗颗萌发的春心，高大的枝端捧着小小的新芽，是一棵树爱上春天最美的样子。发芽以后才是万物比着拼命开花的时候，法国梧桐飘着小绒花，结的是溜圆如绿球的小果子。它的绒花扑打在慢慢走着的人的衣衫上，有时是眼睫上，他的睫毛挡住了这个意外，更拉慢了他步行的速度。城里树的开花阵势，自然比不上城外八公山万亩梨花开。哪有物种从生到死都能持有艳惊四座的美丽呢，这样的话，也太累了。几棵著名银杏树的花是给慢慢流淌的日子留白的，银杏叶子才是秋天的宠儿。得益于银杏让贤，古城里角角落落的梧桐树在春天灿烂无比，芳香无比，垂挂着紫色钟状花絮的梧桐树，如多年未见的邻家妹妹，在离开你视线的某一年突然就出挑成鲜丽明艳的新嫁娘。慢时光里，生长是一件如此悄然生发而又迅疾的事情。印象深刻有两棵秀梧，淮春二部古建筑旁边有一棵，从居家的阳台俯瞰，树下露着的皆是市井生活中活泼可爱的脸。另一棵靠近北门，每一年春天，从靖淮桥回望古城，梧桐树举着香气四溢的浅紫，仿佛举着一盏盏紫色的灯，照着在街市慢慢走着的人。

花开微微，落红细细，不动声色。花事盛大，落幕也空前惊心，"夜来风雨声，花落知多少""惜春常怕花开早，何况落红无数"。这些，古城都见怪不怪，淡看花开叶飞。对于那个很慢很慢走着的人慢慢消失的背影，如那个旋风小子消失的背影一样，城池连眼睛都不眨一下，是不是因通透而不疼痛？包括后来的城区改造，许多古建筑没有完好地保存下来，老时光留下来的老事物，旧时美器，像一个慢慢走着的人，最终要到达目的地，完成使命，走进消亡。这些搬移行走，连着古城筋脉的，如果讲疼痛，它肯定会疼得龇牙咧嘴。生活不带假设，全是真刀真枪，街市两边法国梧桐，在一阵强似一阵的城区建设中，分期分批从古城的街市撤退，一棵棵被斩头去根，它们的伤口处被重重包裹，树根上沾着故乡的土壤，如被经济风潮催赶的外出淘金者一样，装进一节节南来北往的火车皮远走他乡，落户他乡。

　　小树苗从外地运进来，站进从前法国梧桐站的坑里。它们是南方的物种，有香樟、有女贞、有倒槐。来的时候，它们的模样还小，街市的上空大约有三四年都显得空荡荡的，如梧桐树下那个远行人的家。像邻家妹妹迅速地长大，街市两边的行道树有一天竟然高高支搭起了凉棚，聚集着阴凉，藏几朵鸟鸣，奉献给思念法国梧桐树的古城人。山有木兮木有枝，还要怎么样？这是一个崭新的阵势，到了夏天，它们会不遗余力地开花，淡黄白的小花，随着阴凉洒落在地，赶巧就有乘凉的小汽车来树荫下来消夏。明亮的夏日晨光，打在小汽车身上，光让车的侧颜闪着金属的质感，顶盖上，是谁用一层薄薄白白的花来装点的？人看星辰是向西方流去，花悄悄落在衣中，面影在水面浮动，完美的意境创造者和时光见证者，就是这些树，它们下大力气，征战异乡，一定得融进他们的风土和人情。

　　后来，北街被允许摆设夜市摊点，红色的小棚一溜摆在树下，中餐大排档、淮南牛肉汤、销魂小烤鱼等，餐色撩人，是寿州夜生活经典代表作。"人头马"可喝，二锅头盛行，啤酒最讨喜，一群好友在树下猜拳行令，头顶一轮明月，脚踩落花无数，年日何用问津。喝高的人，最容易伤感，他们摇摆的样子，就像那个慢慢走着的人，抱着一棵树，仿佛抱着自己的知己，哭个不停，或者唱个不停。树一言不发，自顾自开花落花，身上会留着那个人的鼻涕和眼泪，咸咸的，树有小心机，一搂成知己，从此不离，立定了脚跟。夜色还没有完全褪尽，晨光从城池的四周浸过来，小红棚慢慢走过街市，消失在市井中。

某年某日，凌晨四五点的街市，突然就响起哀乐那浩大的剧痛声，它在向路人——我宣告：那个慢慢走着的人再也不会出现在街市了，那条一生没有走完的街终于走到了尽头。某年某日，我又接到了哀乐的通知：我们的朋友，曾经的追风少年也被时光永远地丢弃了，今天是他在人间的最后一刻。把他装进上行或者下行的火车皮，得走。为生命送行，所有的灵车都会走得很慢，慢才显示对生命的尊重和对时光的珍视。像那个慢慢走着的人，一生只为走完一条街。像我们曾经在这条落花的街上，举杯邀请过的明月，从此，清照他返回出发的地点，从此，清照余生的我们一次次举起空杯。

落花簌簌。灯花簌簌。

第三辑

》

清风有时

清风有时

美好的事物总会袭击人，比如书法。五千年中华文化孕育出书法之美，许多人自小就接受这种美的启发，被打动，后来，执意在和纸、笔、墨、砚的精神缠绵中，变成书法之美的继承者和创造者。

20世纪70年代中期，黄先舜十岁不到，每逢春节，便开始为村子里的农户写春联。墨汁用完，村部的代销店缺货，村民们就从烟囱里取来黑灰调剂成墨。红纸黑字，一片鲜艳，把庄户人家的年装扮得红红火火。

若干年后，古城南京首挂春联，国内各古城纷纷效仿。写春联的放牛郎已成长为书法家，庚子春节前夕，黄先舜用汉隶为寿县古城南门（通淝门）书写了首副春联：德政归心，淝水通江海，骏足万行直奔小康路；春风润物，古城添岁华，鼠须千管劲书大治篇。

生活是大师，时光是牧者。人生若只如初见，这个从描红入门的孩子，初识书法，便意趣盎然，兴趣带领他走进书法的别有洞天。从小学到初中至师范，每一个阶段，老师鼓励、同学赞叹，一手好字得到了充分展示，他包揽了不同时期的黑板报，在同学圈小有名气。

国家历史文化名城、中国书法之乡寿县文化积淀深厚，素有"怀诗寿字桐文章"的美誉，曾令梁巘、邓石如等史上名家流连驻足。走上工作岗位后的黄先舜与当地诸多书法名人结缘。在他当乡村教师时，诗书画兼修的陈子谷先生影响了他，透过书法端丽面纱，他瞥见了这道深邃神秘的眸光。后来，他转岗到县国土管理部门工作，聆听过当代书法家司徒越先生的教诲。有幸结识了孙子连、顾应昌等一批书法界前辈，他们在真草隶篆等不同的领域摸索探求，找到属于自己的书写方式。黄先舜浸润其中，获益匪浅。

上天赠其甜，必先予其苦。就在黄先舜的工作生活刚进入正轨时，一纸调令又将他调到寿县最南端的乡镇去挂职。值得庆幸的是，虽然基层工作辛苦，条件简陋，但是身边居然潜藏着书法痴迷者，姚家斌先生就是其中之一。他乡逢故知，这让黄先舜百感交集。从此，座上客除了一些要求解决民生问题的老百姓，更有书法知音人。冷雨夜，一卷黄纸，一盏青灯，通过书法，与古人谈，如清风入座，明月当头，让他苦中有乐。当他再次转岗到县建设局工作，古城迎来了大开发大建设，开发建设规划先行，黄先舜分管重要的一环。繁重的工作压得人透不过气，书法之声在体内气若游丝。他只能在半夜，趁同事鼾声大作时，拿起笔，开始笔尖舞蹈，弹奏心里的最强音。

在生命之河，一颗小石子，经过时光揉搓打磨，迎着光亮再看，它已嬗变成一块温润的玉。2011年底，黄先舜领到了寿县县委交办的任务——争创"中国书法之乡"，这是他调任县文联后的第一份考卷。不得不说，这是把砖用对了地方。他不辱使命，不负众望，带领"申创办"用了不到两年的时间成功完成申创，2013年7月，寿县成为安徽省第2个中国书法之乡。当年，除了国家历史文化名城之外，寿县又增添了一张国家级文化名片。

说说他从童年就开始热爱的书法吧，要怎么说书法呢？堆砌一大堆好词来表述，似乎都不足以表达黄先舜对书法的情意，这一笔一画书写着的中国情意。

他在书法创作上主张博采众长，临一家墨如听一家言，营养不够，容易陷入认识上的局限、走笔的窠臼。为此，他溯源魏晋，走过唐宋，瞻仰明清。每一笔下去，都是他对古人的敬重与交代。他爱王羲之的不激不厉、开合有度，爱颜真卿的凛然厚骨、宝相庄严，还有苏轼的俊逸、米芾的潇散、旭素的癫狂……都在他的笔端萦绕过。而他从来都是师古而不泥古，对一个书法悟性极高的人来说，一招鲜吃遍天？不！他是招招鲜，这令许多同行兴叹。他循着书法血脉中的DNA，能在每一座大山面前找到攀登的阶梯，这大约就是传说中的天赋异禀吧。

书法说到底是写心的艺术，时间可以解决技法的问题，要把书法提升到艺术范畴，则要提高学养、涵养等综合素养。正如刘熙载《书概》所言："书，如也，如其学，如其才，如其志，总之曰：如其人而已。"黄先舜爱好广泛，他的歌喉受到《书法报》编辑的赞叹：在民族唱法中糅合了美声。他还是一位诗人，诗歌哲思凝练生动，让他的书法又呈现出灵秀韵律之美。为此，他主张书法家要广泛涉猎，多读书，读好书，提高自己的格调和审美情趣。在一片清丽秀媚、千人一面的今人书法面前，黄先舜有自己的审美判断取向。他崇尚傅山的"四宁四毋"：宁丑毋媚、宁拙毋巧、宁支离毋轻滑、宁直率毋安排。对孙过庭《书谱》深有体会：初学分布，但求平正；既知平正，务追险绝；既能险绝，复归平正。初谓未及，中则过之，后乃通会。通会之际，人书俱老。

通会之际，人书俱老，这样的境界想必是每一位书法家终身追求的境界。黄先舜反对一些人钟碑抑帖或钟帖抑碑、不临帖或满足于浅尝辄止、临帖走不出帖而甘为"书奴"等当下书坛普遍存在的现象，钦羡清代赵之谦做到了碑帖的完美结合。

看他近期的笔墨：劲健古拙，骨法润达，血肉丰美，峭拔与灵动并存，有旷达、有节制，步步紧逼又步步为营。观之如接引天地，自在清格，流露着一派老到纯真。

文联工作千头万绪，作为全县文艺工作者"领头雁"的黄先舜，在做好本职工作的同时，他的言传身教，他的艺术情怀，是文坛的一股清流，影响着寿县的文艺群体。作为一个不断否定自己的书法家，他成功的作品永远在路上……

寿州走笔

　　赵阳又出新书了，是他的第四本散文集。书名叫《我在寿县等你》，典型的网红语，但经赵阳先生一用，感觉不是拿用，而是原创。他的系列作品，带着每一个时期的印记，紧跟时代步伐，最接地气，为寿州的普罗大众所喜爱。这个大众，包括我。

　　从前，我们还在八公山工作时，他是领导，我是小卒子。私下里，他是老师兄长，我是学生"老弟"。记得有一年夏天，暴雨滂沱，雨帘从天到地，八公山四十余峰都被卷进，分不清彼此。如此大雨，许多同事们有家回不去，被圈在办公室里。我正在给领导写讲话稿，无从下手，无头苍蝇般乱转，要死的心都有。就在QQ上问赵老师，支个招啊。大约五分钟，赵老师给我发来一个文件夹，全是相关的内容，简直是救命之恩。当了多年行政秘书，让他养成一个好习惯，将各种资料及时收集归类保存。所以，他不管写什么材料，写得快，写得好，皆得益于平时功夫下得深。后来，我也学会了，写材料逐渐上路。

这得感谢赵阳。

既是领导，当然得讲原则。当时，他带着管理处一行人，踏勘在八公山上上下下，调研收集信息，为下一步发展储能。可以说，八公山有今天的发展，他做出了不可磨灭的贡献。那几年，紫金石这个珍宝从地下走出，为世人知。由紫金石雕刻的砚台等制品，在全国相关的赛事中获奖，一时间，紫金石炙手可热。紫金石是不可再生资源，自然要管控好，做到合理有序保护性开采，坚决杜绝偷采。保护性开采交给了管理处负责，统一开采，统一保管，统一制售。有一次，在政府大院里，我遇见老四正从四轮车搬储紫金石。我跑到跟前，打算趸摸一块，留着玩。刚摸到手，赵阳从屋里跑出来，把紫金石夺了下来，说：像什么样子，这是国家的东西，不能动。一句话，讲得我脸红脖子粗。他把八公山当成母亲山，对山上的每一棵树每一块石头都饱含深情。在八公山工作期间，他写下许多好文章，其中以《一只鸟从山上飞过》为代表，是对绿水青山就是金山银山的记录和歌咏。这也影响了我，此后，我展开了以八公山为主题的地域写作。他为我的第一本散文集《八公仙踪》写了跋，美誉我为"八公白毫子"。

从八公山调离，赵阳先后主事县信息中心、融媒体中心。职务升迁了，事情多，压力跟着权责来，按说，写作根本没有什么时间了。事实情况是，他闷头干大事，为宣传寿县，编撰了一套"文化寿州"系列丛书，古镇、名山、名水、名人等皆上榜，成为一张张宣传寿县的文化名片，同时，也为一些文艺爱好者提供了一个发挥才干的平台。其中，他出版了《城墙根下》《寿州走笔》两部著作，大文化散文随笔集，大开大合，一本比一本厚重，多年的学思沉淀在这两部书，有了一个集中的完美呈现。你在其中能感受到一个慢行的赵阳，一个思考的赵阳，一个实践的赵阳，他或在城墙根下，或在安丰塘畔，或在古城巷道，亦庄亦谐，或歌或泪，朴素平实地表述着，笔端呈现的是大美寿州的烟霞气象。

近年来，为古城创 5A，政府在做文旅融合发展的文章。赵阳和他的融媒体中心身先士卒，发挥融媒体全媒体宣传优势，所做的宣传就像一枚枚集束炸弹在网络上全屏开炸了，传播效应一环扣着一环，让寿州这座千年古城一夜为天下知。赵阳此间捧出了他的千年玫瑰——《我在寿县等你》，为家乡代言，邀约天下宾朋，来赴千年之约。一眼千年，一步千年，说的是楚文化博物馆，更是寿州的千古故事。展书即喜，你在他笔下的古城街巷、风物人情里，一定能一眼找到千年前就在等你的树、街、人，逾千年不老，还是那么蓬勃清新。

除了作家、记者、摄影家等身份，赵阳还是安丰塘传说故事的非遗传承人。中国古代四大水利奇迹，安丰塘就是其一。赵阳成长在安丰塘畔，对安丰塘的感情是亲情，挖掘、收集、整理，不断充实文稿，得把安丰塘记在心间，装进肚子。央视来寿县做农耕文明的专题片，为农耕文明做出巨大贡献的安丰塘名列采访首篇。赵阳如约来到采访地点，一棵桂花树下。他端坐树下，与记者侃侃对谈：一二三四……从某一个视角望过去，他鬓已星星。桂花簌簌，正扑打着他军绿色的短袖衫。

写诗与刻碑

十几年前的春天，郑红梅来寿县会晤文友。聊着聊着，我们就聊起了高峰的诗歌，有人调侃，今日八公山巅，风过之处，花香盈盈，此时特别适合朗诵高峰的一首叫《春天》的诗：春天在长高，绿色陡峭／油菜地里，黄花漫漫／我有时会躺在田坎里／让吃草的牛看不见我／让游泳的鹅也看不到我／我喜欢瞌睡一会儿，消失一会儿。

这时的高峰，发表了大量作品，也出版了自己的第一本诗集《水泊寿州》，照我来看，他的辨识度初显。有人把他定位为乡土诗人，是的，他对乡土始终保持着一种赤忱和敬畏。在诗歌中，不限于对乡土的白描，他是用赤子情怀可着嗓子喊，再于静夜，完成新一轮呈现。他笔下的父母、姐妹、村庄、瓦东干渠等风物地标，也是读者的，这些回望童年和农村生活的诗歌，长久抓着读者的心。少年塘里洗澡举起一只鳖，乡村阉者血淋淋刀下的沉默羔羊……透过这些农耕镜像，诗人到底要告诉人们什么？是对农耕文明的缅怀，还是对人世最根部生存的拷问？借着他的诗歌，读者凭空长出一对翅膀，飞临金桥、余集和寿州，一次次俯瞰，树在哪里？巷子在哪里？母亲在哪里？这些都是回家的方向。看了以后，旧有的困顿迷思，分崩瓦解，再用泥土青草、清风月光重塑此身，回转进现实。

当时，博客盛行，高峰只要一出诗歌，诗人浮木立马跟进一篇解读，诗中隐藏之美，未竟之意，一经解读，更加熠熠生辉。高峰是寿州诗群发起人之一，樊子、鹏子、严正、熊德志等位列其内，他们曾经集体亮相于 2007 年的《诗歌月刊》。我远在诗群之外，暗自关注和艳羡。后来，有人为谋生计，咫尺天涯，诗群作鸟兽散，大多数人已向生活缴笔，只有高峰等少数人还在坚守写作初心。在我这个外行看来，诗群兴盛时期是一个多么好的年代啊。

高峰偏爱"水泊"二字，他认为整个一部寿州史，绕不开"水"字。水涵养着千年古城，积淀出楚汉文化。水泊梁山，把梁山去掉，换作寿州，奇崛险中求，寿州有水泊，呈现出书法的崩云峭拔之美。他第二本诗集仍叫《水泊寿州》，这本书里，肥西金桥的元素少了，诗人将目光集中在寿州身上，几乎写遍了寿县有故事的地方，古城内外、八公山上下、淝水淮滨，诗意古意新意之寿州，都有完美的呈现，这本书在真正意义上塑造了诗歌界的寿州高峰。一个有赤子情怀的人，不论他身居何处，他都能从世事万象中找到事物的本质。一般人用瓢舀水喝，而他是打井，汲取甘泉，向最深处扎根，向最高处生长，长成属于自己的荫凉，回报滋养自己又被夏日炙烤的寿州大地。他在《古城池》一诗中说：我还要说到自己／一个不瞌睡的异乡人／手里日夜拿着一把筛子／两千多年泥沙俱下／他得到月光下的一枝香草／和秋风中失散的一截骨头。

诗人拿着一把筛子，在古城内外摇晃甄别，去粗取精，成为一张行走的寿州文化名片。诗歌写到一定境界，缪斯深受感动，她为寿州高峰开了大门和二门，正门和偏门。除多年不辍诗歌创作外，高峰还写了大量散文和随笔。《逛逛寿州的巷子》《城池里的水》等文章，在业界产生了一定影响，是宣传寿州历史人文的名篇。后来，他从领导岗位退下来，转岗到县政协文史委。用对一粒子，可活一盘棋。寿州的文明史、建城史、创业史，需要专门专人来挖掘、收集、整理，历史方能得以赓续，文脉方能得以传承。他走城串乡、上山下湖，在街道巷陌中寻访，在故纸堆里淘宝，写下皇皇数百万字，内容宏富，涉及面广，时代特征鲜明、地域特色浓郁，风物名人展现生动，在《寿县文史资料》编撰过程中，高峰发挥了不可替代的作用。诗人因此摇身一变，成为文史专家。后来，在编纂中国民间文学大系工作中，高峰成为市级专家组成员之一。在去春，他顶着专家的帽子，用着象声词：荷拉掉，荷拉掉……在春风里，访古寻旧，走自己的路，写古城的历史。

高峰在访古的某日，遇见了维修中惊现天日的孔庙文明坊碑记，吹去老粉，残碑现字：州县之有圣庙，圣庙前有文明坊，由来已久……孔庙史和那一阶段的寿州史即刻眉目清晰。高峰喜不自胜，第一时间在公众号上分享了自己的发现和体会。高峰深谙此道。刻碑如写史，似高峰目前着手的事情，地方文史研究创作。

人类最初的历史、文明的印记，是刻在摩崖，或者一块块石碑上。后代的人，通过这些碑刻，舔摸到上古时代的文明发展史。史如刻碑，现在，高峰一边在写诗，一边更多的是在研究地域文化，他系统地研究了寿州的建置史、水利史，地名文化和名人史迹等。他在用自己的方式在为寿州刻碑，写诗写史，真草隶篆，诸体皆备，要的是方正不阿，要领是气韵生动。说到讲论，不论从哪一个方面拎出来讲，寿州高峰犹方家，如数家珍。一个诗人，睁着一双大眼睛，晃着一张大脸盘，操着一口"肥西老母鸡腔"，说到兴致处，他还会时常蹦出土俗之语："照帐子（照这个样子）下去，寿县不得了！"

是啊，中国地大物博，历史源远流长，在祖国山河册页宏大叙事中，有一篇是属于寿州的书写，确实了不得。

笑忘成书
——写给黄丹丹和她的小说集《别说你爱我》

先从一个小孩说起。

2010 年春天,我带着这个小孩坐上一辆人力三轮车,去赴一个现在记不清由头的饭局。孩子当时还在上幼儿园,粉嘟嘟的小样子,拉着我的手,口齿伶俐,跟我讲述她的郁闷:大姨,姥爷陪我去弹钢琴,居然睡着了,还扯起了呼,我的脸都让这个姥爷给丢尽了……说着这话,路过巷口的一家名叫"衣见如故"的服装店,小孩忘了姥爷这茬,接着说了:大姨,这家生意肯定不照(行),人人都喜欢新衣服,新衣服是旧衣服的样子,谁会喜欢? 一语成谶,服装店果然没有开多久。

这个孩子,就是寿县青年作家黄丹丹的女儿柠。柠目前读高三,青葱少年,聪慧如她,古怪精灵,浑身洋溢着一种后生可畏可敬的特质。她常常把她妈欺负得一把眼泪一把鼻涕,而她妈还屁颠颠以当女儿的"小迷妹"自豪。心尖上的肉肉长成了一米七二的拉风少女,新锐光芒,可盐可甜,一生的作品啊,怎能不疼不爱不护周全，挨青春挠多少下都愿意。

孩子对普通的女人来说，是一生引以为傲的作品。幸运如丹，她除了拥有这个精品小魔兽外，还生产了多部精神之子。我算了一下，已有《一脉花香》《清欢》《应知不染心》《白话集》等四部作品出版发行，加上新近古吴轩出版社出版的小说集《别说你爱我》共有五部，清清爽爽，五朵金花。从散文随笔，到诗歌，再到小说，她是目前寿县唯一的一位全栖作家。

一种文体就是一类庄稼，有共性，更有个性。多年来，她把自己训练成为一个勤勉的农夫，按照庄稼的特点、田块的特色，日耕夜耘，精耕细作，终于成为一个四季田畴均有丰产的出色农夫。

她选择耕耘的地块就是故土寿县。她的母壤，历史文化积淀深厚，经济社会发展紧跟时代步伐。身居的古城以及城乡内外正在悄然发生着巨大变化。记录一个个小人物的生存现状，砌成时代的背景墙，也许是"拼命丹"的想法，更是她就任寿县作家协会主席的使命。有人说，文以载道可耻，而我认为，文不载道更可耻。作家如果只为博人眼球，催发人第一层次的冲动和欲望，以此获益人前，捞些浮名虚利，人文最终会如风前碎秸，光中晨雾，随风起光照，如飞而去。

当初，也许"拼命丹"并没有把文以载道当作使命。最先的时候，她还是一个自说自话的姑娘，码码心情文字，记录四时变迁，花草步履，以及公主城堡里的梦幻生活。这期间，她尝试写出了长篇小说《甘蔗汁》，从文学创作的层面来说，还很稚嫩，但在她文学创作的生涯里却有着里程碑的意义。光说不练是假把式，如何从湖面如镜读出内心汹涌，如何在凡人歌里听出大音希声，找准那个切口就能水到渠成，自然而然。今天，读她的小说，我惊喜地发现，她在从前的碎碎念里，摸索探求，找到属于自己的表达方式。正有曾经的那些碎碎念，才有了现在的耐心叙述。同时，她对文字充满虔诚和敬畏，对喂养精神灵魂的作品，从来都致以最高的敬仰。心里有，眼里有，她对每一篇文章，每一篇小说都给予了母亲般的宠爱。只有真爱，才能任劳任怨。看小说集里那些场景、心理以及细节的描写，不急不躁，哈，那些年的碎碎念真没有白念。

　　生活从来不薄待人，你吃过的苦，走过的弯路，都不是白白经历的，它们早在暗中被标好价格，有一天，命运女神会补偿你。

　　丹若黎明，我发现"拼命丹"在变化，恰恰是在她的一篇随笔《天黑以后》。没有经过长夜痛哭的人，不足以谈人生。没有泥泞的裹缠，怎能有荷的清艳？感谢文学，陪着她走过了人生一个又一个小站，爬过生活一个又一个沟坎。感谢文学，陪着她走过黑夜，迎来澄澈黎明。从《一脉花香》到《别说你爱我》，一本一个脚印，一步一个台阶，心血凝就，步步生辉。"不做一般性的抒情，要做有难度的创作"，"黎明丹"按照一位文学老师的要求，从事自己的文学创作。自加入中国作家协会后，她把文学创作的重点转移到小说上。虽然她的评论写得很好，但，寿县小说创作的短板要补啊，她执着的性格恰遇此挑战，便拗上，往死里磕，越磕越勇。创作虽有难度，却是一件有意义的事情，何况自己还是作家协会主席。世上无难事，只怕用心人。随着《留吧，爱情》《十年》等作品的发表获奖，她的小说创作迎来了一个小丰收。这本小说集《别说你爱我》，正是她献给故乡文坛的初熟之果。

我们来看《别说你爱我》，小说集约二十万字，由十九篇短篇小说组成，其中十六篇都是以《淮南子》里的节气命名，另三篇是《赝品》《十年》和以其给书命名的《别说你爱我》。背景地是寿县，以女性为主要描写对象，刘春、朱丽、朱静、林燕、朱莎、刘云、周小萌、顾曼……十九个女主角，十九个家庭。在寿县这片土地上，她们深爱着，她们徘徊着，她们奉献着，集母亲、妻子、女儿、媳妇各种身份于一体，是家庭的守望奉献者，是社会各行各业的建设者。爱情、亲情、故土情养育着我们的女主人公，情深义重是她们群体的特征，刘云的聪慧大度，顾曼的有礼有节，周小萌的脉脉情长……她们面熟如身边娇俏可爱的姑娘，又有邻家姐妹那些熟悉的不便吐露的小秘密。在小说集中不同的人物身上，作者看似漫不经心地安排了一些巧合、一些意外，这些是小说不可或缺应该被称作"功夫"的地方。看到关键处，在读者提溜着心的时候，包袱打开了，一场虚惊，原来如此呢。嘿嘿嘿，这时，读者和作者面面相觑，发出了会心一笑。

谁都知道吃鸡蛋容易，生鸡蛋难。为了作者以后创作更多的精品，还是想从一个读者的角度来提点建议。阅读这本小说集的时候，感觉到人物个性化特征比较模糊。如照镜子，照完了，面容依稀可见，棱角却不明，分不清谁是谁。作者是个完美主义者，不够勇敢面对破碎，小说结尾基本达到读者希望的完满结局。没有破碎的疼痛，就没有灵魂的重建。文学只是人生一种呈现，有残缺才是人生，适当允许生活本身说话。

　　喜欢远远地欣赏丹丹拥有的，她的孩子，她的作品，她的样子……有一年，我脚骨折，她和一群人去看我，蹲在床边吃碧根果的样子，一脸呆萌，像极了嘟着小嘴的柠。我们都笑她，你可是美女哦，这样子哈。人家倒好，没有美人包袱，照吃自己的，满口喷香。她笑起来很好看，像夏花一样。黄莤是她的原名。亦歌亦泪，也哭也笑，在她那里，她有这个巧，这个劲，让所有过往笑忘成书，缀满丹果，献给生生不息的故土和仅此一次的人生。

猫哥视界

　　咱待在寿州城里，由不得咱不乐。你想啊，寿字桐文章，咱寿州盛产有名的寿字。我们是中国书法之乡，如果在街上横扫一扁担，真会扫到几个书法家的。寿州的书法家把毛笔舞得虎虎生风，狼毫下展现出洒脱人生，一个强似一个，让人不由得高兴，翰墨凝香，这个香有内涵。

　　猫哥从前对书法没有现在这么重视。随着北漂几年，书画同源的道理深扎于心。他在当好国画班助教的同时，加强了书法练习。蝇头小楷，章草练习，他一笔一字，琢磨，挥毫，不容半点懈怠。知道现在着手强练书法，肯定比不过书法家们，就连和年前街边的门对都不敢比，说不定就有某个书法家的手迹留在大红的纸上，等着办年货的买回家去，张贴在迎接新年的门上，歌唱冬去春来、幸福光阴。

　　书画一家，但还是有所不同。猫哥他把兰花安顿好后，就开始在求索斋画画，听这画室的名字就知道主人是个努力而又虚心学习的人。他也不好意思不谦虚，咱寿州书画比任何与艺术有关的行当都牛。他们像泰山一样立在猫哥的眼前，猫哥就不停地在求索斋里上下求索，苦练技艺，盼有朝一日在老师们跟前被指点指点。

猫哥铺下宣纸，拿出毛笔，画猫。先勾勒猫的轮廓，猫的情态太多了，不画不知道，或蹲或耍或睡或眯，还要配上与之相配的花鸟鱼虫，及外景地。轮廓好了，一根根的猫毛，一笔笔地画，还有猫猫精灵般的眼睛，是望、是想、是呆、是梦，都要考虑到，画好，一处不当就是败笔。有了败笔的画，怎么都带有遗憾，出路就是案几下的废纸篓。

画了一段时间，圈子里的人见猫哥画老猫，就不喊他真名了，喊他老猫。比他年龄小的，背地里喊他老猫，当面喊他猫哥。咱虽然也温良恭俭让，这点不免俗，当面和背后也会不一样。

凡见猫哥画猫的人，都心生占有，看那些可爱的猫猫，躲在花丛中，一会看蜜蜂，一会捉蝴蝶，怜爱的呀，恨不得把猫逮下来，好好地在怀里抱抱，体现一下咱人文不是装给人看的，而是从心里发的。

要与被要，形成了良好的市场。猫哥就开画了，一只又一只猫在求索斋诞生了，刚一"生"下来，就被拿到装裱店，装裱好静静地靠在画廊的墙壁，哪天，要猫的那人就来了。人家送画送字给人，都是毛坯纸，已经给了很大的面子啦，猫哥他贴画还贴装裱费，太不划算了。

几百只猫啊，都送人了，还剩下几百只的猫债，猫哥实在没办法了，他就在花坛等于是画坛前宣布，以后不画猫了，看你们找谁要？猫哥说，咱以前是画人物画的，你问问你大嫂，我以前画了多少人物画，这块我不能丢。猫哥他真让人大跌眼镜，他养兰，他摄影，他画猫，他写文章，他还不能丢什么，还说可惜？谁叫技多不压身呢，猫哥他转行画以人物为中心的民俗画啦。

第一张民俗画在求索斋诞生了，猫哥把它悬挂起来，左看右看，画的是20世纪走街串巷的剃头挑子，一棵树下，一个剃头匠在给一个老农剃头，旁边摆着剃头的简易设施，木质的洗脸架、盆、毛巾，当剃头刀的物件，老农放在脚边的担子，一头是南瓜，一头是葫芦。再看两人，正絮叨什么，一个忙一个闲，不同情致，像烙铁的痕迹，焊在旧时光。

猫哥自然很满意，把它录进摄像机里，给人看看，征求一下意见。大家说，这个选题好，场面啊。一个场面，启发猫哥又在求索斋里忙活了几夜。三件不同主题的民俗画，又出炉了。墙上挂着红辣椒，两个老汉，坐在家徒四壁的小木桌上，摆上个把小菜，你一杯我一杯开喝了。主人家的小脚老奶奶，正笑意盈盈地从厨房出来，手上端了由几条小咸鱼排成的一盘场面菜。多么令人怀念的旧时光啊，老友老酒，举杯畅饮，一生何求？

栩栩如生的画中人，弹去时光落下的尘，勾起人们对旧时光的回望和向往。猫哥的民俗画，得到了一致认可，又有人开始要画了，猫哥这次吸取了从前的教训，很慎重，也就是学会了找借口，说还要打磨，等画成熟后，如果喜欢，一定奉送。

猫嫂新近有了QQ号，还开了空间，就和猫哥说，你教我把你画的画上传到我的空间去，不然我的空间没内容。猫哥不打迟钝，就教怎么传，猫嫂很快就会了。她把猫哥的猫画、民俗画一股脑传进了空间。猫嫂的空间顿时热闹异常。

第二天，猫嫂连喊，坏了，坏了！猫哥问：怎么啦？你自己看吧，猫哥接过猫嫂递过的手机，上面一则信息：你老公画画得太好了，不愧为寿州才子，见过画的姐妹弟兄都想要，我们将于近期组团去寿州索画。猫哥读完，不禁晕了……

回到一朵蔷薇花上

内心不安静的人，写不了诗，太过功利的人，写不出好诗。诗歌是小众的，写诗的人是寂寞的、简单的。简单如一个孩童，对自然界和世界永远怀有一颗好奇求问的心。简单得像一个老者，有炼尽七情六欲之后的干净，如冬日凛冽的蓝天和空气，有着千帆过尽、众鸟飞去的淡静和从容。写诗的人，是一个哲学家，他能用凝练的几个字，表达小说家一本书的内容，展现一个人一生的经历。从这点说，对于写作者，我第一崇拜的是诗人，第二崇拜的是小说家，当然，诗人往往可以是小说家，小说家往往也能是诗人。

第一次读许之格的诗，我不由呆在那里。

我写下离家出走多年的牌坊子村
像一只找不到厅堂的归燕
没有人知道我的忧伤

我放过鹅，养过兔子

糟蹋过二妈家的菜园子

摘过邻家姐姐翻过篱笆墙的喇叭花

给花公鸡的尾巴上点燃一串火红鞭炮

是快乐，还是愧疚

困惑了我很多年

谁家的少年偷喝了爷爷的红高粱

谁家的猫在月黑的夜晚

叼走了奶奶的旧花鞋

站在村头的枣树下

我望秋风，一扬再扬

　　这首题名《牌坊子村》的诗，描绘了我极为熟悉的童年场景，童年生活仿佛就在一处。人生苦短，有时候，你会很奇怪，在你苦短的人生之旅中，有的人走着走着就散了从此不见了，有的人中途出现却如失散多年的手足，他／她的身上和自己体内仿佛都流着来自同一个妈妈的血液。所以，你在任何时候都别难过，散了东西，老天总会以另一种方式来补偿你，让你重新获得。读作品，认亲人，你会在中外许多作品里，寻找到你失散多年精神血统上的亲人。木心先生说过：世上有许多大人物，文学、思想、艺术等等家。在那么多人物中间，要找你们自己的亲人，找精神上的血统。每个人的来龙去脉是不一样的，血统也不一样。在你一生中，尤其是年轻时，要在世界上的人物中找亲属。我们正是通过阅读一个人的作品，开始认识、懂得、敬仰一个人。读许之格诗歌，给我的一个感觉，她就是我在田野放羊因贪玩弄丢而复归的妹子。一个人的童年，影响人的一生，田园牧歌般的童年生活，值得一生歌咏，自然孕生万物，更催生文学作品。

> 春天，很多种子从母亲腐朽的身体里
>
> 慢慢地挣脱，开始发芽
>
> 像是曾经的我们
>
> 再唱一回土生土长的情歌
>
> 几缕芦苇依旧在河岸边随风摆动
>
> 把太阳的影子揉碎在水波里
>
> 在清晨，在黄昏
>
> 与潮共汐
>
> 每一次路过这里
>
> 我都会驻足观望
>
> 仿佛人生初相见

《春去春又来》里古老而又崭新的春天，是怎么做到周而复始的？年轻的母亲如何被岁月掠走青春，青春却仍然由她而生？许之格的诗歌充满着对田野事物的体察思考，对父母亲情的感恩颂赞，碧绿纯新，像母亲菜园里的一畦青菜，不喷农药，有些叶面留着小虫走过的痕迹。她的许多诗歌，不讲章法，让你忍俊不禁，原来诗歌离我们并不远，可以这么轻松落笔，如回眸浅笑的邻家小妹，在记忆里慢慢长大，沐浴春风，直起腰身，面露秀色，开始慢慢动人。诗人爱从日常下笔，八公山的梨花，安丰塘的水波，护城河边的漫步，花房姑娘的笑声，一朵花打开自己的样子，都刻在诗人的心中，慢慢结句成行走来。她的诗不落窠臼，不染匠气，如山谷里一株静静开放的野百合，你不来，你不看，都无所谓，开落自由。

是的，我是这样地爱自己
比如旅游，瑜伽，跑步
当然，我也爱臭美
化妆，淘宝，自拍
也爱三朋两友偶尔小聚
女人的喜好我都做了
是的，我很爱自己
但是，我不知道这样做叫不叫
爱国？
我每天早晨洗衣，做饭
在农贸市场讨价还价
在车水马龙接送孩子的路上
我想要我的小康之家幸福和谐
让我的孩子向着太阳，苗壮成长
扬花灌浆
我不知道，这样做
叫不叫爱国

我每天给很多的花儿浇水

打理，修剪，包装

我伺候它们

像是我待嫁的姑娘

我不拿国家的一分钱

用勤劳的双手养家糊口

在缤纷如雨的世界

像我的祖辈一样

日出而作，日落而息

用饱含盐分的汗水收获着

希望和尊严

是的，我这样地爱我自己

但是，我不知道

这样是否就是爱国

　　爱国，是个大命题，《我这样做，叫不叫爱国》一诗中，诗人从细节入手，通过描画一个普通人的日常生活，用饱含盐分的汗水回报生活的馈赠，收获着希望和尊严。小民有尊，国家有望，这样下笔，谋篇布局有略，充满着智慧。她的许多诗歌，角度都很新颖，例如《角度》一诗：

我站在一楼

你就站在我的头顶上

我到了二楼

你只能趴在我的背上了
我上了三楼以后
你就贴着我的腿肚子
等我上了四楼
你就被我踩在脚底了
你一直没变，变化的
只是我看世界的角度

读了后，你会惊呼，是啊，真是这样，奇思妙想啊。诗人通过这首诗更想传达的是，生活不是一时一事，遇到了沟坎，转个弯，也许就有意想不到的美景在等着你呢。读她的诗歌，读出了生活的哲学，领受了许氏方法论。她在用一把花剪子修去诗歌的繁枝茂叶，把诗歌从高冷带回了民间。她的诗歌有时让人感觉到写诗的这个人有点呆，但令读者想不到的是，她的诗歌里猛不乍就会出现一句神来之笔，挽救了整首诗歌。看似拙笔，却有神笔的功效。也许这一切均来自诗人对诗歌纯粹的喜爱，不为名利，不为博取众人喝彩。她在自己的花房里，修修剪剪，读读写写，为每一年远方召唤着的旅行，做着预备，她知道远方有生活，有生活就有诗歌。

草原上的蓝天，白云
可以用手触摸
它们给远来的寻梦者
讲述一代天骄成吉思汗的

传奇人生

弯弓、搭剑

射雕

我没有看见飞翔的大雕

我听见草原上的风从耳边呼啸而过

像是英雄的千军万马

马蹄声碎，旌旗飘摇

美丽的草原

我要赞美你

以梦为马的日子

将诗

写在月亮上

　　在田野放鹅的姑娘，自带着一股豪气，仿佛年少放着的不是鹅，而是传说中的天鹅，或是草原上的汗血宝马，不然第一次到草原哪里有这种还乡之感，要将诗写在月亮上？文学作品来源于生活，高于生活，濡养人的精神，最终目的都是为了人更好地生活。痛苦出诗人，诗歌是文学中的摇滚乐，许之格整体清新的小诗林里，有着许多首较为厚重的写实篇，它们有对生命的思考以及当下农村的拷问。这首《心愿》就是：

建了一辈子的房子，却身无居所

二叔握着手里刚刚拿到的工钱

羞愧地说

他说这话时，

表情像是一棵冻伤的稗草

眼神呈现的幻念

足够点燃远方的一盏灯光

如果回到故乡

我一定要亲手建造一座房子

我要用旧爱和新欢

把空了壳的家园填满

让每一条小溪和植物相聚在一起

看着它们，一朵一朵地开花

一片一片地醒来

然后，我要以一个幸存者的身份

痛痛快快地大哭一场

把流失的事物

重新，再爱一遍

他每一年都反复地说

像一首不死的民谣

在耳边拨动着疼痛和悲欢

这样才叫多彩纷呈，如母亲畦上的韭菜，一茬一茬割，从春割到夏秋，新绿苍翠，或青嫩或老练，岁月给你的，你收纳着，经过沉淀和提炼，就会有自己的味道，这让她的读者惊喜不断。我为许之格高兴，在寿州诗人的诗笺上，她留下了自己的字迹。当然，她的诗歌还需要继续晾晒，挤去水分，推敲打磨。她有足够的时间来做这样的事情，就像她的日常，把一盆盆花搬到寿州的阳光下，去进行光合作用，再于暮霭沉沉的黄昏搬回家中，精心照看。行动力强的她，如果想在文字上走得更远，有更好的发展，她可以做到。诗歌是许之格的副业，主业是经营鲜花店。一直想用一种花来比喻她，起先我想到的是野百合，后来读了她写的《蔷薇赋》，觉着这才是她的花，也是她的诗歌给人的整体之感。

我认识它

它发髻高束的模样

一直飘浮在我的心底

每一次遇见，都让我欲言又止

心生欢喜

"哦，原来你也在这里"

人到中年，很多情缘未了

一些微不足道、月缺花残的事

越来越沉，让人心慌

我想顺从自然

用足够的耐心去聆听

草木清音

人生箴言

那就让我们回到一朵蔷薇之上，来倾听这草木清音。

山山而川

这无疑是一部好小说。

青云山，清水河，清河集，不单纯是地理意义上的名称，这是书中的"我"出生、成长的地方，也是父亲、老务爷、斗把子李立伟、陆浩、月影、姐姐等人物浓墨重彩登场的人生舞台。围绕着人物跌宕起伏的命运，作者记述近一个世纪以来清河集、大庙、大佛井、丰盛号、李家大郚的变迁。在时代的背景下，一代代人老去，一代代人兴起，如清水河滚滚向前，马不停蹄，不管不顾。

这是一段我们这辈人所不熟悉的历史，历史是过去的事情。有人说，忘记过去就等于背叛。所以要用一些方式牢记历史，为了以史为鉴，不让悲剧重演，避免不必要的伤害。阅读时感受到累累伤痕，历历痛楚。人性的善与恶，成长中的苦与乐，是父亲也是"我"、表婶、姐姐悲欣人生中的摔打和握手言和。梨花一枝春带雨是送给伤口的礼物，是对苦难岁月的褒奖。作者的深意在于传达一种信念，编织一件棉布大衫，抗拒人生风寒，纪念人间难得的温暖情意，擎黑暗中的星火，做儿孙后代的引路人。

　　小说叙述了清河集上杨姓家族从抗战至改革开放的经历。风云激荡，变幻无常。作者用第一人称，有时是第三只眼，完成对人物的塑造。经由作者带领，读者走进了一段传奇中。传奇而非传说，时代用他的如椽大笔，从清河集附近这群小人物开始描摹，这正是中国历史和现实的根部。作者紧紧抓住泥土下有力的根，让这群人像树，写在大地上，或是和风细雨，或是晚来风急，他们都在设定的轨道上，跌跌撞撞，逆风生长。父亲和我，月影和姐姐，父和子，母与女，经由岁月反复揉搓，忽略人性中的恶，放大人与人之间的善。虽有因有果，但他们最终选择了与"仇敌"和解，让旭东和仇人的养女珊红结合打破了因果报应的咒语。和解是人生多么好的状态，一派地明天清，如月下行舟。

　　小说叙事时急时缓，从容不迫，语句洗练，情节简洁，叙事直接，形象生动。截取对巷口老太的一段描述"每天早上，或是傍晚，她总会端着一个我见过的全中国最大的碗，盛上满满一碗稀饭，从酱缸发霉的黑色酱水里用手捋两根长长的酱豆角担在碗沿上，就开始了她从东头到西头的漫长'饭游'。"一个擅长街谈巷议的长舌妇形象跃然眼前，可见作者对生活观察细致，体察入微。不仅如此，对于战争事件的描写，体现出作者严谨的学者态度，他查阅了许多资料，采访了一些人，让读者阅读斗把子从军这几章时，仿若自己亲历战场。读者报以会心一笑。

　　泰戈尔说：天空没有留下翅膀的痕迹，而我已飞过。为记录飞过的痕迹，我们可以选择著述。记录时代，记录大地上曾经来过的这一群人。在历史的大幕下，许多人没有名字，面影模糊，有的连面影都没有。但正是这些无名小卒，组成了一个个时代，奉献着珍贵的只此一生。山山而川，青云山下，清河集上曾经生活过的人们是幸运的，因为杨凡苹先生饱蘸浓墨深情刻录了他们的时代，讲述了民间最顽强的生存力量，如清水河上曾经的行船，向前！向前！

志慧和春鸣

今天是十月的最后一天，我骑车下班回家，在北门洞里遇到了志慧。

当时，我正叉着小短腿，费劲地支撑着我的"爱马"，拿出我的手机，对准夕照下的北门楼子拍，拍城堞，拍垂挂在老城墙上袅娜的小菊花。好家伙，这时，身边一位紫衣女士对着我喊，她把自己包装得很严实，当然我包裹得也很严实，彼此不辨真面目。

志慧摘下口罩。我一看，原来是你小子啊！志慧最近跟着孟伟老师学摄影呢。看过她拍的片子，我调侃她道，有乃师风范！十月的最后一天，我们的诗人志慧像一只勤劳的小蜜蜂一样，又飞到八公山来采集花蜜了。遇到我，应该在她的预料中而又在其外吧。我在八公山上班，大家都知道，来了，怕打扰我，基本不主动联系我。当然，人生有许多相逢叫不期而遇，因为不期而遇，多出了惊喜，惊喜是要有所表示的，两个摘掉包装惊喜的人大叫：我们去吃牛肉汤！

志慧坐上我的爱马，偎依着我，她的前胸贴着我的后背，黄昏已经带着些许的秋凉，让我们的偎依有了温度。

不是春娇和志明，是志慧和春鸣，还有他们的儿子安棣，一家都是诗人，合著了诗集《三叶草》。志慧的诗清新安静，春鸣的诗空灵高远，安棣的诗童趣里隐藏哲理，浅淡里露着持重，带着清冷的感觉，小小的少年体内俨然住进一颗老灵魂。当然，夫妻俩除了写诗，其他题材在他们的笔下也都异彩纷呈。就像高峰的诗要浮木评，浮木的诗要春鸣读。这里不说浮木，春鸣的评论文章自是极棒的。一个评论家如果只对作者歌功颂德，是对文字的亵慢，更是文化层面上的不道德。春鸣有别于众人的独特之处，是他的文化站位。从他的文章里知道了他在北师大读研的生活，他的师从，成就他文化观点的缘起和脉络。如果春鸣推崇，这文章这书籍必定值得看。当然，个体千差万别，你可以不喜欢的。但我喜读春鸣的每一篇文章，不是因为他也姓木子李。丰富的学识加上独特的见解，诗意的用语，严谨的语法，让我欣喜地跟着后面学了又学。喜欢他写给志慧的诗《你在，每朵野花都有了名字》，女人这一辈子不难找到自己喜欢和喜欢自己的人，却难觅得你爱着他，他正巧爱着你，灵魂相通的伴侣。春鸣和志慧就是这难得的一对。他们在一起，从眼眉对望里的十八岁到眉眼稍垂的人至中年，从一对青春懵懂的同学少年到一双浅尝世间凉薄的男人女人。读到"你在，真好／每朵野花都有了名字／你不在，她们去了哪了／万物都停止了生长"，这份懂和惜，同样流露出行走的志慧对万物体察的深情。喜欢他写的《江山美人》，他介绍了自己给孩子们上的一堂课。《汉书》里的《苏武传》在他的讲解下，被生动演绎，老师深厚的文化素养妙搭激荡的家国情怀，一定令孩子们如沐十里春风，余音绕心，久旋不止。配上诗人歌者李健空灵的《贝加尔湖畔》，几千年后的某个午后，他令那个曾在贝加尔湖畔孤独的牧羊人，在这个同样孤独的时代找到了众多的知音。

"那些小花袅娜地开着／将你簇拥成花心"，这朵花心今天簇拥着我，贴着我的后背，给我介绍着自己的生活和写作动态。说到最近读书，才知汪曾祺的好在于语言节制，惊涛骇浪复归后的波澜不惊，淡静从容。说到最近的写作，新书《湖畔故里》已经出版，这座瓦埠湖旁的小村落，被诗意湖水围抱的小村，育出这个温润如珍珠朴素纯净的姑娘，她笔下的湖畔世界，应该有母亲的故事，父亲的故事，村庄的故事，更有对农耕时代的缅怀吧。又要说到春鸣，说他到浙江上的那堂语文课。在他们订阅号《灵水》已经得知春鸣如何认真准备这堂课了，严阵以待，分班操练，在自己班里上，在安棣班里上。特别是在安棣班里上，老子让儿子站起来读诗，儿子站了半天，磨叽半天，不吱声，老子差点发火。原来儿子在酝酿感情呢，嗨！我才知道读诗歌是需要酝酿情绪的。他娘志慧跟着帮腔，难不成唱《青藏高原》，铺陈全不需要，一上来就吼那条高潮句"那就是青藏高原"？春鸣觉着说得有道理，决定到浙江上课，让学生把诗人食指的这首《这是四点零八分的北京》全诗读完。据说，教学现场，读这首诗的孩子哭了。这一定是一场精彩的语文课，我真为寿县有这样的老师感到欣慰和自豪。可惜也没有录音录像，不然我们也可以跟着听听学学啊。吃牛肉汤时，我和志慧建议道，以后准备一个录音笔，记者都是这么干的，不然记录采访时，原音重现哪那么容易。

四周萦绕着嘈杂而温暖的市井气息，慢慢升上来的半满秋月，一点点浸上来的如水夜凉，两碗热腾腾的砂锅牛肉汤，把两个满脸兴奋幸福状的女子紧紧地包围着。

有电话来，志慧说，我也有热线了。一看是春鸣的。岂止是热线，更是专线。原来春鸣趁晚饭时间，带安棣进城配眼镜，时间紧，配好后，还要回一中上晚自习。春鸣是重点班的班主任，安棣也高二了，父子们、师生们均马虎不得。其间，我给志慧介绍我们刘家父女爱配眼镜的地方，是一位医生开的，毕竟医者父母心，专业和医德是基础，经济实惠也很关键。想必诗人一家的生活和普通人区别也非天壤。刘李二人抹抹吃完牛肉汤的嘴，连忙同驾上"爱马"，迎向春鸣和安棣一起到医生家配眼镜。我们刚下"爱马"，我忙着联系医生，春鸣父子二人骑着摩托驶到了跟前。可医生在外有事，不在家。看来这次是配不成了，父子二人得到街上的眼镜店去配了。志慧要坐春鸣的摩托车一起去，安棣往春鸣那挤，在给他妈腾地方。貌似太挤了吧，我留住志慧，还是跟我一起吧。配好眼镜还得吃饭呢，父子俩没有时间讲二话。春鸣调转车头，驮着孩子向南驶去。安棣在和我们说再见，用他摇动着的左手臂。

为记住医生的家，我们又调转"马"头，朝北行转弯。志慧鼓励说，搞摄影不能懒，懒是拍不到什么好片子的，同样，写作也不能懒，懒是生产不出好东西的。我说，我要真成那头牛就好了，或去拉车，或去犁田，或无用放一边，我都甘之如

饴。志慧说，也许你我就是那头牛，去拉车、去犁田或放一边
都有特别的美意。毕竟，来到这世界上的每一个人都有自己的
长处和使命。我就觉得，母亲给我的，上天给我的，我不能辜
负，写出来是我的责任。她的话，一字字砸中我的心脏，我抬
头看着秋月半弯，突然幸福到无以复加。仿佛自己正是春鸣笔
下的，走进志慧视野里的蒲公英、婆婆纳、打碗花、粉花绣线
菊……正被她温暖的目光看了又看，缠了又缠，绕了又绕……

附诗：

你在，每朵野花都有了名字

作者：李春鸣

那些小花袅娜地开着
将你簇拥成花心
（我看着，欣喜，尽管不认识她们）
你指着她们
说出我从没听过的名字

婆婆纳、半边莲
还有紫花地丁
星星眼似的，发着幽幽的光
红蓼在沟岸边爆得火红
一年蓬瞬间漂满了绿色的海

我疑心

金丝桃是哪家首饰店展柜里洒落的

泥胡菜举着蒲公英一样的小伞

打碗碗花吹起了小喇叭

野慈姑不甘寂寞

连马鞭草也婀娜起来

（我想，自然诸神看了也会欣喜）

你在，真好

每朵野花都有了名字

你不在，她们去了哪了

万物都停止了生长

琉璃月

——读凡墨诗集《半指月光》

  我实践着自己在凡墨空间里的留言：读卿诗歌，自当沐浴焚香，屏息静气，不眠不休。其意大致如此。我是一个快乐的读者，一个平庸的写者。读者可以眼界和雄心平起平坐，写者往往不看眼界和呈现是否等量齐观，只想看读者可爱的眼眸，是否满蓄深情。我是个不太好说话的读者，请别以"说鸡蛋不好自己下了多少蛋"之类的话来质疑我，每个读者都有自己的观后感和话语权。对于写者身份，我更爱持不同意见者，他们那里往往含有真相。

  经过我们生命中的人都是上天给我们准备好的，某个时段，他们将路过我们的人生，有的停了下来，有的径自走开。凡墨和我都停了下来，我惊喜她身上洋溢的文静典雅的气息和明星般的气场，六安州女性作家很少有这样的气质。未见其文，先见其照，爱美的我挪不动脚步。凡墨用快递给我寄来了诗集，我不在家，快递小哥打电话问如何安放？我说，放厨房窗内。

回家一看，凡墨的《半指月光》被快递小哥投放在我的菜筐里。

拆开包装纸，看了封面和凡墨的近照，寻得宝藏的我眯眯笑着对凡墨说了开头的话。在家里睡了近一年，我的生活时而灰暗时而明亮，人情冷暖、生命过往依然困扰着本该中年不惑的我，忧喜如书页打开又合上，合上又打开。人间哪有一座城，会叫作逃，收纳你的痛苦、迷惘、幸福、哀伤？正是"一川烟草，满城风絮，梅子黄时雨"的季节，昨天，我打开了久藏的月光，想让李家院落的这轮溶月照亮在寿阳烟雨中寻找逃城的我。

每一个深爱母语的中国人，都会从内心喜爱汉字以及由汉字构筑的博大精深的汉文化。无疑，凡墨深谙其中真道。汉文化戴着凤冠，翱翔在时间的河里，从诗三百到屈原，从魏晋到唐宋，一路跌宕起伏，凤冠上的翎毛越来越少，越过"五四"的山抵达近现代21世纪的岸边，竟成了毛发白稀、眉眼下垂的耄耋老鸟。经济社会的价值取向奔着名利而去，文字和文字工作者面临着如是的拷问。世俗爱着的功成名就者少之又少，大多数都是名利社会的慕恋者，摇摆在出还是入的选择路口，码字吃饭，及时行乐。为诗歌而生醉心死亡的海子死了，他代表着那个精神纯粹的时代已被火车碾碎。理想时代崩溃了，但这种精神的碎片随着汽笛鸣响坚韧地在时代的缝隙孕育衍生。就这样，凡墨这株青荇，在淮河水底萌出了《诗经》的芽，然后在漯河清澈的水中，盛开出唐诗的博大、宋词的深情，直到长成自己水莲花的模样。

凡墨她用文字建造了一座诗歌的城。她用《诗经》为材质奠基城角石，细数月光里出现的《诗经》里的植物，桃夭、采薇、采芹、蒹葭……先秦文学这轮最圆满的月被凡墨纤手紧握。她以唐诗为顶梁和椽檩，搭建出诗城的框架。

《贵妃醉酒》："王陷进你的梨涡，你跌进王的心脏 / 从骊岫的日出到华清宫的月落 / 从昭阳殿的落花到马嵬坡的黄土 / 纵有蓝田绿玉，金钿珠翠堆绕 / 叹一杯闲酒 / 又如何能够承载国与城的倾坍？"盛唐诗歌的磅礴华丽，被凡墨精准地把握，她巧妙地用唐诗的精髓搭建她诗城的广厦。而深情的宋词，被凡墨做成了一块块琉璃瓦，铺盖在诗城的屋顶。白月光下，如宋伶人水袖善舞，明眸如星，熠熠生辉。《琉璃月》："夜空失水，淹没白云的胸膛 / 风伢子摇橹而上，挤痛了月光 / 唐诗挂船头，宋词系舢尾 / 一群碎字慌不择路，揉着故事跑 / 捡起飞溅的晶粒，去拼补、黏合 / 西天角那轮撕心裂肺的月亮 // 云层之后的云层 / 轻软、绵薄，不可触摸 / 两颗小星子隐藏在月亮背后 / 一颗，眯着细眼扭着花腰 / 另一颗，正用湿漉漉的水腔 / 哼着忽明忽暗的小曲儿 // 玉兔用千年雪，钓起一尾琉璃月 / 桂花在月亮之上，开了又开 / 夜色熟透，季节也熟透 / 一斤白月光，三两菊花瓣，三钱桂花蜜 / 就能够烙出 / 世上最香甜的月饼"。

凡墨拎着青葱和鹅黄，背着樱桃和麦香，住进了这座诗歌的城。住进诗城里的凡墨，她时而是个公主，时而是个妃子，时而做回了爱上秀木少年的青草美人，时而怀揣婴儿吟唱《摇篮曲》，时而她是个仗剑天涯的勇士。

《青苔》："取下那些断剑，立在崖壁的祭坛 / 以诗人的名义，结束流亡吧，我说 // 听流水声。弹月弦琴。填菊花词 / 我们坐在飞瀑脚下饮酒、对弈／我先醉了，舞成一条条小鱼的模样／一次次从杯中捞起自己／／夜深的时候，听身体里不断长出声音／拆开身体，掏出月光，鸟鸣和木屋／千百万把短剑，低矮却锋利无比／刺穿我的发肤、喘息和心脏。碧绿的血／染透坚硬的岩石和冷峻的诗句／／决定把自己放逐到激流中去／必须纵情灿烂一次，喊出内心的风暴／阻止侵略。阻止掠夺。阻止杀戮／即使溃败、死亡，也会交出翠绿的胸襟"。

低眉浅笑的古典凡墨，她的内心不但奔跑着万匹骏马，而且也住进了一位大侠，这让她柔媚的诗歌多了一些刚性。

凡墨在她的诗城里，当起了农夫，她爱上了播种，她把一些散发着清芬和木香的植物一粒粒播种在诗意的土地，枫竹霜菊、夕颜绿荷、樱桃莲藕、桑麻麦黄……它们吹着绿意盎然的风，把握它们脉管里流淌着的绿色血液，让它们向下扎根向上开花，再在枝端结出一枚枚鲜果，你读它们的时候口齿留香，心里也是那果子的香。

《樱桃，樱桃》："樱桃，樱桃／风在枝头低唤，你／就颤巍巍地打开身体／将晓霞和夜露装进体内／剥开一粒红，吐出／串串发烫的唇语，涂红了／鸟鸣，溪流，和春天的耳朵／／云弯下腰去亲吻海／歌声，躲在最轻的那朵浪花里／欢快地吟唱'樱桃，樱桃'／战栗、轻旋、翻卷／忽而清晰，如水拍打水／忽而缥缈，如星吞噬星／／用柔软的舌尖舔舐你／饱满的身体，和你身体里／暗藏着的汹涌的红／樱桃，樱桃／禁不住，咬开你／吮吸你的汁浆，咬断你／缠绕的和捆绑的承诺／一半是甜言，一半是蜜语"。这些植物不但是唯美的诗歌意象，例如樱桃，也带着烟火的甜蜜。

雅静的凡墨在她的诗歌王城里，纵情恣意，写诗、作画、煮花茶、烹小鲜，似乎全然不顾世上今夕何夕，果真如天上的那枚月亮似的，用一半行程照着人间，另一半行程投射太空，月儿再圆也是清冷，照亮世界却永远不能温暖世界。凡墨的诗歌里出现许多疼痛的字眼，那是半指月光未见的部分留下了暗疾吗？如磷火闪烁在没有月照的夜晚，万物有了阴影和死亡的气息，这样的人间才显真实。凡墨的笔端还没有触及这些，以及日光之下真正的民间。而我的心却又在此刻疼惜她，当王子走下荣耀的宝座，那些假丑恶呈现在案几时，她将怎样选择，打翻它还是选择在心中消化？凡墨选择了消化，把这些沤成肥料，放水牧种，豢养蜂蝶，使诗城开出美善的花。

凡墨写屈原"你踏着橘波，披垂着水草长发"，让我垂泪，大约我们都爱上了这个人，无论他活着还是死了，在诗的王国里他一直坐在宝座上。凡墨会承继他的衣钵吗？用青青的艾叶，包一次五月端阳的粽子，纪念那个水草长发的诗王。我以后会喊凡墨先生，等着她回故乡，我们一起到淮河畅游，她是水上的莲花，我是河边的草，以望月的姿势生长。在四周流荡麦香的今夜，她建下的诗城做了我的逃城，用她诗歌的语言来说，让我尝到了逃跑一半是忐忑一半是甜蜜。

戴在手臂的戳记

　　2012年4月8日，我骑车摔了一跤，脚趾骨裂，被送往医院救治。身体健康的人，偶染小恙，像接受一种意外的恩赐，让人窃喜不已。这样就可以从繁忙的工作中抽身，堂而皇之地躺在床上拍肚子、吃西瓜、看书、看电视了。真应了那句话，没福害嘴，有福害腿。那是一段美好的时光，被人服侍，被人探视，被人送花，这些晃眼睛的小确幸，统统被咱收入囊中。

　　她们仨总是结伴而来，手里拎着附小后门口的贵妃凉皮，或者棋盘街的双皮奶，或者小长街的牛肉汤，三串银铃，摇响在大卫巷，再叮叮当当逐步擦亮我家五楼的每一个阶梯。酒肉朋友就是如此结下情意？也未可知。反正，那段时间，每到下午三四点钟，我都会条件反射地立起我的小耳朵，听她们、等她们，来看我、来听我的各种矫情，各种吐槽，当然，最期待的还是她们手里拎着的各种寿县名小吃。作为资深的女文青，自然也会拿腔作调问问春天的消息，我不去上班的八公山，是不是没有我，桃李拒绝开放？我不出门，是不是满城的草木都苍灰着脸一言不发？这样的傻话，居然有人应答，讲："姐，真的啊，你不到场的春天，哪有样子，没有味道啊……"

不知道，是谁把我们送到彼此的身边。我曾在县直单位短暂工作过一年半，说实话，这一年半超过我在乡镇工作二十年的经历。她们仨应该是我最重要的收获吧。蘼芜，我是喊她江蓠的，她热爱文学，我俩不知不觉就"勾搭"上了。第一次，她就抱着一堆吃的，气喘吁吁地奔到三楼，来赴我的约。我一看，笑了，这孩子，就是年轻一点的我。这孩子一准知道要想捕获我的芳心，需套牢我的莽胃，所以，这第一次就连掐带撞点中了我的好吃穴。

春天的老县委会，是座花园。我常常要到不同的县直部门拿送材料，我们自然会在这座花园里照面。那天，老财政局旁边的四棵樱花盛开了，樱粉颤颤，繁花簌簌，像一场迷幻的梦。蘼芜带着她的私藏出现了：兰舟明艳冷俊，夏意淡静似菊，蘼芜本人则清野如风。2009年春天之前，我不知寿县有樱花，更不知这些开进梦境的花树是樱花的一种，就像，我不知生命中的这场遇见，会成为寒凉记忆中的一束光亮，温暖我这么久，这么久。

人最幸福的时刻，莫过于与地面平行。积攒的时时刻刻，成了一种日常。时间一长呢，心里的茅草又葳蕤起来，我整天对着家人叫嚣，吵着要到这儿到那儿去溜达。我的家人正要背着我下楼，去街边吃大排档喝啤酒。她们仨来了，同时，后面跟来一个亲人一个故交。一个是我大姐芳，一个是丹丹。当时丹丹在文艺界还没有这么大的名气，是住在大卫巷的一个姑娘，一个好看的邻家妹妹。大姐给我带来了许多好吃的，碧根果、杏仁还有各种水果，丹丹给我买了一瓶"陈淑华"牌的防晒霜。窗外春花繁盛，我家狭小的房间被她们充满着，春意盎然。记不得具体的谈话内容，只记得，丹丹像个小小孩儿坐在小板凳上，吃碧根果。然后，藤芜讲：阿姐，你非把胖子气死，这么能吃，还不长胖，身材还这么好！我们同时望向丹丹，哄然而笑。她安安静静地回报了一个莞尔。

时光如流水，总会带走许多光阴讲述的故事。

兜兜转转，我重回八公山。

她们继续留在那座花园般的办公环境里。

马蹄声疾，流年迅猛。热闹的人情世故不能改变我内心的敏感多疑和悲观，我和这个世界始终有隔膜，与人相处顺其自然，从不刻意走近，反之则一定别有用心。我和许多事物之间，若隔着山水城池，遥望一下足够，至于望见或者望不见，都好。

我不在的地方，春天依然如约而至。令我喜悦的是，不论我在哪里，令我快乐的钥匙一直握在她们手里。年龄最大的我，常常摘下一切面具，放下一切劳累，跑到她们那里撒娇卖萌，插科打诨，给她们起一大串外号，那时候，仿佛她们不是我的妹妹，我才是她们的妹妹。其实，不论是生活还是工作，我们没有一人容易，每一人脚下都有一摊稀泥。如何从稀泥中识别出养分并吸收之，分别出渣滓并扔掉之，这是妹妹们和我的功课。我想，妹妹们经历过岁月犁铧的打造和耕耘，一定会成为一块块良田好土，不辜负时代厚爱，结出籽实百倍，成为家人和儿孙后代的至爱福源。朝着这个目标，我和妹妹们都践行在路上。

　　我想到她们时，一定是嘴角上扬。就像一个如获至宝的人，抱着她的宝贝，心里的喜乐都呈现在面容上。人生是一辆去而不返的单程车，你坐在其上，途中有人上，有人下，有人会跟随你到终点。这个人一定是有记号的，如果是印在手臂上的那个戳记，一定是你！

缅怀游子雪松

　　雪松走了快四个月了，我还在恍惚，记忆一直定格在他陪市作家协会王运超副主席来八公山采访赵台村扶贫队长的那天。因国家重点工程引江济淮工程的需要，赵台村在最近两年内要整村搬迁。赵台村濒临淮河，是一个顺应淮河水文特点筑起的台庄，也是一个即将消逝的村落。那天，它迎来了一位叫游子雪松的乡愁诗人。

　　雪松老师头发乱蓬蓬，胡子拉碴的，是一个典型的游子形象，一个还乡却未着锦衣的游子。我每每和诗人许之格回忆这些，都会难过一阵子。在这个讲腰包讲脸的时代，无疑，漂泊多年的雪松，两手空空。他渴望着在家乡安顿自己下半生的生活，最后却被家乡不远不近地暧昧着。

　　当时，正值十月小阳春，大地上物种丰盈丰富。商合杭高铁那时间还没有正式通行，统占村庄上空的只有哗啦啦的杨树声。雪松一会儿站在草堆边盯着啄食的公鸡看，一会儿站在喧哗的杨树下望着天，一会儿又跑到赵台标志性的台庄旁对着拍。

他不停地拨弄着手机（其实是在即时创作）。最后，他把眼镜摘下，对陪在身边的我和许之格说："赵台是个好地方！"

后来，雪松为即将通行的高铁组了一组稿件《寿县诗人的高铁情结》，我们很快读到了雪松为寿县高铁写的诗歌：

终于可以扬眉吐气了。

八公山下，淮水之阳，

不再只有瓦埠湖的银鱼，

豆腐宴和寿州大救驾。

外面的友人，

不再是从成语的笔画中

打探，楚风汉韵，

和它悠久的文明与辉煌。

从此，我们的足音

可以通江达海，

异乡到故园，一梦千里。

我们谈论诗歌与远方，近在咫尺。

无论黎明还是黄昏，

只要听到老家一声吆喝，

我们的乡愁就不再遥不可及。

即使在海角天涯也会遥想

亲人顾盼的目光。

2020 年 1 月 18 日晚，因寿州诗人樊子、鹏子、熊德志等还乡，高峰老师邀请大家聚聚，这是我最后一次和雪松在一起吃饭。上述诗人们在外地有的写诗，有的已经不写诗了。在小而真饭店的晚宴上，上了年纪的雪松抿着嘴，没有谈诗，只顾喝酒。他讲第二天，他就要到湖北去。大家讲，马上就过年了，还是不要走了。漂泊半生的诗人，吞吐着，欲言又止，却又表示，必须走了，票都买好了。

这一次，他坐上了家乡开通不久的高铁，走向了远方，把背影留给了故城和泚河，不再回来。从此，留下了亲人顾盼的目光。

他诗歌里的远方湘江、南湖、江南、荆州，曾经给过他多少安慰，多少向往啊。这一次，叫雪松的游鱼，游进人间五味汇聚的"忘川"河，这一次，"忘川"却成为死神撒在人间巨大的网。人生每一天，都在赴死的征程中，这是每个人必须面对的真相。既然死亡是众人的结局，那么活着的人更要将其放在心上。

谁爱危险，谁将跌入危险之中。

从寿春到荆州，一个被乡愁唤醒的人，一个怀揣着乡愁执念的人，一个漂泊灵魂的歌咏者，最终被乡愁催眠，从此以后，诗歌变成了他的故乡、他的儿孙永远的乡愁。

人们总是在失去一样东西的时候，才发现这件东西弥足珍贵。

2020年，注定是个伤痛之年。失去雪松以后，大家都很痛惜。山河深阔辽远，烟火灿烂寂寞，如何达至无一是你、无一不是你的禅境？雪松早早就给自己的诗歌定了调，他找到了自己诗歌的创作路径。诗歌里住着母亲端午的粽香，住着故乡水岸的白月光，住着雪花簌簌打马的归人，住着清澈见底的圣洁诗心。每一首诗歌都是诗人难产而生的婴孩，每一首诗歌都是诗人挚爱的亲人，读着读着，心仿佛被婴儿状的一双小手，被母亲苍凉的手掌揉搓着，又甜又软，又酸又咸。众里寻他，你在他的诗歌里，找到了精神之父。他也说过：我是漂泊之人，写山水寄情怀，没有出头之日。未承想，他献上了自己的生命为之祭奠。

如何定位游子雪松的诗歌？雪松所处的时代背景，正是改革开放的四十年，这四十年中国发生了天翻地覆的变化。在这样的大时代背景下，雪松用他的诗歌记录了一个底层普通人的生活思想轨迹。他的诗歌创作，是一个底层民众对生活的思考，不同于慷慨激昂的华美篇章，也不同于路遥《平凡的世界》般的宏大叙事。他有自己的特点，是这个时代在夜深人静的时候从心底里传来的微小声音，唤醒人迷失的记忆，从狂想的路上折返，在芳香的路上驻足，听故乡的风音，听母亲喊你回家的慈声。是最初的那个夜晚，亲人都在现场，屋外，叶生枝端，草蔓堤堰……这四十年，从农村到城市，多少人背负乡愁，背井离乡，寻梦追梦。

无疑，雪松是寿县诗群的一个代表和缩影。

这个世界阳光热烈，水波温柔。但这个世界变化太快。人们从原乡出发再回原乡，故乡却是物非人也非。四海八荒，何处是家？一定是那个让人生发乡愁的地方，留得住乡愁的地方，就能留得住心灵。所幸，雪松把这一笔笔乡愁记录了下来，一条青葱小径，通往依山傍水的乡愁，植入人心。我们每一个人，都是大地上的异乡人，我们最终都会如飞而去，连一声叹息都不会留下。在讲文化自信的当下，雪松的乡愁诗歌无疑已经成为寿县的文化符号，他诗歌的生命力，会因每一个寻乡的夙梦，跟随时代变迁不断更新，被更多的知音吸取而注入新的活力。

读诗吧，这也许是对游子雪松最好的缅怀。

谁与同坐，明月清风我

人生有许多想不到，我没有想到我会去学画画。我一直认为，画画是我的荒地，前半生，我都没有想过去开垦这块荒地。转入不惑，内心逐渐幽凉，删繁就简，居然喜欢独坐的时光。不知哪个名人说的，我们都是孤独的个体，孤独而来，与这个世界的人事同行一程，最终孤独而去。与自己相处的过程中，读书写作，观照内心，一段时间下来，感受内生动力冲然而出。作为一个文艺人，最终会与一些文艺门类相遇的。有的会成为生活的一部分，有的则是佐餐的小菜。料不到的是，我遇到了画。

好朋友是上天赐予的礼物。这个世界，我们总会遇到一些人，有的走着走着就丢了，有的则会惺惺相惜。在八公山下工作期间，我和好友珊妹商讨书画上的一些事。她说，别着急，等老师学成回来，我们去跟他学画画。这个老师，好像挺神秘的。从前也没有听说过，当然，此间，我还没有混进文艺界。所谓隔行如隔山，许多人，我都不知道呢。有段时间，在家隔空和好友咏梅学画水粉画，在各种色彩的混搭中，我初尝绘画的妙趣。西画力求准确，我没有素描基础，谈不上什么光影线条，胡乱涂鸦，有时也有意外之笔。对印象派画家莫奈尤其钟爱。因此，我画了一只撑伞的熊猫，向莫奈致敬。就在这时，珊妹传来好消息，说，老师学成归来，经过接洽，可以带几个成人试试。

人都知道，一张白纸好作画。我们这几十年，心上或多或少都被岁月大笔小刀涂抹过、雕刻过，再也不是一张白纸了。我们还可以吗？带着疑问，忐忑在墨色一样的求学路上。

同为 70 后，老师年龄比我们都小，熟了以后，我们都喊他老师弟。老师弟家学深厚，又长在文风昌盛的古城寿州，十几岁就开始练书法，曾入国展一次。书画同源，书法家字写到一定时候，就会转入山水秘境。我们临摹玄宰的画，才知道原来他真名叫董其昌，看金农的画，才知道他就是漆书的鼻祖。学书多年后，老师想学画画了，争取到杭州美院去进修。其间，深得方严、杨近白、肖文飞等老师亲授秘籍，从两千多名学生中脱颖而出，山水视野大开，笔墨技法、审美意趣突飞猛进。每一种艺术门类都是安静耐得住寂寞的产物，在工笔画大行其道的今天，传统笔墨仿佛不受待见。老师弟不为所动，执着于传统，深谙古人高士之雅趣，他常常画到深夜，与古对谈，以古为师，乐此不疲。课堂上，带着我们一起读画，从山、石、树、各种皴法练起，练好基本功。他常说，画画时，你就是造物主，兴之所至，心手双畅，物我两忘。当然，我们还不能体会这样的畅快，就在各种皴法树石里迷失，笔不随心，翰墨虚动。墨分五色，干裂秋风，润含春雨，在意识中，却落不到宣纸上。偶有发挥，老师高兴得像个小孩，大嚷：这张好，这张好，天性自然流露。画画就是启发人的天性，巩固人和自然的连接。教室向南，举目赏画，常有清风徐来。如果有一天，有人在我们的笔下，认出有春风来过的痕迹，算是对笔墨精神的传承，也是对老师弟传授衣钵的致敬。

一位作家说：人若能遇见一个明月一般的爱人，心先成为一面净湖。这是两相映照。所谓心心相印，也包括朋友之间。明月一般的"画搭子"雅秋，是位哈尔滨姑娘，学画刻苦，笔墨稳沉，风格多样，北方人的厚朴稳健从她的画作中能直接体现出来。警花咏梅有一句名言，我们都是中年美少女。这位中年美少女，外表柔弱文静。水墨画却一改水粉画的清新明艳，刀削斧劈，遒劲峭拔，彰显出铿锵玫瑰特有的气质。清姐是"段子手"、语言大师，寿州的方言俚语被她使用得惟妙惟肖。人们都说，好看的皮囊千篇一律，有趣的灵魂万里挑一，她便是。她来得迟，学得快，笔墨中很快就有了烟雨江南之古意。宝藏女孩珊妹一家文化底蕴厚，她小小的体格，有着一颗大心，做事认真，笔墨在她手中别有意趣，或天高云淡，或烟雨蒙蒙，都是她的世界。我呢，三天打鱼，八天晒网，就指望大梦初醒，画几笔，谓之神来之笔。

如清风觅山峦，明月映净湖。这个世界有那么多人，好幸运，我有个我们。不论世界怎么样，不论皱纹长在哪里，愿我们可以用笔如椽，构建一个山水静谧之诗意家园，邀明月清风同坐，做回隐士和仙子。

第四辑

〉〉

山有木兮

山有木兮

三月，山坡上的松树悄悄褪去枯黄，起了一层绒绒的新绿，这层新绿也在覆盖着我。我喜欢被一切美好的新生事物覆盖，哪怕再也没有新生自我的出现。

人在浩渺的宇宙，是一颗尘埃，一些自我的感受和吁叹连一阵风都算不上。这不是虚无主义，是每一个人必须面对的生命本相。当时，尚不知一年还会发生哪些事情。只知道，一些同胞在这场疫情里丢了宝贵的生命，从人间消失，人群里，彼此间再也没有机会相遇。

长居山下，身侧便是满山的松，间或不多的阔叶树。每天推窗可见，高天流云，风起松动，一棵树挨着一棵树，一片云接着一片云，灵动的风情，深情的回眸，正是我爱的大自然，是我一直以来的秘密源泉。关于八公山我写了不少篇幅，却没有一篇写得深刻深透。我常常独坐山前，为一种亏欠，满腔蓄泪。对人对事，何尝能做到爱人爱物如己，给予贴心贴肺的关心和关怀？令人瞩目的事物夺人耳目，抢占高位，时间也会更多分配给"急难险重"的瞩目事物。余下的时光，剩下的事情，总是被匆匆打发。这些不重要的部分里，却住着我们最为亲爱的人事物，既往多年，被忽略忽视，直至杂草丛生，荒芜一片，未知一切都标好了价格。一如茨威格在《断头王后》中所说：她那时候还太年轻，不知道所有命运赠送的礼物，早已标好了价格。

从开春到盛夏深秋，再到飘雪的时候，一棵橡栗树，杂在树林里，卓尔不群，尤为别致。这让我联想到我的一些亲人，便写了一篇《一棵叫"他"的树》，起初是一首诗，后来，写成了独立篇章。写文章的过程，是梳理思想和情感的过程，也是祭奠和缅怀的过程。这世界，塞给我们的东西太多了，除了自己主动进食，更有被动的喂食，我们的大脑变成了白纸灯笼，肚腹消化不良，日常没有饥饿感。它需要一个出口，来吐故纳新，促进血液循环，收获健康。写这样一棵树的文章，是我选择的出口之一，让我能更好地维持精神上的收支平衡。

众树围坐，群山环绕，大自然是人类的恩师，它指导着从古到今的人，如何和谐共生，如何抱团取暖，如何共谋发展。一棵树孤立旷野，形单影只，不是真正的孤独。树林里的一棵才是，永远不语，吹过树林的风，也吹过它，却没有一棵树能懂它。我们人不也是这样吗？孤独，是一个人的狂欢；狂欢，是一群人的孤独。我看到了一些珍贵的个体，是一棵棵橄榄树，路上永恒的追光者，每天每夜擦拭自己的枪矛，护理自己的盾牌，意图在这荒渺的人世，找到自己的同类，告别孤独。

春种一粒粟，秋收万颗子，是对农夫的回报。小时候，我父亲在房子的四周种满了树，枫杨、梧桐、刺槐、椿树、楝树……还有许多果树，树在时光里静静悄悄成材，果木在不同的季节里捧出甜甜的果子，供养父亲和妻子物质与精神世界的馥郁芬芳。父亲走了十一年后，住在精神荒芜地、被我疏于照顾的母亲得了脑梗死，失语是这场仍在延续的病痛的最大特征，她清醒以后，只会说两个字：回家！人生的两端，不分性别，都是婴儿。老人，是岁月的婴儿，回到了牙牙学语的年纪，天天对着远方，喊着回家。像一棵晚秋的树，等着上天发出回家的号令，听到召唤，散尽千叶，孤立旷野，等着被领回家。她，孤零零悬立在天空，孤单的一棵，多盼望有新翠再发枝端，新芽萌生，摇身再来，又是一年春天。

叶芝说：她劝我从容相爱，如叶生树梢。她劝我从容生活，如草生堤堰。不管怎样，我都会应约出现在堤草蔓延的河堰，茫茫岁月的枝端，是河畔的一株草，是山上的一棵树，是我经过苦难磨折破碎后的重建，是我对岁岁年年的告白。

一棵叫"他"的树

一

我一扭头就见满山的松树，满山的松树就在我的身侧，夹杂着几棵杨树，几棵橡栗。

早些年，朝西南的山坡还有一些石榴、桃梨等果树，春天的时候，朝东一看，山坡桃红梨白一片，一群青春少女的俏模样。万物在生长，谁也控制不了它们的生长。生命力强劲的皮树拥有着强大的胃，不几年就吃掉了果树，把向阳山坡涂改成自己的颜色。夏天苍翠，冬天摇身变成苍黑。春秋二季和后山没有什么区别，就是松柏一味地绿，春天的时候，绿得俊美一些，秋天的时候，绿得憔悴一些。

我多数是为这几棵华美的树行注目礼，一个人若受万众瞩目的礼遇，必有令人瞩目的气场，放在自然界也不例外吧。杨树帅气，橡栗俊朗，夹杂在松林里，是两种不同的华丽，震撼整片山林，把四君子之一的松柏整成了陪衬。我对杨树偏爱，它长在我的童年，是我居住村庄的坐标。我的父亲栽下它，它一度长有两个石磙那么粗，我和哥哥姐姐合拢怀抱也搂不过来它。它的新绿是鹅黄，它在夏天拍手掌，风吹的时候，它是歌唱家，下雨的时候，它是一个鼓手，一夜清霜，它黄亮成锦缎，叶落不扫时，踏在上面的我，变成童话里的蓝精灵。经过几个晴好的天气，冬阳就能绞尽树叶所有的水分，它是火势旺盛的柴火。在我二姐结婚时，我的父亲花了好几天时间把它伐下，用它来做姐姐陪嫁的大衣柜和五斗橱。它倒在地上，村庄的上空空旷如也，给人塌方缺角的感觉。杨树很大，堪当父亲委派的重任，给二姐做过陪嫁品还有余，等二哥结婚时又置备时新家具。

那棵大叶杨以后，父亲又栽下了许多杨树。那时候，杨树不飘令人烦恼的杨絮。也许是因为我的偏爱，就连现在，我也会爱称它为杨花。杨树们，长在我不在的四季，陪着我的父母，它们在长大，父母在衰老。直到有一天，躲不过的命运让我的父亲缴械投降，他扔掉了杨树做的拐杖，把两条 O 型腿伸得直直的，躺在大地上，不再醒来。二哥伐下杨树，给父亲做了棺木。这被我称为歌唱家的树，用收存的歌声为一生操劳的父亲送行，在白云深处，再用歌声把父亲的灵魂抱紧。

长情是一种能力，陪伴是最长情的告白，杨树比我做得好，这点我比不上许多植物。每次看山林，我都会感谢松柏等树木们的陪伴，有它们相伴身侧，让我在这座山上度年如日。

二

　　橡栗是山坡的另一种美木，如果说松柏是山的衣袍，那橡栗就是衣袍上亮晶晶的纽扣。金寨、霍山的毛栗树，每一株都手握秘器，打开它们紧握的毛刺手，取出一枚枚棕褐色的板栗，做成板栗烧仔鸡、糖炒板栗……这些美味成为养育我们七情六欲的突出贡献者。八公山上的橡栗树不同，它们小小的刺手里虽也握着小板栗，却硬如小石头，咬不动，煮不烂。调皮的小松鼠们拾起地上炸开的橡栗果，朝着对自己淌口水的红眼马狼一气猛砸，最后，红眼马狼不由得红着眼落荒而逃。这是四顶山上的一位道长（我三叔的同学）亲眼所见。为避战乱，道长当时在这山上有些年头了。春天的时候，道长最忙，打卦算命，忙个不歇。遇到闲暇，道长就要回老家，照看妻小和庄稼。秋冬季，来算命的少，四顶山上的风吹过来吹过去，每一句风都带来老母的口信：几时回家？

　　道长是三叔的同学，三叔上了朝鲜战场后，道长被赶回了家。道长的母亲握着道长的手说，她非要橡栗木做棺椁，才肯走。那个年代，橡栗树不常见，特别在我们这丘陵地区，多的是刺槐、臭椿、楝树、泡桐和我喜欢的杨树，听也没有听说过橡栗树。村子里倒是有几棵棠棣树和枣树，它们虽生长缓慢，但木质紧密，是做家具的好材料。难题出给了道长后，道长的母亲被安置在稻草做的席子上，一口气长一口气短，气息奄奄，等橡栗树来做身后最终的居所。道长想到了后山的松林，疑似有几棵模样鲜艳的树木，夏天时，不明显，春秋季，特别吸睛，因为它们的"着装"异于群山，特别打眼。

道长带着老婆和大孩儿，找我二舅帮忙，跑后山找橡栗树。还别说，他们在后山的向阳处，找到了三棵橡栗树，杂在众木里，标新立异。然后，就出现了红眼马狼和小松鼠的故事。那个物资匮乏却又朴实素美的时代，饱腹是人类和动物的共同目标。红眼马狼其实就是八公山草狼，草狼大约几天没有觅到东西吃，因饥饿和狩猎熬红了眼睛。狼和红眼连在一起，令人格外畏惧。道长和我二舅退到松林里，躲在树后。小松鼠轻松地拾起了一颗橡栗果朝着草狼的红眼睛打去。嗷的一声，草狼仓皇逃去。

等着三棵瘦瘦的橡栗树到家，道长的母亲咽上了最后一口气，如愿以偿地睡上了橡栗树做的棺椁，走进了大地深处。

等我三叔从朝鲜战场回来时，道长把自己的道场弄到了稻场上。他避开政府的眼，又开始了老本行，他的儿子们耳濡目染跟着后面学道，为若干年后再上四顶山打下深厚的基础。复员后，我三叔到镇上的医院当了副院长，血雨腥风锻造出三叔的钢铁意志和铮铮铁骨，而道长心里念想的牛鬼蛇神铁定要被他斩落马下。听说，有一年夏天，两个老同学相遇了，他们在父亲栽下的杨树阴凉之下，当面锣对面鼓地盘起了道。舌战三百回合，不分胜负。杨树没有立场，不论谁发言，都大声鼓掌，弄得我三叔和道长彼此相望，尴笑不停。

后来，历史给出的场景是，三叔耿直过头，不跟浮夸风走，被打压回乡。参军立功的档案不知所终，投诉无门，干脆做回他地地道道的农民，直到政策落实，他才享受到抗美援朝复员军人的一点薄薪。三叔后半生在追寻一种学问，他翻阅了《易经》等书籍，意欲找到一条生命之道。

三

政策一有松动，道长便重操旧业，他跑到三里庙里当起了住家老道，老婆和孩子一起带着，在三里庙附近开荒种地，不几年，三里庙成了花园、果园和菜园。我三叔重操农业，却很生疏，论起文化吧，没几人听得懂。我二舅成为我三叔最忠实的粉丝。他们在一起，谈农事，也谈星象，谈五风，也谈战争，当然，谈论最多的是道长，围绕着他到底可知道点什么事为主题，展开了他们后半生的探寻追逐。

三叔家门外种了一棵楝树，春天开蓝紫色米粒大的花，香气馥郁。我有个哥哥，叫李田，是三叔最小的儿子，我一生最早的记忆就是从记住了他开始。他比我大两岁，我们常在楝树底下玩。三叔、二舅他们俩也常在楝树底下开展探逐。有一次，邻居张黑胖请道长来家画符赶鬼，路过楝树。我三叔和我二舅这下逮住了，从天文地理到周书礼戏把道长从里到外全考问了一遍。道长捋着山羊胡子，对答如流，无一漏洞。至今我都好奇，为啥真有人会长着山羊胡子？我三叔不由兴叹，说，世道变了，科学搞不过迷信了。

道长临走偷偷把我二舅拉到一边，说，大地要跳舞，老鼠要成阵，他家小田活不到年头。我二舅吓坏了，慌着把道长撵跑了。李田小，我更小，我们都不知道大人在说什么。该死的道长，竟然一语成谶。我已经记不清李田是哪天走的。我只记得，李田走的那个晚上，村庄里的老鼠跳上了篱笆，在郢子里一群一群开始游荡。我三妈哭死过去几次，我父亲、我二舅陪着我三叔坐在楝树底下，一宿没有合眼。

在老家，小孩儿夭折以后，不能放过夜。父亲和二舅忙帮着把楝树放倒，请来小木匠，打造了一口薄棺，把李田哥放了进去，埋到了离村庄不远处的小鬼洼。李田喜欢闻楝树花香，楝树开花的时候，他会把落花扫起来，用一个小手巾包着，装在自己的腰里，一会拿出来给我闻，一会拿出来自己闻。我三叔自然知道小孩子的喜好，就让这棵家门口标志性的楝树永远陪着李田吧。

对道长的探究，随着李田的去世，终于告一段落。反之，我三叔居然带着我二舅开始成为道长的粉丝。他们常常跑到三里庙，跟道长坐而论道，一起探究生命里的那些奇异现象。

道长把道行传给了儿子，他儿子像他年轻的时候一样开始云游四方。四顶山重新修葺，盖了几座茅草屋，"四顶奶奶好啊，庇佑四方苍生。"别人虽然看不到，但道长知道，她是他家人老几辈的衣食父母，永远的神。于是，道长儿子在四顶山上住了下来，当时，他因为太丑，腰包又瘪，还没有讨到老婆。我三叔在郢子里越来越沉默，他常常望着天，读着天空的无字之书。看到了我，却总有说不完的话，后来，回过味儿的我知道了，他看到我就当看到了李田，他的眼里流淌着慈爱的河流。

道长先三叔而去，他给人算了一辈子的命，却独独忘了给自己打一卦。在某年的春天，行走在春风里的道长，被拉树苗的半挂车撞飞了。后来，种下的楝树在静静等待中成了材，胃癌晚期的三叔也得走了，他临走时，跟我父亲说：小田活着应该有四十岁了，比你老丫头大两岁。

　　李田走了，三叔走了，父亲走了，二舅走了，今夜，我坐在八公山边，看着满山的树影，为他们写下了诗：

　　　　一棵叫"他"的树
　　　　夜半红透
　　　　风穿起"他"的衣衫
　　　　去赶远路

　　　　"他"看着自己疾奔而去
　　　　一晃不见

　　　　后来
　　　　"他"坐上了一辆清运车
　　　　遇见另一棵叫"他"的树
　　　　"他们"的枝上
　　　　都曾泊过一只孤鹜

非虚构羊汤

那晚，老舅身上不爽利，哪哪都不舒服。他和老舅母躺在床上，分析来分析去，然后就讲，感觉自己身上少了一个部件。

一听，就是胡话。

可我老舅母愿意循着他的思路，春风十里地走下去。

两个人随着春风一直捋，捋出了山海关，捋到了北关集。

老舅是我母亲最小的弟弟。1947年参军，入伍不久，就参加了辽沈战役。辽沈战役奠定了解放全中国的基础，这也是老舅一生的骄傲。新中国成立后不久，老舅又随着志愿军雄赳赳气昂昂跨过鸭绿江，去帮助朝鲜打美国。在猫耳洞，老舅发挥小短腿灵活的优势，与敌人斗智斗勇，打倒了十个美国大兵。人送外号，刘十美，以致后来，战友们几乎忘了他的真名。转业到地方后，人们还是叫他刘十美。

老舅从小机灵乖巧，到了部队，得到正规的训练培养，越发出落得齐整，到哪儿哪儿都喜欢他。听说朝鲜战争还没有完全结束时，朝鲜的一位老妈妈就看上了老舅，想把自己的姑娘嫁给他。老舅深深地知道，这根本不可能，部队有部队的规定，再说，自己在老家叶集是定了娃娃亲的。

当年，我姥姥用我母亲为老舅换了一门娃娃亲，女娃娃就是我的老姑。

在老舅成为刘十美之前，他在我爷爷家做帮工。老姑在河滩放羊。春江月明，桃花十里，荞麦青青，都是为可爱的姑娘和她的羊群而备。

春天，当淠河岸边第一片草叶长出来，老姑开始赶着她的羊在岸边走来遛去，为求一口高处的草、低处的叶子果腹，小羊们咩咩叫着，跟着羊妈妈，羊妈妈跟着老姑，老姑跟着天上的云朵，从春到秋，乐此不疲。

为数不多的几只羊，老姑给它们取了好听的名字：麦青、花菜、惠贤……

"牲畜，就是阳间一道菜，给它们起什么名字呢，不能把它们当人看的。"爷爷说。

冬天，万木萧寂，到了爷爷大展身手的时候。爷爷会趁着老姑睡着的时候，把羊给偷偷地宰了。爷爷使着一把李氏弯刀，宰羊，剥皮，分割。然后，再视食材量体裁衣。

爷爷把羊头挂在门楣上，把羊腿子交给了北下的凛冽寒风。

在爷爷的示意下，老舅悄悄地把羊肠子、羊肚子等一大盆羊的肚货端到河里清洗备用。

羔羊浑身都是宝，爷爷满身都是劲。

羊肉陪着羊骨头一起下锅炖煮，等羊肉差不多熟了，先捞出来，羊骨头躺在大锅里，继续"咕嘟咕嘟"。待汤汁奶白，香气往鼻孔钻了，爷爷给配上山芋粉丝、大白菜，覆以薄薄的羊肉片，在热汤锅里走上那么一遭，盛碗，再撒上黑胡椒、青葱和香菜，鲜香四溢的羊肉汤出炉了。这一碗是给使船的船工的，他们从山里来，互通两地的年货。羊肉汤撑着他们一年的期待，来了，是要好好喝一碗的。

爷爷家这碗美滋滋的羊肉汤，经一传十，十传百，远近闻名。除了羊肉汤，爷爷家的卤羊肚子、羊头肉以及羊蝎子也成功地霸占着食客们的味蕾。宝贵的羊宝，爷爷让老舅给街西的王山送去，他结婚多年，还没有开枝散叶，希望羊宝能帮上忙。

参军前一夜，爷爷请老舅，他未来的女婿吃了一顿。爷爷把所有的招牌菜都端了出来，凉拌羊肝、清炒羊肚、卤羊头肉、红烧羊蝎子，最后每人一碗羊肉汤。

老舅吃着吃着，哭了，说："阿爸，我一打完仗就回来，你们在家都好好的。"这个好好的其实是说给老姑听的。老姑的脸红得像门对子，她来不及为名叫麦青的小羊伤心，跑到了门口，盯住门楣上挂着的羊头，羊头上两只角还在，眼窝处空空的。老姑想着老舅如羊般温柔的眼神，眼睛不禁泛起了泪光。

后来的故事，并没有随着老舅的初衷走。老舅立了三等功，成了刘十美，为建设工业中国，他响应新中国号召，在鞍山落脚，没有回去当北关集的小帮工女婿，老姑也就没有机会成为我的舅妈。

老姑继承父业，在北关集开羊肉馆。

老舅找了一位朝鲜族的姑娘，成家后，忙着家庭事业，不常回来。一直到姥姥去世。

姥姥去世，老舅接到电报，忙着回乡，舟车劳顿，一路辗转。天热等不得，等他到家，姥姥早已入土为安了。老舅在姥姥的墓前哭成了刘备，几个人都拉不起来。谁承想与母亲一别就是永别，钢铁战士也是血肉之躯，也有七情六欲啊，在老舅这里，来得特别浓烈。

那趟回来，老舅在老姑家的羊肉馆外溜来溜去，试图解释一番。他看着灯光把老姑投在墙上的影子拉长又变短，变短又拉长，还是下不了决心，迈不开步子，更开不了口。有些人，仿佛就是为了亏欠而来。老舅揉揉心口，他希望上天给他机会，能把这份亏欠弥补上。

老舅揣着一份惦记回到了关外。

日子如流水，表弟高中毕业在家无所事事，老舅跟老舅母商量给表弟开个羊肉汤馆，得做个头套子把表弟给箍上。羊肉汤也不是人随便做的，他和我母亲联系好，让表弟回乡学手艺。

羊肉汤是我老姑继承的传家绝活，做一碗正宗羊汤，自然要投师。当我表弟出现在我老姑面前时，活脱脱就是我老舅的复制粘贴。门口站着的这位少年郎，一下子把老姑带回了青春时光，我老姑脸又红了。

老姑不计前嫌，把独门秘籍手把手地教给了表弟。

回到关外，表弟的羊肉汤馆红红火火地开张了，把老舅家的日子也"煮"得红红火火的。

老姑不计前嫌，我老舅万分感动。他拿出他的退休金，由表弟出头，把东北的特产店开到了家乡，门店交给我老姑经营，五五分成。

　　老家的羔羊，东北的特产，在两地运来转去，架起了一座桥。老舅知道，这也许就是上天赐予他弥补亏欠的机会吧。虽然两个人至今未能坐在一起。

　　这个春天，老舅犯起了愁，总感觉自己身上缺了一个部件。到底是什么呢？

　　那晚，就在老舅寻思的那晚，在家乡的老姑，突发脑出血，倒在了地上。

　　接到通知的那一刻，九十岁的刘十美抱着电话，捂着胸口，哭了。

香附子

暮春时节，我妈开始在田野里采摘。

田野不负人的期待，在那里，我们孔庄的女人们总是能找到自己想要的一些东西。猪娃吃灰灰菜、猫临头、牛舌草，人娃吃覆盆子、老鸹眼。她们自己，就拔鲜美的茅薏，野蔷薇刚发的嫩苔口感很脆生。

亲爱的植物们，从来都是妈妈们的恩人。

说起恩情缘由，我妈绕不过"五风"。

田野里能吃的植物被吃得差不多了，为找一口吃的，大哥整天在田野里转悠。有一天，大哥下半夜才回来，他追着点点星星绿色的印子，一直走到十几里外的村庄，挖回来一小把小胡萝卜。

最后，村庄里的人吃光了村庄里的树叶，只剩下树皮没有动，其中有榆树。我妈知道，榆树浑身都是宝，榆树钱是不会有了，榆树皮是树皮中的上品。妈摸黑把皮剥下来磨碎，晒干，蒸成黑粑粑，黏黏的，味同糍粑。

刘白英见我妈剥榆树皮，也跟着剥了起来。她还带小孩儿到外郢子去剥，挨人打了一顿，头上至今还留着她当小偷的证据。偷回来，她又做不好，她是南方人，不会做面食。她的大孩子也想吃树皮粑粑，一个个哭歪歪的，眼巴巴的，只能抱着榆树皮啃。

饿死人的年代，人家多吃一口，你就少一口吃的，有可能就得死。她不问我妈，我妈自然也就没有教她，刘白英从那时起，与我妈结了仇。

五风总算刮过去了。

刘白英一家和我们家都熬了过来。

经过几年的休养生息，孔庄的妇女们迎来一场又一场生育。刘白英又生了两个，我妈也生了两个，都有七个孩子。所不同的是，我妈的孩子，只有一个父亲。刘白英的孩子，却有三个父亲。

好女不事二夫，何况三夫。在我妈她们那个年代，这样的身份放在社会上，常常被人看不起。刘白英不以为耻反以为荣，她像一只老母鸡竖起了自己所有的翎羽，保护着自己的一切，时不时变成一只刺猬，在村庄滚动，到处扎人。人家牲口下田吃她的庄稼，她跳天骂人，从早到晚地映（骂）。反之，她的牲口下人家田，被逮到挨打，那简直就割了她的心头肉，那映骂声，如门前流水，不绝于耳。总之，但凡刘白英觉着自己吃亏，或者有吃亏的可能，她就站在自家门口，对着某人住家的方向出来进去地映。

为此，孔庄人送刘白英一个外号：老映精。

我家住在刘白英家的南边。她家的门朝南，所有的咉骂声，都从我家房屋上空飘过，再分流进吃紧人的耳中。怎么说，我妈都是第一个听众，各种难听话，跟着风一块净往耳朵眼儿里灌。我妈那个气啊。妈仁慈，虽然她不识字，但她知敬畏。将心比心，妹妹有羊角风，是她到老才得的女儿，她心疼着呢。以其人之道反制其人之身？如此难听如粪的咉人话，我妈出不了口的，她如何也要珍爱自己的心和口，不容污言秽语来玷污。

年景变好以后，物资依然匮乏，衣服鞋帽还得靠女人针头线脑来缝制。我妈心灵手巧，描花绣朵裁缝衣服，剪鞋样纳鞋底全村无双。

村里的小孩们迎风长，又蹿个子又长脚，特别是脚。人开始成长的时候，脚长得最快，大概因为扎根站稳是第一重要吧。

为了保证我们的脚底供应，我妈只要有闲，不是糊疙疤，就是纳鞋底，做鞋成为我妈一年四季的日常。破布烂絮都有自己的用处，鸡鸭鹅睡觉揉掉的羽毛，妈要求我们把它们拾到一处，到了冬天，她处理一下给我们做棉鞋。

一年四季，春天是村庄最美的时刻。岗岗洼洼被紫云英、油菜花、小麦们占据，秃岭被遮，覆以锦袍，让它们美得不像话，一直美到了天边。

三棱草这种植物，春天一来，除了我母亲和刘白英等妇女外，男人们基本注意不到它们。表叔例外。他知道妈的娃多，她的艰辛，到田间地头做活时，会格外留心，及时为我妈通报关于三棱草的消息。

它们发芽的样子，过于娇嫩，毛茸茸的，颜色像刚出壳站不稳当的小鹅黄。这些都逃不出我妈凌厉的眼神，她早早地就瞄上它们。当然，瞄上它们的还有另一双锋利的眼睛，刘白英。

三棱草长着块状的茎，深秋焦枯一片，来年又发一大片。它们的屁股是磨盘，不用挪窝，砸中哪块地，哪块地保能成为根据地，如果天时地利许可，瞒过人的耳目，让它们繁衍开，攻占天际线根本不是梦想。

公路上尘土飞扬，孔庄的孩子们穿着贫寒。连续几个晴天，土灰细如面。夏天，光着脚丫浸润泥灰，是大地赐给人脚的欢宴。可太阳不可能老钉在北边的天空，它在天上总是北北南南地移动，暑去寒来，变化的地温第一时间被传感给光着的脚丫。

秋冬临近，孔庄的小孩子们再也不能光脚了。太阳下，妇女们把旧的新的都搬出来，跟疯长的脚丫比对。刘白英拿出去年的鞋给孩子们穿，全小了。她双手叉腰，由不得站在门口，对着南边骂，她这里仿佛只有骂人，问题才能得到解决。

妹妹穿着妈做的新鞋，昂昂然背上书包去上学，她鞋面上新绣的蝴蝶围绕着小花，都要飞起来了。一听到刘白英的骂声，妹妹像做小偷似的，弯腰低眉，沿着墙根溜了过去。

表叔刚好从田间回来，听见刘白英的骂声里带上自己的名字。表叔这下不干了，他拿着大锹，路过她家门口，接上了火。

"不是那个年代了，你们别想再合伙欺负我孤儿寡母，这是新社会新国家了，不怕你们不要脸的，男婊子……"

表叔接过了她的话："对啊，我就不要脸，我是男婊子，你是女婊子，我们都是婊子……"刘白英一听，话不是味，骂一个男人是婊子，自己吃亏！她撂下一句，不跟你婊子一般见识了！缩回家去。

跟刘白英吵了一架后，表叔的声望在村子里大涨，讲能把老映精摁倒的人，神人也！从此，村里人都喊表叔为戴老表。

草在地上，不单属谁，正因如此，对统称为大众的事物，更要先下手为强，这是我们孔庄妇女的哲学。就这点草，全村的妇女都知道，刘白英出手太迟。

早在初伏，我妈带着妹妹趁正午，到打了眼光记号的地方割三棱草。三棱草顶着伞状的花絮，一蓬蓬，头挨头，无限亲密地靠在一起。刘白英还在家搂着娃娃睡午觉呢，我妈三下五下就割了一大袋，直到割完目光所及处所有的三棱草。

回家后，我妈把所有的三棱草用锤子砸碎，熬一锅面浆，把砸碎的三棱草糊在门板上，放在烈日下暴晒。那几天，我们家的门扇都被妈拆掉了，家里和外边连到了一起，猫猫狗狗、鸡鸭鹅在敞开的家门里外自由出进。如果刘白英心细的话，会发现我家的异常。可惜，她长年都在琢磨，人人都是坏人，都要害她。在村里，除了几家亲戚，邻舍基本不走动，有福同享的消息基本对她屏蔽。她对我妈心有疙瘩，格外防备，除了空中骂声问候外，二人从不交流。

我妈把晒干的草锅巴从门板上取下来，一张张收拾整齐，靠在她的卧房。忙完一天的农活，天黑下来，她从箱底取出鞋样，按照大人小孩每双脚的脚型，在草疙疤上放大，剪出来，包上布边，四五张叠加，草疙疤在中间，再在里外两面覆以白细布，鞋底做成了。剩下来，就是纳鞋底、做鞋帮、绣鞋面、绱鞋的活计了。这些不在话下，都是我妈的强项。

诗意的烟火

春风细细，落花簌簌，秋叶萧萧，冰凌朗朗，煤油灯映照着妈妈亲爱的面容，她时不时在头皮上荡荡针，手指翻飞。夜夜出活。当家家的屋檐下，呈现红辣椒串、玉米串各种丰收景象时，我妈做的鞋也一双双用线串起，挂在墙上的木桩上。

刘白英还在计较三棱草弄哪儿去了，孔庄的孩子们穿着新崭崭的花鞋，雄赳赳气昂昂走过孔庄，踏上通往学校的土路。她的老儿子二狗子，跟妹妹同班。他是村里公认长得最好看的男孩，但几乎长年光着脚，去年的一双鞋，穿到今年冬天，鞋显然很小，大脚趾如破土而出的春笋，顶着寒风，还不忘生长。一到冬天，他鼻涕没有断过，两边的衣服袖子被糊成了荡刀布。孔庄的妇女们见了，心里都会起怜悯，我妈尤甚。但碍于刘白英那德行，我妈又塞住了自己怜悯的心肠。

人间因你关了一扇窗，上帝会为你打开一扇门。妹妹上学认真，从不迟到早退，是个成绩好又认真的姑娘。有了一个夏天的积攒，到了秋冬季，妹妹总会打摆子。冷到彻骨，热成火烤，冰火两重天。放在其他孩子身上，老早背书包回家，用被子捂汗了。从不塌（缺）课的妹妹却穿着同学们从自己身上脱下来的爱心棉衣，坚守在课桌边，目光如炬，盯着老师，认真地做笔记。老师大受感动，表扬了妹妹，越是表扬，妹妹越是认真，越是认真，成绩就越好。从小学开始，妹妹就成为孔庄好孩子的典型。

好孩子再好再典型也是血肉之躯啊，三天两头打摆子，妹妹小脸蜡黄，步都迈不动，皮汗来的时候，和羊角风差不多，不打招呼。越是身体状况差，羊角风越是容易发。

这一天，放学路上，经过柳树棵的塘沿，妹妹的羊角风犯了，她眼一翻白，直竖竖地栽进了塘里。妹妹犯病，人人都说危险，具体危险到什么程度，若无亲见，没有切肤体会。这场景吓坏人了，同行的孩子大喊，声音都拉直了。二狗子在一丈开外，听到声音，立马跑过来，二话没说，把书包一甩，向跌进塘的妹妹扑去。

妹妹被救了上来，他们掐她的人中，拍打她的脸，过了一会，妹妹苏醒了。她好好的，根本不知道发生了什么事情。

二狗子的鞋却弄掉了一只，他穿着一只湿漉漉的鞋，一瘸一拐地走着，左脚的大拇指，时不时倔强地亲吻着路边的荒草。

哎！人算不如天算啊，就这样，二狗子成了我们家的恩人。我妈得知后，搂着妹妹，又哭又笑。

那个晚上，我妈一晚上都没有睡觉，她挑灯做鞋，用黑灯芯绒做鞋面，里面套上我们夏天拾的羽毛撕成的绒。天快亮了，一双样式新、饱鼓鼓的棉鞋做成了。她趁人们还没有起床，把一串鞋和另外二斤盐糖偷偷地挂到刘白英家的大门门鼻子上。

次日早晨，孔庄的上空很反常，刘白英没有像往常一样，清早起就映人。她把鞋收进家，心知肚明地对着她的老儿子大嚷起来：你这个炮打的，快起来，你看，你看，上天给我们送鞋了，赶紧穿上去上学。

习惯是什么？是长期形成的、难以改变的行为。人一旦有一次与习惯背道而驰的经历，久而久之，就会形成另一种习惯。再说，天天映人真是一种恶俗的习惯。刘白英心里明镜似的，多年来，为了自我保护，她习惯把自己团团包裹，先下手为强，管你有没有坏心，我先映你一场算胜。

　　二狗子的这招，打破了她为人的常规，弥补了刘白英做人的亏欠。伸手不打送礼人，人家虽然没有登门道谢，但礼物先到，还是孩子急需用品，天越来越冷，这叫雪中送炭。都是当妈的人啊，刘白英第一次开始觉着自己骂人，特别是骂人家的小孩儿有些不对。

　　人都有觉悟的时间表，当那个时刻来到了，谁都挡不住。

　　过了几天，又一天早上，戴表叔发现自己失踪多年的一把镰刀被挂到了门上。我们家的门口堆着几捆三棱草。从那日起，我妈做鞋的三棱草被人包了，持续许多年，直到孔庄妇女们不用再做鞋。

　　后来，妹妹学了植物学，她知道了亲爱的温暖的三棱草还有一个更好听的名字——香附子。

我有一座房子

我七岁的那年冬夜，一场无名大火，把院子里的小厨房给烧了。火势凶猛，火光照亮了整个村庄的天空。火光叫醒了全村的成年人，人们带着盆和桶从家里赶来救火，他们砸开了结冰的前大塘，抢取大塘紧抱的水，来来回回，一股脑把水泼在着火的小厨房身上。土墙草顶的小厨房算是彻底完蛋了，被烧得面目全非，锅碗瓢盆、草木灰秸堆了一院子。幸好发现及时，救火速度快，不然，堂屋非烧着不可。父亲大人满脸都是黑灰，只露两个眼睛在眨着，他告诉母亲，天晴，我们就要整田，打土坯，盖房子！

小厨房在院子的东边，离堂屋有五十米，每天为大人盛饭，我需要往返多个来回，赶上天黑雨夜，乡村盛产的鬼怪总会被大人们无意中引出，这段路就成了我的黑路。多少次，我呼啸着、歌唱着疯跑而过，都是为了壮胆，赶走躲在心中和暗中的鬼怪。小厨房被烧了，这下好喽，不用害怕了。对小厨房的这些腹诽，自然密不能宣，不然，大人知道了会伤了他们的心。虽不能背"一粥一饭，当思来之不易；半丝半缕，恒念物力维艰"别人家的家训，但我懂大人从土里刨食养育我们的不易。当时，全村没有一户砖瓦房，全是清一色的茅檐低小，也没有一家万元户，联产承包到户没几年，勤劳的父亲大人便有了若干积蓄，面露着大户人家的老爷坐拥百亩的富足之态。

这下好了，一场大火，虽不至于一下子回到解放前，但父亲得花钱，打土坯，造房子了。可这还远远不够，我那一生足不能下水田的母亲，在这个时刻拿定了主意，说，要盖一起盖吧，反正小孩（特指我小哥）也长大了，过两年就要娶媳妇了。两位大人经过斗气冷战，磨嘴皮，又经过舅舅和叔叔等公亲讲评，在大哥（已分家另住）的斡旋下，达成了一致意见——盖大房子。房子的问题，真是每个时代的大民生，"盖房子，娶媳妇，抱孙子，老头老太另蹲噌"，人生后半段最重要的事情几乎都办完了，老头老太功德圆满，岂不就择凉快地蹲着去了。现在想想，小哥也许是被父母大人建造的"高堂华屋"催逼着早早踏入婚姻殿堂的也未可知。至今，全村人都知道，我母亲把她的老罕儿子看得比命都金贵，早早盖房子预备着，更是情理之中的事情了。

坐轿不知抬轿苦，盖一所房子，真是一项大工程，要预备好几年，我母亲自此以后，挨抱怨了好几年，因为她肩不能挑，背不能扛，虽然她有三个弟弟，但一切都还得靠我父亲。父亲要种红麻，备麻秸，要进山去砍劲松和毛竹，要把午季的麦秸秆一捆捆收集收齐晒干，要选择某一年的最黄最亮的瘪稻壳，更要整田地捋土基……大工程啊，母亲大人只能做个帮手，我的三个舅舅视长姐如母，自然是我们家的义务工。他们在当年冬天的一个晴天，随着父亲牵着牛拉着石磙走向一片最平整的良田，田里还有几粒剩余的稻粒，老鹅们迫不及待地捡了，跑到另外的田里去觅食。

二舅和老舅牵着牛拉着石磙在田地反复碾压，使松散的土质变得紧密，心灵手巧的大舅就在整好的地块上，用专制的铁具划小长方形的田字格，父亲再用铁锹将之一块块铲起来，立在田里，得用两天的时间，一块田，就变成了整田的豆腐块了。万木凋肃，月朗星稀，豆腐块们仰望着天上的星月，不知不觉身上落满清霜，这是我此生见过最动人、最诗意的豆腐块。冬日，从贝加尔湖畔来的烈风穿山越岭，来到了父亲的田边，除了冷冽，别无所剩。砌成墙状的豆腐块和树林般的麻秸体内所有关于温暖和水分的记忆都被冬风搜刮得荡然无存，经过恰好的时日，刚刚好，豆腐块才坚硬如磐石，麻秸挺韧如竹，建房事宜皆备，只欠东风。

东风吹来了，父亲大人请来了村庄里所有的土建专家们，大工小工因材施艺，他们运土基，和稀泥，用大石头立墙地根，把麻秸扎成屋耙，用最粗的劲松做大梁，用泡钉在红绸上订下日期，算作房屋的志书。母亲大人则带领两个姐姐，还有舅妈和表姐，在家起灶，准备几十人的伙食。小哥和我也走向远处的田块，去钓泥鳅逮黄鳝为建房添把力。那年，我家成为村庄的大舞台，车水马龙，忙碌非常，也热闹非凡。

在农村，上大梁有讲究，关乎家族未来，关乎子孙兴旺，当然，上大梁也意味着盖房子已经大头落定了。择得一个上好的日子，二舅把老早准备好的大劲松与大哥合抬到大梁的位置，老舅放鞭炮，大舅往底下撒小糖和花生，村庄里所有的孩子都等在地上，他们苦巴巴的小嘴在等着撒下的花生和小糖呢。

接下来的事情好做多了，把屋耙上到房顶上，再浇上黄金瘪稻壳的泥，一层层，泥好后，铺上麦秸草，做成金色的房顶，整个墙身也要用瘪稻壳的泥抹上几层，再在离地一米左右的墙身糊上麦秸草……房子盖好了，还把小厨房连在了大房子旁。这披挂着黄金甲的高堂大屋，矗立在村庄的中心，极大地满足了母亲的心，因为她知道，有了这么一所漂亮的房子，儿媳妇很快就会送上门的。

众人散去，抖空了所有身家的父亲，牵着他的牛走向了他的责任田，他想在接下来的日子里，把所有的花费，加倍地给挣回来。

1984年冬天，庄稼已收割完，早婚的小哥的长子出生在这所高堂大屋里，当时，村庄里已有好几家盖上类似的房子，有的还是瓦顶的房子，我们家房子就如明月下的小星，光辉已微。日子真不经过，小四轮拖拉机和手扶拖拉机突突奔跑在乡村的土路上，卷起尘埃，村庄里最后一头牛也完成了它的使命，被乡村的老屠户杀了，他们全然不见牛眼窝深处藏着的眼泪，我的父亲正式走进耄耋时光，他把他一肚子的庄稼经传授给了我小哥，每天都在与他的腿疼战斗，腿不疼时，就杵着铁锹，立在前大塘附近的荒地上，开荒。

人勤地不懒，这些年来，造物主馈赠也丰富，让我们村成为远近闻名的富裕村庄。首批外出的淘金者当时尚且是规矩的庄稼人，他们渴望地产丰富，地产黄金，满足自己和儿孙物质精神上的一切需要。村庄里真有闷头财主，不显山不露水，猛不丁盖起了砖瓦房。这让我财富不在自己手里且连健康也没有的父亲睡卧不宁，揪心地看着他的老儿子，还有见风就长的孙子们。母亲大人也老了，再也不敢说大话下决定了，不免会对别人家的砖瓦房多瞄上几眼，她再看我小哥的时候就满是歉意了。这样的压力有传染性，小哥纵是愚钝也会感知。

小哥不负父望，他积攒数年财宝，也要盖房子了。这一次，不用打土坯，不用进山砍毛竹，只要有钱，砖瓦水泥随便用。村庄也有了自己的土建工程队，管不管吃都成，但工钱照收。水牛都掉井里了，还指望牛角能挂住吗？大户人家得厚道，要管吃的，全家心里都明白这乡村行情。这一次盖房子，父亲拄着拐杖在边上指挥，外带看料，嫂子带领我的表姐表妹给建筑队做额外的伙食，竟然比父亲盖房子行工的伙食还要好。母亲大人已从灶台前退休，坐在我奶奶传下的枣树墩上，整日在灶下烧火，红红的火焰，把我母亲大人的脸颊烤得红红的。随着一声，上大梁喽！全家上下欢呼雀跃，我的大表弟在房顶上撒下面包、喜之郎、大白兔，小表弟在地上放鞭炮。地上等着的孩子，也没有馋意，可有可无地把喜之郎装进了裤兜。大家都是见过世面的人，谁谁家上大梁还撒钢镚子呢，我大舅告诉我二舅。我二舅不以为意，说，那家估计也是大吹子。再也听不到我慈爱的老舅说三道四了，他和我大哥都于若干年前英年早逝，安息于地下。

新房矗立在父亲盖的华堂前面，红砖黑瓦自带光芒，被枫杨树、刺槐树、梧桐树、枣树围着，别提多体面了。两个侄子如田间嘉禾，迎风舒展，自由生长。父亲大人老了以后，眼泪特别多，他抹眼泪的样子，让一辈子不待见他的母亲起了慈心，说，老头子老了，看到老儿子出息，比自己有出息还高兴。高兴劲也没有几年，打工潮席卷着农村大地，日出而耕，日没而息的生活方式早已失去了它的魅力，何况，远方的城市掌握着人生未知的秘密，人除了吃饱喝足，还有其他的需要，农村人和城市人一样，他们渴望另一种权利得到实现。只是这样的机会，父亲再也没有了。那一年，他放下了自己的拐杖，彻底向命运缴枪。可是，命运并没有饶过一个手无寸铁的老人，依然向他宣判了死亡。父亲始终待在自己盖的老房子里，走到了人生的终点，他的儿孙后代，从四面八方不同房子里跑出来奔丧。

日子永远崭新，村庄不断有人故去，有新生儿出生。母亲大人送走了父亲，三个舅舅，还有我的姨妈，她说，我这长长久久的人生，是替他们活，替他们看吧。村庄里三层高的小楼比比皆是，我们村有了留学英国的孩子，我在京经商的表侄，致富不忘乡亲，为老家与村村通连接处铺设水泥路，多少年抱着我们和牲畜腿的泥泞终于归到了泥潭。路上奔跑着各种回乡探亲的品牌汽车，小铁牛也下岗了，旋耕机、收割机行驶在四方田野。母亲越来越老，却越来越明白。她去做家住三关村不愿拆迁的小表妹的思想工作：我们老家在定远啊，你爷爷一副挑子挑着全部家当到了寿县，现在多好啊，什么都不缺，为了新机场建设，舍得小家，为了大家和国家，值得啊。白发长者真的是儿孙的冠冕，小表妹现在分得了几套楼房，侄子不用我小哥操心劳力，用打工积累早早地在合肥购下了房子。母亲大人笑得合不拢嘴，说，真是神了，那么高的楼，我走进电梯，嗖的一下就上去了，真叫速度！

四十年后，有母健在的我无论身在何处，归来永远是少年。母亲儿女的房子分布在各处，但家永远指着一个方向。城市霓虹，乡村明亮，鬼怪灭迹。每一次回乡，我都有一个小私心，希望父亲、大哥、三个舅舅泉下有灵，我可以带着他们一道去看看这越来越高的楼，越来越近的远方。

陌上有桑

深秋向晚，风是带着哨子的，呜呜刮着，反复翻阅着窗户纸。窗户纸是用姐姐的课本做成糊上的，秋风试图想用自己的方式，读取姐姐的心思，或是想叩开扇门窗，来我家逛逛。

单薄的姐姐，只穿条秋裤，她贡献出自己课本后，就一个字也不读、不写了。她一门心思帮着妈妈，采桑养蚕。春蚕上过架，吐出丝，在自己的蛹壳里，在小小的暗里睡去，度完一生。妈妈留下几枚蚕茧，等蚕蛹变蚕蛾，咬破蚕茧，扑腾腾，产子，它们沾着粉粒的翅膀，经过生产这一关，已无任何气力飞向蓝天，蚕蛾和它的子睡在一起。原来儿奔生、母奔死是这样的。在产子中睡去的蚕蛾，让姐姐很有感慨，她见此景总是要流泪。妈妈很不满意姐姐的想法和做法，按她的意思是，虫子，又不是人，有啥伤心的！姐姐的伤心太平洋刚经过一个夏天大太阳的炙烤，萎缩成一个小水洼，就又到了秋蚕的季节，姐姐把蚕纸，装在裤子口袋里，两天后，蚕纸上便爬出了小蚂蚁似的小蚕。

妈妈和姐姐新一轮的蚕桑大战正式开场了。

《陌上桑》，很美的古民歌"日出东南隅，照我秦氏楼。秦氏有好女，自名为罗敷。罗敷喜蚕桑，采桑城南隅。青丝为笼系，桂枝为笼钩。头上倭堕髻，耳中明月珠。湘绮为下裙，紫绮为上襦。"我的姐姐，虽没有罗敷之美，貌似也无使君王者般的等待。丘岗上，姐姐植上一株株桑树，雨水夜露，桑树长势良好，满足春蚕秋蚕之需。从姐姐往来桑田的频率，可看出小蚕成长的速度。妈妈扯着大嗓门，喊姐姐的名字："敏啊，一点也不要停，小蚕又没有叶了。"姐姐身着浅色的衣衫，军绿的裤子，扎着粗马尾，野百合一样朴素。她或徐行，或急奔，一边是漫天的春色，一边又至无边的落木。她俯下身子，与大地上的桑树交谈，为我们家与大自然做交易。我以桑麻为地席，请以丝锦为我衣。她们最终以叶、以寻常的植物，织就年华锦瑟。

随着秋声的呼唤，窗户纸的口子越来越大。窗户的那边，是随着秋风而至的二哥。二哥消失了很久。二哥与姐姐是同学，他们一起长大，一起玩耍，一起上学，他跟着她后面一起辍学。当我们在感慨姐姐没有罗敷的好运时，都犯了错。在发现姐姐的情况后，妈妈垂下了骄傲的头。她哭着说，"孩子，跟谁家结亲都行，就是他家不行。你可知道，你妈妈一辈子都挨他妈妈臭骂了。"姐姐哭得更厉害，"你们大人是你们大人的事情，跟我们没有关系，拆开我们，太不公平，不然，我一辈子就不嫁了。"

秋风紧，姐姐的哭声也紧，催逼着二哥从窗户那边过来了。他磨蹭着挨过短墙，叩开了我们家的柴门，红着脸，进到屋里。这让妈妈大为恼火，问："到底是谁开的门，你看我不打死他。"是谁开的门呢，我们都不承认，异口同声说："是风。"二哥对我们很感激。若干年后，年近半百的二哥，见着我们，还是这般谦卑感激的笑容。

人要是固执起来，真是没法子的事情，特别是妈妈这样处处要强的女人，她固执起来，真是九头牛都拉不回来。妈妈铁青着脸，坐在大板凳上，眼睛瞪着姐姐，巴掌举起又放下。二哥拉着姐姐，一下子跪在妈妈面前。想来一个男人为爱情屈膝，还是有点感天动地的。二哥和姐姐抱在一起哭了。我们在旁边，也跟着哭了起来。妈妈厉声说了一句，"谁再哭，谁就给我滚出去。"

迫于妈妈的淫威，我们立马止住泣声。"去给我采桑叶，小蚕马上就要上山了，饿死了，谁赔？"这缓和的语气，实在鼓舞人心。姐姐连忙拉起二哥，"快走，帮我采桑叶。"我们也在他们的四周帮忙。拿扁担，拿编织袋，找剪子，往丘岗奔去。这天真是美好的时光，他们一起采桑叶，一起喂小蚕，甚至一起在妈妈依然难看的脸色下共进了晚餐。妈妈把秋茄子切成块，裹上面粉，在油锅里炸成金黄色，再撒上葱花生姜，兑上白水，煮开。茄饼汤鲜美无比，是鱼汤的味道。素菜做出了荤味，我们崇拜地望着妈妈，忙着给二哥盛茄饼汤。小嘴吃得叭叭响，心里因为味蕾的快意美极了。

天边的晚霞由红而青，姐姐送别二哥，二哥说，你看天边的青霞，等到早晨，它绕了地球一周，又来陪你采桑。姐姐答非所问，你看天边的金星，将陪着你越走越亮。每个人的爱情表达都不一样，这是姐姐的桑麻爱情。

二哥住村东，姐姐住村西。一如他们都读过的字句，我住江首，君住江尾。不仅共饮一江水，而且共闻鸡鸣狗吠。二哥的妈妈得知的确切的消息。趁着夜色未深，拉着二哥的弟弟妹妹，轰上我们家门，用她的大嗓门，炸雷般地和妈妈招呼起来。唉，我们伟大的母亲，在另一个伟大的母亲面前，立刻偃旗息鼓。任凭二哥妈妈数落，她就是不吭声。

二哥和姐姐夹在中间，不知所措。我们和他们几个旗鼓相当，都摩拳擦掌，只等妈妈一声令下，开打。我们的妈妈，我们可怜的妈妈，给姐姐跪了下来，说了句，敏子，你都看见了吧，就晕了过去。妈妈躺在地上，以一只蚕蛾的姿势。我们哭了起来，以为这就是传说中的死亡。二哥的妈妈，说了声，你就会这一套，你不同意，我还不同意呢，孩子们，我们走。

被动方，反成了主动方，这让姐姐无所适从。秋风太冷了，姐姐缩着脖子，盯着最后一丝空隙凝望，一跺脚，把张大口子的窗户纸糊好。搭草山的妈妈，见状，抿着嘴笑了。

不知姐姐是怎么度过那段日子的，她仿佛什么事也没有发生似的，依然在妈妈的使唤下，温温顺顺地侍候小蚕上山，等着它吐丝，等着它们变成一动不动的小蛹，再等着少数的几个，成蛾，吐子，死去。姐姐又把眼睛哭得红红的，在灶台边，告诉妈妈，她的决定。妈妈，我答应小军的婚事了。对于这个决定，妈妈真是喜出望外。小军是谁呀，小军不就是妈妈心目中最佳女婿吗？妈妈表妹的儿子，在部队当兵。妈妈却又哭了，好孩子，我知道你孝顺，你跟那家（二哥家）实在没有好日子过、弟兄多，他妈妈，你也见了，那么难缠……姐姐用笑声止住了妈妈的话语。这是我愿意的。

军表兄探亲的那年假期，姐姐的亲事定了下来。表兄拉着姐姐的手，他们走过村庄和田畴，一起去看丘岗的桑树。采桑的姐姐，有了自己的使君，她在他的怀里，轻泣起来，仿佛是激动，仿佛更是悲伤。

一个男子，长身玉立，站在丘岗的对面，一直流泪，一直不语。

望春台

（一）

李晓红是我小学同学，我们从一年级开始就是同学，一直到三年级。李晓红父亲是我们小学的校长，母亲是我们的数学老师。上到三年级时，她的父亲要调到一所中学去任职，母亲也跟着调走，所以，李晓红一家都跟着搬走了。

我们在一起的时间虽不长，但打小就相识，在那时候，有一种上辈子就认识的感觉。听到这个消息后，我们就被离愁别绪捆绑住，一想到未来，便是望不尽的漫漫黑夜。从前，我们在一起的那些快乐时光，都变成离别的催化剂，一想心就疼，鼻子就发酸。

李晓红在家排行老二，上面是大她一岁的姐姐，下面是小她三岁的弟弟小三子，姐姐聪慧好学，小三子是老小又是男孩，他们俩受尽父母宠爱，老二李晓红在家的地位就很尴尬，上不着天，下不着地。李晓红有一个习惯，爱吮吸自己的左手大拇指，这是她自我安慰的方式吧，从她不记事的时候就养成了。可母亲不这么想，一看到她这样，说是坏习惯，就用钉钉锤捶她小脑袋。

李晓红是个面皮白净、眼儿细长的小姑娘，受了她母亲我们数学老师的钉钉锤，泪眼汪汪地坐在教室里。一块锅巴，一枚水果糖，是我能想到给哭泣的小伙伴的最大安慰。当然，贫穷如我，从没有富裕过，这些东西也是我从牙齿缝里抠出来的。这是小孩之间表达友情最朴素的方式。李晓红也会给我带东西，是我没有见过的，苹果和橘子。真是世间最佳美味，吃完之后，我看着我的同学，顿生生死之交之感。

如今，生死之交却要走了。我们都很难过。在被泥泞紧抱着的校园里发呆良久，李晓红帮我把我的课桌和凳子用泥又涂了一遍，上面还贴上了她从家里偷拿来的报纸。我的桌子瞬间蓬荜生辉，全班唯一。我知道，她的意思，是让我好好学习，考上同一个初中。

不久，来搬家的卡车一摇一摆地走在乡间的土路上，我和芳芝站在门外看着。那时候，搬家很简单，土房子是公家的，家具也是公家的。老师们不用太费事，简单整理了被褥行李书籍，打成捆子，搬上卡车。再把三个小孩带上车，呜呜呜，卡车汽笛一响，不到半小时就能到新任职的地方去。

可地上的几个小孩们却抱在一起哭成了团。

姐姐也有生死之交的，她们在一起为离别而哭，我们在一起为分开号啕。本来鼻涕就多的我，糊了一脸，分不清是眼泪还是鼻涕。最后，李晓红的父亲校长大人一声断喝，都别哭了，牌坊岗很近的，你们都好好上学，以后会见面的！

慑于家长和领导的威严，我们都收起了眼泪，可是，心仍然在无休止地拉扯着。

蓝色的卡车鸣响了汽笛，尾巴冒出了一股油烟。我说，好难闻啊，我要吐。芳芝说，好好闻，真香。车子启动起来，我的同学，突然从车上跳了下来，向我们奔来。我们迎了上去。再次哭成了团。这次，校长亲自下来了，把李晓红拎了起来，打了一巴掌。

她在车上哭，我们追着车子哭。芳芝跑着跑着，布条做的裤带又断了。算了吧，车子跑起来真快，一会儿连影子也看不见了。仿佛，车子从来没有来过，可是，环顾四周，我的同学却不见了。

我蹲在地上，摸着她送给我的铅笔绞，眼泪再次流了出来。

（二）

李晓红走了，但她依然是我和芳芝交谈的焦点。不论遇到什么，我们都会想会问，要是李晓红在这她会怎么样？知识让我们的泥屋教室如殿堂般地发光，从前，我们的同学李晓红就坐在发光的那个点上，虽然现在我们不在一起上学，但那又怎么样呢，我们会在不同的地点共同刻苦呢。话虽这样讲，没有李晓红的上学时光，滋味就是寡淡啊。好不容易，挨到了春节放假，我和芳芝积攒了一个学期的思念，以及一个学期的宝贝，打算寻机相见。牌坊岗中学离我们家只有六七里路，是丘陵上的一块高台。现在想想很近，但那时候，就感觉是天高地远，望不到边。在想象的天涯里，我们在酝酿着相思浓情。

跟父母打听到怎么走之后，我和芳芝还用压岁钱给老师买了二斤红糖，以示孝敬。

大约是近乡情怯，等我们出现在李晓红面前时，我们同时害羞起来。在我们不曾共同度过的这个学期里，李晓红改掉了吮大拇指的毛病，肯定被打怕了。芳芝在部队的爸爸因病去世，芳芝仿佛一夜之间长成了大姑娘。而我，除了略为长高外，一到秋冬季，呼隆呼隆地流鼻涕还是我的老毛病。在老师家砖瓦构建的房子里，我们经过短暂的适应以后，我掏出我积攒的火柴盒，说，李晓红，你看，我给你攒的！这一步就迈过了分别带来的疏离感，我们围在一起，开始欣赏火柴盒上的图案。

老师的家是红色的砖瓦房，功能设施虽比在我们小学时强，但仍然烧土锅土灶，要自己备柴草做燃料。我们既然来了，来的时候天色也不早了，如果赶回去有些晚，年龄又小，老师也是不放心的，于是便让住上一夜。

姐姐、李晓红、小三子还有我们，都高兴坏了，感恩戴德地望着老师。老师说，来，今儿个人多，我们一起去打柴火吧。我们一个个摩拳擦掌，拿钩的拿钩，拿袋子的拿袋子，直奔屋后的塘埂。

春节过后，四处弥漫着春天的气息，田野的生机捂也捂不住，那些表情木然的树木早已暗孕芽蕾了。老师说，把这些官杨树枝钩拉下来，拖回家就行了。我称为歌唱家的这些杨树，在冬天，它们和许多的树木一样，没有了手掌也就没有了歌喉，大风吹来时，都一声不响。它们高高直直地站立在塘畔，在清澈的水面留下黑色的影子，云朵也忙不迭地把影子投下来，游鱼探头探脑地在水里游弋，小小的尾鳍划破宁静的水面，把水中的云天树影揉碎。

我们的老师，举着顶端绑着钩子的竹竿，伸向官杨低一点的枝丫，用力一拖，枝丫发出嘎嘣脆声，欢呼一样离开了树身。仔细一看，枝端顶满了芽苞，断裂处泛出青色。是的，要不了多久，它们就会发芽长叶，长成新的手掌，发出新的歌声的。老师忽视这样泛着青的树枝，啪啪啪，一会儿工夫，就钩下来一大堆，我们分期分批把树枝拖回家，再截成便于烧火的一小段一小段的，整齐地码在灶旁。

那时候，我的胃是无边无际的空旷原野，吃再多的东西，也看不到边。它似乎整天都在构想着，美食的美模样。当然，到同学家做客，心里立志要讲点斯文的。我们的老师，长了一双妙手，普通的蔬菜到她手里都会变成世上的珍馐美味，美妙到不可言说。青色的杨树枝在灶膛快乐地跳舞燃烧，把李晓红的脸映成绯红，老师煮的一锅白米饭才烧开就开始清香四溢。她在另一口锅里炒芹菜肉丝、炖白菜豆腐……香飘飘啊香飘飘，五个小孩的脸上都被快乐写满。老师说，杨树枝熬火，不能添太多。杨树把旁枝歪杈打掉，会长得又高又直。我以为，老师心在生活重压之下，塞住了怜悯管道，对杨树也会手不留情呢。

不用说，这是我有生以来记忆深刻的一顿饭。我们把米饭吃完了，还把锅巴用菜汤泡着吃了。一个个舔嘴抹舌头的，肚子可管不了啥叫斯文，斯文是用来扫地的。我和芳芝谁也不曾想到，那些所谓的"刻骨"思念，竟被一顿饭吃得无影无踪。经过许多年后，我们不记得当时自己的心情，只记住了这一顿饭。

春天只一夜就到了家门口，昨天打下树枝的杨树身上，枝端已泛起了蒙蒙的鹅黄。再美再长久的相聚也有分别的一天，分别还是来了。老师取下了脖子上的羊毛围巾，套在我的颈项上，把姐姐的毛线帽戴在我的头上，说，孩子，你这鼻涕都是冻的，记着以后一到秋冬季，戴暖点，就不会流鼻涕了。这次，我们都没有哭，大约经过上次分别今日相聚，我们也就从此知道，人生就是由分别相聚组成的，由一双看不见的手在掌控着。

老师站在高高的台前，向我们扬起了手，春风也吹动了她发顶泛起的霜花，身边依次是姐姐、李晓红、小三子。

（三）

有人说，一个人长大有时就是瞬间的事情，他开始从那个瞬间经历到锥心之痛，还学会思考，当然，也会把不够睡的夜，一切几半，用来养育睡眠还有失眠。这也就意味着告别童年。这是芳芝的成长，她在上初中的时候，便接受了村庄里一位小伙的求婚。结婚可不就意味着很快变成一个妇女嘛，妇女一词在当时的女孩口中、心中就是一个不美好女性的寒淡形象。可失父的芳芝初尝爱情圣果后，便不管不顾了。虽然考上了初中，但是上完了初中又能怎么样？那时候，农村初中的升学率都很低，能考个中技、中师就等于鱼跃农门，告别土地，有了铁饭碗。牌坊岗中学在当时很牛，是我县初中数一数二的中考王，这都没能吸引芳芝的注意力。李晓红也不再是我们谈话的兴奋点了，最终芳芝学业生涯止步在初二。

这些变化让我们措手不及。我和李晓红虽然还亲密无间，但也面临着升学的压力。当时，姐姐的成绩在全校名列前茅，她自然是树在李晓红面前的高峰，是家长的骄傲，弟弟妹妹的榜样，也是我的方向。中考，姐姐以全县第二的好成绩考取了省内的一所中专学校。整所中学再次沸腾，李晓红的爸爸、我们的校长被喜悦充满，整天绷着的脸放松了，见到调皮捣蛋的学生也都笑眯眯的。人总是有私心的，自己的学生考出好成绩都会激动万分，更何况这学生还是自己的掌上明珠，喜悦自动翻倍。

李晓红承担着姐姐的成功带给自己的巨大压力，这压力也无形地传给了我。

李晓红一紧张就要吮吸大拇指，是的，她晚自习时，重拾小时候的嗜好，即老师所说的恶习。

老师作为妈妈，是一个具有大刀阔斧精神的妈妈。她要教一帮像小鸟一样飞来飞去的小孩子们，还要料理家务，管理教育自己的三个小孩。姐姐是个省心的孩子，聪明勤奋又要强，不要父母过分操心。就是这个老二，多愁善感，随弯就曲，从不为未来担心。还有三子，自己娇惯自己，调皮捣蛋，爬树上墙，什么都干。但老师是个有本事的女性，她铁腕治子的样子，总会让人想到她那折断杨树枝时的干劲。既然老大考走了，老

二、老三一个个来治，她要把他们身上所有影响发育和成长的左枝右杈都给修理掉，让他们一个个长得又高又直。

那真是个上学的好时代。学校被田园抱紧，田园被庄稼覆盖，春华秋实是田园的华美衣袍，就连萧瑟的冬天到来，也会有如约而至的白雪如被覆盖再覆盖。物资有限自然宝贵，校长和学生们坐在白雪覆盖的教室里，听着天上飘雪，枝上破芽，墨水如浆，倾注进呃须灌浆的小麦和水稻里。

学校迎来了许多年的好收成。我和李晓红也是其中的收成之一，分别考上了高中，虽然需要继续努力，但依然有盼望，不至于颗粒无收。

人到了一定的年纪，你就觉着时光快，快到你无法接受的程度。许多世事也已然不在你想象的地方。如果可以慢慢叙述，不是被时光赶着疾书表达，我想停留在我和李晓红第一次分别的那个路口，校长很年轻，老师很好看，芳芝得把裤带打结实了，我们互擦鼻涕，交换分别的礼物，田野，天空，泥路，树木，都在。

可是，回不去了，永远回不去了。

后来，李晓红当了老师，我当了基层公务员，芳芝前年抱上了大头孙，姐姐在县城工作，三子在合肥上班。时代在变，我们在变，但变化最大的是这个校园，一个学生也没有了，巢在，鸟永远飞走了，校园和校园之外的家园一样很荒芜。我们的老师有几家留守在那所高台上的中学，那个书声琅琅的校园，青春的校园，他们工作了一辈子的校园。

本该成为我老师的学生们都被一种力量吸引着，向集镇和城市蜂拥而去，这是一种推动时代之轮滚滚向前的力量吧。

　　春风已然在门外吟唱，李晓红回到位于高台上的老家。老师走了，永远地走了。她坟头上的春草蓬勃，迎风拔节生长。我想着老师当年被风吹起的头发，也是这样带着希望充满盼望，随风招展。

猪奶奶回来了

前天表叔打来电话，说和姑奶奶一起回家过中秋节。

放下电话后，我就天天问奶奶，表叔什么时候回来？

盼望着，盼望着，终于有一天，放鹅的大志跑回来，告诉我说姑奶奶回来了，后面带着表叔，前面走着姑爷爷，一家三口，穿着好看的衣服，大包小包，走在后大塘的路上。

我正在隔壁玩呢，那个可恶的遥遥，抢了我的水枪，灌满了水，对着我射击，把我的眼睛都迷住了。

奶奶正在追赶一只不下蛋的母鸡，家里家外，小狗暗黑和苍黄帮着奶奶捉鸡，唉，真叫鸡飞狗跳。

奶奶忙着捉鸡，爷爷在田里忙活，家里没人帮我呀。我睁不开眼睛，只有大哭，遥遥又喊我"好哭猫"。

这个遥遥真让人生气，不就是爸爸、妈妈从上海回来了嘛，这两天变得特别牛，他的胆子本来特别小，连打火机都不敢打，一看火苗蹿出来了，就吓得往他奶奶怀里钻。现在他爸爸妈妈回来了，怎么像变了一个人似的？爸爸妈妈到底是什么做的，能让遥遥从一个胆小鬼变成一个胆大鬼了？

我想到这些的时候，有些想念爸爸和妈妈了。

我不要水枪了，回家看看他们的结婚照吧。看，这个高大英俊的，就是我的爸爸，我长大就要像爸爸，长成一个全村有名的帅哥，奶奶说，娶媳妇不要花钱。你看我的妈妈，比遥遥的妈妈漂亮多了，妈妈说话的口音和村里人一点都不一样，比所有人都好听，我喜欢妈妈说话的声音，我喜欢妈妈把我抱在怀里的感觉，我喜欢妈妈头上洗发水的味道。

爸爸和妈妈都不知道，他们六岁的儿子现在可有出息了，能自己上集上的幼儿园，早出晚归，在幼儿园里吃午餐，说话利落多了，儿歌也会唱了，连"a、o、e"和"1、2、3"都会写了。我心里真想他们，我可以给他们写信吗？他们经常打电话给我，我听见了他们的声音，想循着声音去找他们。有一天，我就顺着家里的电话线，想把爸爸妈妈牵出来，电话线被嵌进了遥遥家大门口，线不见了，爸爸妈妈也不见了，是不是遥遥把爸爸妈妈藏起来了？看着遥遥高兴的样子，我认定就是遥遥把我的爸爸妈妈藏起来了，我从那天起，很不喜欢他。

我现在学会写字了，奶奶说，学会了写字，就可以给他们写信了。我觉得写字真的不容易，我把爸爸写成"j"，把妈妈写成"k"，他们常常喊我宝贝蛋，我就是那个小"o"了。我在给爸爸妈妈写信的时候，发现笔可以画画，比写字容易多了。我把线和点连接起来，搭建了房子，放上床，画上窗，里屋住着爸爸、妈妈和小志，外屋住着奶奶和爷爷，还有暗黑和苍黄。

暗黑和苍黄是我们家的两条狗，狗怎么起了这样一个很不好叫的名字，我学了很长时间，被遥遥奶奶笑了好多次，说我比遥遥大，连狗都叫不好。我的姑奶奶啊，你怎么给狗起了比儿歌还难学的名字？搞不懂。

暗黑和苍黄一前一后，簇拥着表叔，原来我的表叔回来了，他的个子长高了，我只齐他的腰，表叔戴着眼镜，见到我，就把我抱了起来。我的姑奶奶和姑爷爷也回来了，他们见到爷爷奶奶和太奶奶非常高兴，大声地说着话。我从表叔怀里下来，看到后面走来的两个人，我以为是爸爸妈妈，我忙喊着爸爸妈妈。奶奶说，你认错了，不是你爸爸妈妈，是前面圆圆的爸爸妈妈。你妈妈忙着假日加班挣钱呢。

我总是认错人，像我的太爷爷一样。前一年，还以为回家的姑奶奶是我的妈妈呢，一个劲地叫妈妈，把姑奶奶都叫哭了。姑奶奶说，小志想妈妈了。

表叔也是个小孩，我喜欢小孩，我喜欢表叔。听姑奶奶说，刚会说话的我对着表叔喊妈妈，表叔笑眯眯的，连连答应。他越喜欢，我越喊，喜得表叔把所有好吃的都装进了我的口袋。

姑奶奶回来，家里真热闹。好吃的也特别多。两条狗根本不理我了，它们跟在表叔的后面，一会前一会后，鞍前马后，很是孝顺，唉，真叫狗眼，等表叔一走，不还是跟我玩嘛！到时，我也狗眼一下，不理你们，看你们怎么办？不过，老猫小白也是的，被带成狗眼了，也不理我了。小白跟在姑奶奶的后面，喵喵地叫着，看姑奶奶的眼神就像我看表叔的感觉。

姑奶奶手里拿着好吃的东西，一点都不抠门，往我的小嘴里塞点，给狗一点，给猫一点，就对着鸡鸭鹅撒去。鸡鸭鹅撒欢似的跟着姑奶奶，姑奶奶到哪，它们跟到哪，真像我前天在遥遥家看的他爸爸妈妈带回来的动画片《动物总动员》。

当然，我也是高兴的。他们回来后我的第一件事就是向姑奶奶告状，遥遥他拿了我的水枪，至今还没有还回来。你看吧，我姑奶奶肯定会帮我的，她会把我的表叔派去，向遥遥要水枪的。

这下，姑奶奶听后，笑着说，小志去把遥遥给我喊来。我跑到遥遥家，遥遥，我姑奶奶找你，遥遥一听，笑笑的样子，他怎么是笑笑的样子，一点都不怕？遥遥跟着我到了姑奶奶的面前。

遥遥对着我的姑奶奶喊"猪奶奶"，天啦，他怎么把我姑奶奶喊成猪奶奶了，姑奶奶居然不生气，说遥遥好，还拿东西给遥遥吃。姑奶奶摸着遥遥的头，说，遥遥是不是喜欢水枪？遥遥的头点得像八哥。下次姑奶奶回来，也给你买一把，可要把小志的还给小志。

遥遥的头点得依旧像八哥，像兔子似的跑回自己家，把我的水枪递给了姑奶奶。姑奶奶说，遥遥真是好孩子。遥遥朝着我挤眉弄眼，露出胜利的笑容。他坐在我姑奶奶的腿上，附在姑奶奶的耳边讲着火不火的事情。

遥遥，希望（你口中留德，这是我将来要会的辞藻了），别把我放火的事情，给说了。虽然，全村都知道，不过，姑奶奶回来才几天，遥遥你知道，我多想给她留个好印象啊。

按奶奶的话说，这火终归是玩不得的。可是，我确实放了火，还不止一把火，总共三把火。遥遥除了藏我的爸爸妈妈，还是个可恨的观望者、参与者和大逃兵。

屋外的树上还挂着红彤彤的柿子，我和遥遥躲猫猫，后来很渴，我们去我家的厨房找水喝，我看到放在灶台上的打火机。一按一喷火苗特别高，把遥遥吓坏了。我见遥遥吓坏了，高兴极了，使劲打，不知怎么就把稻草点着了。火苗更高了，连我也害怕了，一溜烟跑到遥遥家。要不是太爷爷发现及时，家就被烧完了。

还要说遥遥，因为我的缘故，他连打火机都不敢碰了，他奶奶在家做饭，急需打火机，就派遥遥去小店买打火机，遥遥不干，他奶奶让我陪他一起去。买卖顺利，回来的路上，我拿出打火机对着遥遥又是一喷，遥遥就往草堆上躲，遥遥躲过去了，草堆烧着了。

狼烟直冒，全村的人都来救火。让人恼火的是，这草堆还不是自己家的。奶奶一头从厨房蹿出来，问明原因后，把我像小鸡一样拎了起来，可怜的我生平第一次被奶奶罚了跪，面朝着火堆，思过。

这是我有生以来，记忆最为深刻的事情。按说，教训也该同样深刻。

可是，时隔不久，在爸爸妈妈就要回来过年的那天，我又放了一把火。

过年了，最喜欢我的爷爷给我买了擦炮，我和遥遥都擦不动，研究了半天，还是我想了办法，拿打火机点呀，点擦炮的事情当然又是我。遥遥他把擦炮放在我家的草堆边，我打着打火机，朝擦炮点去，"砰"！响亮的擦炮，带着一缕青烟，真带劲。

擦炮在响的同时，遥遥他早就抱头鼠窜了。我又掏出了一根，去点的时候，我发现草堆又着了。我有些害怕，哭着跑到家里，和爷爷说，小志又放火了，草堆又着了。

慌得爷爷拿着脸盆，端水就去扑救。那天风很大，火势又凶猛，燃烧的草堆便向南方伸出了长长的红舌头，火照红了半边天，全村的人又都来了，他们打算帮爷爷救火。

干冷的冬天啊，水早被土吃进了肚子里，前大塘干得见底，哪来的水救火？

奶奶站在救火的人群中，向我竖着眉毛瞪着眼睛。爷爷无可奈何地打着哈哈。我靠在爷爷的腿边，听着村里人说我爷爷和奶奶，你们这么老实，你们家的孙子怎么这么顽皮，一年都放了三把火了，要是把屋子烧着了怎么办？这孩子还是让他父母带吧，你们可担不起放火的责任哦。

不知他们的话有没有让我爷爷奶奶没面子，可我知道爸爸妈妈的脸可能让我丢尽了，我是他们的儿子呀。他们说得我心里涌起了悲观，我又想爸爸妈妈了，想远远的上海，想妈妈说过的花园般的幼儿园了。

火太大了，又没有水，还有可能影响别家的草堆、房子，爷爷见此当机立断，不救火了，看着火苗，别把其他紧挨的东西烧着了。全家和全村人，站在火堆的附近，观火，眼睁睁地看着一个大草堆被烧成一小堆黑灰。

这时，爸爸妈妈像今天的姑奶奶一样走在村后大塘的埂上，他们厂里放假了，回乡过年了。

就在我难过的时候，他们出现在全村的面前。他们喊着，小志，小志，快来！他们跑着奔向我，妈妈抱起我，眼睛红红的。

如果允许六岁儿童可以抒情的话，霎时，很多的情绪涌上来了，我搂着妈妈的头大哭。我哭的样子，让许多人都跟着掉下了眼泪。

但村里人还是和爸爸妈妈开起了玩笑，你家小志出息大了，今年一年共放了三把火。我也说不准爸爸妈妈的表情，反正刚刚才泛出喜色的心里，又蒙上了影子，爸爸妈妈会打我吗？

爸爸妈妈没有打我，他们说，他还小，不懂事，大了就好了。

他们买了许多好吃的东西，好玩的玩具，好看的衣服，堆满了床。我高兴坏了，这世界上，除了姑奶奶，还有爸爸妈妈给我买东西。

我拿着玩具，第一时间跑到遥遥家，给遥遥看看，让遥遥想要到哭。

据说，爸爸妈妈回来后，我走路的姿势，像电视里的企鹅。

这就是三把火的由来了，我应该主动向姑奶奶说明。如果我懂孝心的话，我其实不想让她老人家为我操心。

可是，遥遥还是说了，不知姑奶奶会不会像我的奶奶，罚我跪？据说，姑奶奶在我爸爸和叔叔小的时候，在帮他们跟邻村孩子打架的同时，也经常修理他们。

姑奶奶听了以后，把我拉到了跟前，笑眯眯地说，小志，这火和水是一样不能玩的，水火无情。她还说了一些我不懂的名词，总之，一句话，就是以后再也不能玩火了。

我当然答应了，在春节爸爸妈妈回来的时候，我就下定决心，再也不玩火了。奶奶见机说，小志还遇见村里人的试探呢，说小志你怎么不放火了，小志说，烧了，就不能做饭了。所有人听了都夸他，说小志真的长大了，懂事了。

姑奶奶听后，笑得像墙角的葵花，连连夸奖我。

姑奶奶趁在家期间，把大家叫到一起，开了一次会。

中秋节的晚上，黄黄的月亮升起来了，我、大志、表叔在田野上放火把，玩得真快活。表叔也知道我放火的事情了，故意问我，我们去烧草堆吧？我一口否定。惹得表叔哈哈大笑。

月亮真像个粑粑，我喜欢姑奶奶带回的月饼的味道。我们一家人坐在院子里，围着桌子吃月饼，大奶奶和我的哥哥大志也在。

姑奶奶主持的会议开始了。姑奶奶说，小孩们在外打工不容易，你们在家做农活也不容易，除了做活，第一重要的事情就是要把大志和小志带好，不能惯他们，等等。

她的话说得太长了，我记得月亮照进院子的时候，暗黑和苍黄都睡得呼呼的，小白偎在姑奶奶的怀里也开始扯呼了。表叔打了个大哈欠，大志哥在大奶奶的怀里睡着了，我看着月亮，想着妈妈，想着，想着，也睡着了。

姑奶奶回来后，把遥遥忙坏了，他屁颠屁颠地跟在姑奶奶身后，口齿不清地叫着猪奶奶，猪奶奶，还大胆地站在凳子上，给姑奶奶摘红柿子吃。

姑奶奶就说，小志呀，你要向遥遥弟弟学习啊，上幼儿园，要比着学，互相帮助，不能磨牙，你大些，要给弟弟做个榜样。

不过，遥遥还是有了变化，他爸爸妈妈走了之后，也没有哭闹。他说他喜欢猪奶奶。他可能是喜欢我的水枪，想让姑奶奶给他买吧。

因为姑奶奶的归属问题，我们又吵了起来，明明是我的姑奶奶，怎么就变成了他的？最让我难过的是，姑奶奶说，她是我们的姑奶奶，不只是小志的姑奶奶。

我对"我们的姑奶奶"充满了疑惑，表叔给我和遥遥做了具体的解释。

我终于明白了，大志、遥遥和我，我们都是兄弟。比电视里放的《我的兄弟叫顺溜》还要亲。

假期最不禁过了，就像在爸爸妈妈身边，日子飞快一样。这不，姑奶奶、姑爷爷和表叔收拾好衣物，又要离开家，到我所不熟悉的城市去上班，去上学了。

临走前，姑奶奶一会儿抱抱我，一会儿抱抱遥遥，一会儿摸摸大志哥的头，说，你们在家好好上学，你们要的东西，姑奶奶都记着呢，下次就给你们带回来，还给你们设立一个奖项，谁表现第一，谁得第一名，奖品是遥控飞机……

我的天呀，是在天上飞的飞机哦，遥遥看看我，我看看遥遥，谁也没有说话。

　　姑奶奶一点一点地看不见了，遥遥拉着我的手跑了起来，小志，我们去把猪奶奶追回来。

　　猪奶奶，猪奶奶……他一直喊着，我也一直喊着。不是说有顺风耳，姑奶奶听得见吗？遥遥的声音渐渐像哭的样子了，我一看，他的脸上竟然挂满了泪水……

山下的母亲

母亲是一株棉花，孩子可以任意摘取，温暖冬天，温暖人生。当棉花摘完了，只剩下空空的棉枝，一直握紧你手的母亲，手中的温度一天天低了下去，变成一根风中残烛。孩子，你如何对待这一株散尽棉花的棉枝？

五代以上人

杨妈妈一生生了十个孩子，夭折一个，成活九个。

不论新中国成立前，还是新中国成立后，那个时代不用说都非常苦。杨妈妈和杨大爷土里刨食，交完租子，留下不多的余粮，养活自己和孩子。新中国成立后，地主被镇压了，这时的地主家比谁都寒淡，余粮没有了，有的连命也没有被余下来。

改天换日，劳苦大众当家做主，听这话就温暖鼓舞人心。杨妈妈和她一群面带菜色的孩子，端着手中的碗，期待着白米干饭，把肚脐扶周正了。一段时间过后，杨妈妈发现，日子和以前差不了多少，她得继续带领孩子们到地里抢挖野菜。她家小孩多，能吃也能干，人均野菜占有量较邻居家多。一家人还得在菜锅里舀汤，孩子们寡淡的嘴里，飞出一只又一只鸟。

当然，这是在改革开放之前。杨妈妈心很疼，看着在新社会光芒万丈的太阳下，土黄色的屋檐下，一字排开站着她的孩子们，他们端着碗，光吃不胖。杨妈妈就把挑灯做针线的工夫挤出来一点，和杨大爷到山上河岸边打蛤蟆，捉大蛇。剥了皮，炖了汤，撒上盐花，做成一碗碗绝世的美味。孩子们围着锅，挑来大碗，一个个把肚子喝得圆鼓鼓的。当时四岁的老六，刚刚会走路，他蹒跚学着步，兴奋地说着：吃饱的感觉真舒坦呀。

一家十一口，杨大爷和杨妈妈日夜不停地做活，从生产队一直干到承包到户。其间，五个女儿纷纷找了人家出嫁。三个儿子也娶了亲，各自有了自己的家庭，分开另过日子了。而最小的儿子，初中毕业，托人当了兵，在部队上一待就是十五年，直到千禧年结束职业兵生涯，才安置回乡。

杨大爷在自己七十五岁时走到了生命的尽头，他临终前交给杨妈妈一根拐杖。杨大爷走后，杨妈妈一个人住在土房里，继续着自己的劳作。那些年过去了，她的双手得了严重的关节炎，一个也不能伸直，长期点煤油灯熬夜，让她的眼睛见风淌眼水，长年一副哭泣的样子。

儿女们过着自己的日子，在好政策下，他们的日子越过越红火，孙子辈也娶妻生子了。杨妈妈待在土房里，看着她的后代繁衍不息。享受着众人羡慕的言辞，多有福气啊，都三代以上的人了，四代以上的人了，直至五代以上的人了。

拄着老伴留下来的拐杖，八十八岁的杨妈妈，站在倒塌的老屋前，守着她做姑娘时父亲就给她准备好的嫁妆——一只木头箱，拿着手绢不停地擦眼水，等着大儿子接她到他家过。在家的三个儿子，挨个过，一家过一个月，在外工作的老小每个月给点钱。这样的安排也挺合理的。不到一年的时间，儿媳妇们在家和儿子们大吵大闹起来，陈芝麻烂谷子的事都被扯出来，在太阳底下翻晒，陈腐的气味，让儿子们很是郁闷。儿子们在媳妇和娘亲一同落水先救谁的选择题上，都选择了媳妇。

嫁出去的女儿，泼出去的水，女儿们当然也会回来看杨妈妈，养儿防老，养老当然就是儿子们的事情。这点，她们不会和兄弟们争抢。一天到晚吵嘴也不是个事，日子总要过呀。经过儿女共商，亲戚家有一处空房，他们外出打工许多年了，房子一直闲置着。他们决定，把杨妈妈送到那里去养老，粮食等生活用品大家筹资供应。问问杨妈妈可有意见？杨妈妈一直用手绢擦眼睛，这是她的常态，他们见得多了，认为不说话，就算答应，于是就这么定了下来。

总算等到天气暖和了，树叶长出来了，春天来了。杨妈妈拄着老伴留下来的拐杖从村东头挪到了村西头，跟着她的除了父亲做的木头箱外，还有在老屋时养的一只花狗。

哑巴老婆

哑巴的老婆，不是哑巴。小的时候，听大人说她，给她一个馍馍她能给你割半天麦子。人们在为这样廉价的劳动力庆幸的时候，还不忘嘲笑哑巴老婆，真好吃！

童养媳的运气，总是差的多，好的少。哑巴在五岁时，母亲就给他定了童养媳，就是哑巴老婆。哑巴家以前很有钱，是村里的大户人家，哑巴妈妈是个有本事的妈妈，怎奈生了一个哑巴，这位有本事的妈妈才不敢在村子里过于嚣张。

哑巴老婆在哑巴家长大，按说也是青梅竹马，但哑巴妈妈家规甚严，哑巴不敢造次，哑巴老婆更是典型的童养媳，仰人鼻息，逆来顺受，就是过着吃不饱，穿不暖的日子还要在婆婆跟前歌功颂德。哑巴和自己的妈妈都长得白白胖胖的，哑巴老婆却又黑又瘦。吃人的旧社会过去了那么久，新中国的阳光照进来了，却忘了哑巴老婆。

1964 年，哑巴和自己一起长大的老婆圆了房。天聋地哑？这是屁话，哑巴能着呢，对于男女之事精明得很。圆房的那夜，哑巴成功地让这个黑瘦的女子成为他的女人。第二日，当他的母亲问起时，他就用手开始比画。哑巴妈笑得像一朵菊花。

哑巴老婆在 20 世纪 70 年代之前，给哑巴生了一男一女两个孩子。男有样，女有模。哑巴妈在八十高龄的时候，看着一双儿孙，心里真是比蜜还甜。哑巴老婆给哑巴家立下了汗马功劳，吃不饱的日子也该有个头了吧。

瘫痪在床的哑巴妈，威风还是那么大。哑巴老婆一日三餐端吃端喝，擦屎端尿，从无怨言。并且谨守婆婆大人的教诲，吃喝先紧着孩子、哑巴、婆婆，最后是她。婆婆说得对，三纲五常，总得有个样子。哑巴老婆是婆婆一手带大的，她是婆婆施政纲要坚定不移的贯彻者。大家全吃好了，锅里啥也没有了，哑巴老婆总是饿。知道她家情况的好心人，总会接济一下哑巴老婆从未吃饱的胃。作为报答，她会在人家忙不过来的时候，在人家的田里挥汗如雨。好吃就是这么来的！

人想和日月同寿，是痴心妄想。哑巴妈散尽了她在治家方面的聪慧和才智，走到了生命的尽头。哑巴哭了。哑巴老婆哭得更伤心。婆婆是这么多年在家唯一和她说话的人，是唯一体谅她的人。以后她的话，还能向谁诉说啊？

接下来的年代，是哑巴老婆的好日子。婆婆也不在了，哑巴又不会说话，总算能当家做主了。可事实情况并非如此，婆婆在世时，早给孙子定好了一门亲事。去世之前，就把准孙子媳妇找到身边，把哑巴一家托付给未过门的她。

次年，哑巴儿子结婚了。哑巴老婆成了婆婆。她以为当婆婆的滋味应该不错，因为在她的世界里，她的婆婆就是天。过门的媳妇，没有经过任何人同意，就独揽大权，成了太婆婆的继承人。哑巴老婆身份变了，地位似乎还没变。以前给婆婆洗衣服，现在变成给儿媳妇洗衣服。把饭做好了，最后一个端碗的还是自己。但，感谢天，总算可以吃饱肚子了。

孙子一晃二十岁了，哑巴和哑巴老婆也走到了自己母亲的年纪了。哑巴又聋又哑，哑巴老婆不哑但有点聋。儿子和孙子出去打工了，家里剩下哑巴、哑巴老婆和他们的儿媳妇，耕种五个人的田。

闲的时候，哑巴在太阳底下打瞌睡，哑巴老婆站在大门口，望着远方发呆。正在打麻将的儿媳妇，大声喊着，给我端杯水喝。见半天没反应，媳妇气汹汹地走过来，瞪着自己的婆婆。哑巴老婆像个做错事的小孩，不敢看儿媳妇的眼睛，搓着手，低下了头。

包华丽妈妈

接下来是一个幸福妈妈的故事，这一次绝对让你感到温暖。

在家的包华丽妈妈一天夜里，心口闷，出不来气，就大声喊，快来人呀，我不行了。儿子和儿媳妇一分钟内赶到床前，扶起妈妈，他们知道妈妈的老毛病又犯了，赶紧给妈妈服下"速效救心丸"。并给在上海的两个弟弟打电话，告诉他们母亲的情况。弟弟们临走有交代，母亲不论出现什么情况，不管什么时候，都要第一时间给他们打电话。

包妈妈一生嫁了两次，生了五男一女。在农村，抚养孩子们长大成人，和众多的妈妈一样，非常不容易。包妈妈家的男孩们，一个个长得像挺拔的小白杨，为了让她的男孩们茁壮成长，包妈妈和包爸爸夜以继日地向土地要粮食，向河流要鱼虾，供养孩子们长大成人。

长大成人是多么漫长而又艰辛的过程，当两个男孩走向军营挥别爸爸妈妈时，他们看到了这种艰辛变成了顶在父母头上的霜花。他们起誓，在外一定要混出个样子，好好报答父母亲人。

从土地上出去的人，是一粒顽强的种子，不论被播种在哪里，他们都有惊人的生命力，努力向下扎根，向上开花结果。

包妈妈的儿子们在大都市扎下了深根，成了一棵棵枝繁叶茂的大树。远乡近邻都很是羡慕包妈妈，生的儿子真有出息。自己在外纷纷买房，还不忘乡亲，回乡探亲，给村里每户一个红包，还修通村子通向村外的公路。包妈妈家的亲戚更不用说，投奔他们的亲友们日子也红得似火。人们都说，包妈妈的老祖坟何止冒烟，直接喷火了。

在疾病和死亡面前，富贵和贫穷一样无力。包妈妈生病了。起先是头晕心难过，这似乎是老毛病了，儿子们都知道。在有了条件后，儿子们决定把包妈妈接到身边去，好好安享晚年。到了大城市的包妈妈，刚开始还感觉比较新鲜，儿子儿媳妇都比较孝顺，感觉就这样过下去其实也不错。人都说，城里人难处，包妈妈问儿子，这大城市的女孩子不也挺懂事挺孝顺的吗？比我们农村有的人家的媳妇强多了。儿子笑道，她也不敢。有钱有德有礼，底气自然足。

时间一长，包妈妈就想念老家了，老家的空气真是好啊，老家的蔬菜真好吃，什么都是新鲜的。想着想着，包妈妈开始头晕心难过了。儿子们忙坏了，带到大医院，来个通体全面检查。高血压、糖尿病、心脏病……没几处是好的。包妈妈可是气呀，我本来在家待得好好的，你们非把我弄到这来，把我搞一身病。儿子们低头顺耳，听着妈妈的数落，一句嘴也不敢顶。我要回家！马上！

等包妈妈回到老家时，她已经不是当时离家时的包妈妈了。检查出心脏病后，医生建议给包妈妈心脏做支架，钱不用考虑，只要对妈妈身体好，做！于是，包妈妈胸腔被打开，安上了世界上最好的支架，背包里全是进口的好药。

心脏安了支架的包妈妈，吃过了进口的药，搬一个小板凳，坐在墙根下晒太阳。她看着哑巴老婆被她儿媳妇使唤着跑来跑去，包妈妈很同情她，又很羡慕她，因为她从此不能大步流星了。

——献给永远的母亲节，献给喊我们心头肉的人。

雪化了，是春天

人到了一定年纪，记忆是倒着走的，循着来时路，越来越清晰。

每年一进腊月，天空便弥漫着年的味道。

对我来说，年的记忆，不是成家后所过的年，而是与父母哥姐一起度过的，在一个鸡鸣三县闻的小村庄，叫魏郢。

记忆中雪野茫茫，万籁俱寂。行走的我们，是落拓在大地上的一个个小小的句点。

此时，家中已是粮食满仓，咸鸡腊鹅挂满正墙。

一切平安。一场大雪过后，雪霁晴岚，太阳缓缓地行走在视线偏南的天空，像母亲温暖和煦的目光。慈爱的父亲更加温善。他们温和的态度，让我敢赖在他们怀里提出各种要求，他们都基本会答应。

岁末，碰上这样的好天气，父亲一定会赶趟"光蛋"集。我拉着他的衣襟，是他甩不掉的尾巴。其实，也就是贪个嘴，弄些包子、油饼吃。平时，鼻涕呼隆隆的，总是擦不干，今天它很争气，潜伏在鼻腔深处无声无息。我干干净净地吃喝完毕，站在落木寂然的土路边，等着父亲。我小时候，父亲必买粉丝、蛋白肉、干海带、干萝卜丝之类的年货。至于白菜葱蒜，家里的菜园里都有，每年杀一回年猪，鸡鸭鹅早备齐，前后大塘年底都要起鱼，所以呢，肉类基本也不用特别置办。在年终最后一次"光蛋"集上，采买家里年节需用基本妥当。

父女二人本可以回去了。当时的场景却是，刚饱腹的我又想着发展的事情和精神的需求。我站在路边，眼睛瞄着集市的一切事物。自兜售的年画入了眼，我的心也跟着呼之欲出的美人走了。父亲身上挂满了年货，我提出了我的要求，父亲不答应，我一下子大哭起来，潜伏的鼻涕倾巢而出。唉，不好意思地说，哭着要东西，是我从小到大满足自己小心思的秘籍。我可怜的样子，让亲爱的父亲心软了下来，他从腰包不多的钱里递给我几毛钱。我向卖《化蝶》年画的摊位跑去，还有四张赵静主演的根据王羲之故事改编的电影连环画《笔中情》。抱着年画，我朝着父亲笑了。一会儿哭一会儿笑，鼻子上冒个大泡。

年，一步步一天天近了。据说年是个怪物，"红眼红鼻子，四大毛蹄子，走路啪啪响，专咬哭孩子"。村里的小伙伴们跟着年一起成长着，神话和故事已经唬不住他们了。

年的脚步，怪兽的脚步，成长的脚步，都很快。

腊月到了，上学的我们放假了。雪花伴着一年年腊月的来临如期而至，从不爽约。雪在窗外轻轻扬扬，大伙倾巢而出，到野外堆雪人、打雪仗，把整个小村疯成自己的天下。

我从小就热爱一切清朗美好的事物。我的雪人，区别大众。

诗意的烟火

漫天的风雪拥聚在院子里的大铃枣树下，我用米开朗琪罗雕刻的方式，解救出被禁锢在雪堆里的美人。美女雪人，裙裾莲动，长发飘飘，双眸含星，在披风题上一句"嫦娥仙子来过年"，惹得全家人一看就笑。

年蛰居在腊月的最后一天，它终于来了。

年三十这一天，村庄里喜气洋洋的，我们和大人都穿上新衣服，整整齐齐，恭恭敬敬。"春风杨柳万千条，六亿神州尽舜尧"，传统的老春联贴上门，祝福不改，祝愿一直在。

年终盛宴开始准备啦，我的母亲把头天煮好的咸鹅腊肉整齐地摆成"碗头"。中午，乡亲们要喝鲜汤烧制的"胡辣汤"（鲜米汤）当晌饭。这样可以空出肚子来，好在晚上饕餮一场。

日稍偏西，各家就忙着备年夜饭了。在农村往往比赛"过年"早，听谁家放"炮"了，全家便手忙脚乱，就像做农活落后了一般。父亲连忙燃上香烛，哥哥忙着放起鞭炮。村里鞭炮声早已此起彼伏，惹得孩子们像赶场似的到处拾哑炮。小狗们在满是花花绿绿爆竹纸的地上打滚嬉闹。

空气里弥漫着浓浓的火药味，掺和着食物的香气，钻进鼻孔，织就成浓浓的年的味道。

年夜饭过后，孩子们口中嚷着"辞岁"或"拜年"，成拨地来来去去，满村庄跑，一家不漏。"拜年拜年，巴掌向前，磕膝头一跪，饭团一对"。巴掌向前，是准备给长辈跪下的姿势；饭团一对，是用糖稀把米花团聚成乒乓球状圆圆的甜品，又甜又脆，是小时候的最爱。大人们为每位前来拜年的孩子们准备的瓜子或者糖果，悉数入袋。在路上，小伙伴们还要比较一番，糖多少颗，压岁钱几块。收获颇丰的我，一脸的富足，不由生出一副傲娇之态。袋子有点瘪的表弟，暗下决心，明年一定好好吃饭，腿长长些，跑得快些，占得先机。

二姐已经远嫁肥西，她家有一台黑白电视机，这可是当时的稀罕物。二姐家开始播放首届春晚的时候，我们村还没有通电，外界所有的信息皆来自父亲的收音机。过年的晚上，电波时断时续，和着茅草屋外呼啸的寒风，所有的消息像是来自外太空。管不了那么多了，疯了一天，拜完年后，凶猛的睡眠来袭，抱着装满瓜子花生小糖饭团的福袋，沉入一年中最后的大梦。

大人们等小孩们安静下来后，才去给自己的长辈辞旧迎新。送上身体健康、万事如意的祝福，感慨一番岁月不饶人，以及对二月二龙抬头后繁忙农事带来的烦恼与期待。

小村在子夜时复归宁静，一如田野，在一番轰轰烈烈青黄代谢后，到了冬天，格外安详。夜空中，偶有地老鼠之类的"烟花"升空鸣响，绚烂异常。远处高岗上的积雪还没有融化，盖在小麦身上的雪被，掀了盖，盖了掀。三场大雪了。门楣上的春联被寒风反复阅读，听着风声，父母也走进了梦乡。等我们醒来，再开门时，就真是新的一年了，一切又重新开始了。

十二岁，我开始写首副春联：寒雪梅中尽，春风柳上归。

第五辑

〉〉

侘寂之梦

侘寂之梦

不知哪一个才是自己，摸得着的？梦中见的？好像都是，好像都不是。

母亲去世快五个月了，数次梦见她。她永远都是那么可亲可爱的样子。

有时走在路上，有一个声音会小小地说：你就一个人了，你没有妈妈了。顿时，我会停下脚步，揉揉心脏。按住这种缺角般的疼痛。

母亲节的初晨，睡着的我，想到自己没有了母亲，一个人，低回在家乡的田野，边流泪边寻找。在梦中，梦见了一个小女孩，小脸沾满了饭粒，跑到了我的面前。我想起来了，我出门了，丈夫带着女儿在家。我跟小女孩说，孩子，你叫刘曦凡（当时，心里出现"喜欢"两个字，太普通，取"曦凡"，平凡的晨曦，永远美若黎明）。然后，我教她写自己的名字，告诉她，这是"曦"字，难写，但一定要学会，因为，那是你的名字，要写一辈子的。

　　我和友人谈到母亲节的梦。我说，是不是我太想母亲了？小女孩走过我的梦，我走过母亲的梦，母亲走过外婆的梦，我们原本就是彼此的一场梦。

　　父母亲情，既是人生的小话题，又是生命的大课堂。这样的谈论，继续下去，会是什么？人生如梦，梦如人生？不得而知。

　　我知道，从此以后，连接我和母亲的只有梦了。记忆会断章取义，忽略许多不该忘却的章节。但梦境不会，它会有自己的创作，它会把从前现在未来，做一篇统筹文章，一篇崭新的文章。一些痛苦或者惊喜的场面，会让你不知所终或者欲罢不能。惊慌出梦，你会说，毕竟是梦。流连忘返，梦帮你补全了曾经的残缺和亏欠，你会说，幸而有梦。

　　昨晚，我梦见自己，左手拿着锄头，右手端着饭碗，在构思一句诗句。清醒后，我只记得一句：妈妈，我要拉着你，走出梦境！然后，梦到了一张床，我看见我的母亲在蒙头大睡。我掀开她的被子，她一头白发，像一大朵盛开的棉花。我喊着她，她的脸朝着里面，没有理我。

　　梦里的我想到，母亲不走了吗？大幅度的梦境，可以达到逼走现实的境地。我跪在她的床边，哭着，一气把自己哭醒。

　　许多年了，一被现实扎伤，我会第一时间回乡，头抵在她的怀里，她苍老的手如鸟爪，搂着我，抚摸着我。后期，脑梗死带来了右瘫，右手无力，她就用她的左手为我整理头发。

　　母女之间，相视一笑，我做回了她的小女儿，她还是盛年的样子。

只是，这一世，母女再也不能相见。从此，母亲是我的梦，我是母亲的醒。

当我清醒地走在清晨的街道，香樟的奇馨唤醒着我的记忆。今后，我只能行走在梦与醒之间，让梦把我带给母亲，把母亲带回还我。

黄四娘家花满蹊

如果我的母亲是诗词中的黄四娘，活到今年，也有一千多岁了。

昨晚，我做了一个美好的梦。借着梦，我又和母亲见了一面。

在一个陌生又熟悉的院落，几畦花，一畦菜。母亲的手在上下翻飞，用剪子剪各种花枝，都是幼年常见的花。是胖胖的蔷薇，似乎又是肥嘟嘟的芍药，也有袅娜的忍冬，最多的是各色的菊花，母亲最后还拔了一棵莴笋，配成别样的花束，她把花递给了我，一句话没有，然后，又低下身子去采花。

我当时不知道是梦，把头抵在她的胸前，闹腾她，问她：怎么把菜园变成了花园，不同季节的花还都开在一处，妈妈呀，你是怎么做到的？

花园北边是一处房舍，茅草泥屋木门。朝南方向，有一棵大梨树，开着雪白的花，看着看着，就结了梨子，一会儿，梨子就长大成熟了，黄澄澄的，老家人叫它"水巴甜"。

我突然意识到这是梦了，意识跟我说：梦见梨就是离别来了，还是这么大的梨（离）！

心里腾地蹦出这首诗：黄四娘家花满蹊，千朵万朵压枝低。留连戏蝶时时舞，自在娇莺恰恰啼。

我长久地挣扎在梦醒之间，不愿醒来。

初春的清晨，窗外的鸟，一天比一天叫得早。先是一只，咕！咕！咕！单音节，像击缶，一个失孤者的声音，被谁一粒粒从窗外扔进来。

晨光渐进，响起一片鸟鸣，多是麻雀。居家雀就是可爱，收到号令，像一下子就吹起喜悦的唢呐声，照彻阴霾，拽着我忽地走进一片光明中。

谁说过，你对她的思念根本不会减少，反而随着你的年岁增加而渐长。思念会耗去人的精力，人不能一直生活在思念中。这些道理都是懂的。可偏偏看到与她一样的老人，就会想到她与我的一切，自然要发呆垂泪半天。

我就奇怪，人小和人老特别地相像。像小婴儿一样，远远地看，你的婴儿和我的婴儿没有不同，除非到跟前才可分晓。

可是，不论到不到跟前，我都知道，我亲爱的老人再也回不来了。

母亲脑梗后失语，会说的唯一一句话是：走家！

一个最冷的节气——小寒的清晨，她的回家申请被批准，母亲被领回家了。

她一样东西也没有带，她为之劳碌一生的孩子、屋子、牲口们……都留在了大地上。

有一年，母亲把院里的盆盆罐罐都种上了花。

这些花朵脸盘大，颜色鲜丽，风一吹，大头摆来摆去，草草身躯不堪重负，被风吹得快倒伏于地，又有反方向的风吹来，扶起了它们。

母亲说，我的孩儿，难为你们了。

等花结籽，她把这些美丽花的种子收到一起，包了起来。

《四郎探母》是我母亲最爱听的一出戏。我每次回乡看母，她都称作四郎探母。其实，我们分开并没有多久，还称不上真正意义上的久别。戏中，高堂老母坐帐军中，杨延辉不敢相信，眼前这位白发苍苍的老人就是自己思念多年的母亲。

每一次离别，都是一次小小的死亡。终于，这一次离别构成真正的死亡。

她住过的房间空着，已改成了鹅舍。鹅舍前的盆里，她种过花的盆缸，摇曳着孤零零的一朵，像一盏烛。

我知道，她的杨四郎得成为黄四娘，把花一直种下去。

母亲赠予的花种，有格桑花、波斯菊、凤仙花，都是一年生的花，是草木的又一生。

独角戏

"孩儿呀，听话，把小嘴张开，喝一口哈，喝下去，你的病就好了。"

当时，你还不会讲话，她是你在这世界上唯一恋慕的人，你用哭声拒绝苦药，她不得已采取了强制措施，用汤勺压住你的舌根，把药灌进了你的肚子。

"孩儿呀，再穿一件衣服，春要捂，秋要冻，不能太皮了哈，玩热了，脱衣服，记着及时穿上。"

当时，你正是猫狗都嫌烦的年纪，你光荣入学，光荣加入了少先队。你在上学的路上，常常玩耍到忘家、忘学的程度，你在田野玩耍忘返，而她一直在晚风中等着你回家。

"孩儿呀，你把花猫头棉鞋带着，虽然不比白球鞋，但穿在脚上暖和，学生比的是学习，咱不比吃穿。"

当时，你正是爱美之心萌动的年龄，她的话全是耳旁风，你总在心里抱怨她、抱怨家庭、抱怨身边的一切。把她花了一夜时间做的花棉鞋扔在床上，头也不回地上路了。

"孩呀，到外地上学要多留心，多向别人请教，我们年纪虽然大了，你也别担心，只管把学上好，找个好工作。"

当时，你冲过了黑色七月，正在憧憬未来。第一次离乡，第一次发现她的头发已被霜染，你眼中有了泪。

"孩呀，结婚了，再小的孩子都是大人了，要把人家父母看得比自己的父母还重。有了孩子，好好疼爱你的孩子，好好过自己的日子。"

当时，你结婚了，你被新生活冲昏了头脑，你想融入新的家庭里，记着她的话，但差点忘了她的样子。等到孩子出生，儿生母苦，从婴儿的脸上，你看到了自己，看到了她的影子，你有点想她了。

"孩呀，今年你父亲身体一天不如一天了，有时间回来看看哈，但不要耽误工作。"

当时，你被借调到一个新工作岗位，一切都从头开始，你心里想着都是尽忠，忘却尽孝，梦想步步生辉。当你再次回家，天人永隔，她成了父亲的遗孀，落落呆呆地站在那，等着你。等见着你，大喜过望，孩子般地望着你，围着你转来转去，一步也不想离开，像你当初一步也不想离开她。

"孩呀，这药这么苦，我不想吃，你别哄我，我宁可死，也不吃这药。"

当时，你半倚在她的床边，摸着她白花花的头，瞪大了眼睛看着她，她仿佛做了错事的孩子，避过你责备的眼神，二话没说，把药喝了。

　　"孩呀，你不要走，我舍不得你走……"

　　此时，北风缓去，南风乍起，她望着你，望着你，像个小孩儿一样，瘪着嘴哭了……

春雨煎茶

人到了一定的年纪，总爱跟自己的记忆较真。果真是个好孩子，妈妈说，如果果真还在，我会更有福的，他比你们都孝顺。妈妈撩开她的眼皮，拿浑浊的眼睛瞧你一下，那神情很童真。

果真是大哥，他在人间有限的年华是四十一年。果真亡于一场车祸，车祸的现场，没有一辆车，只有果真一人脸伏在地上，一动不动，仿佛在和大地耳语交谈。路过的邻居发现了果真，报丧的声音，如空中的惊雷，劈天而来，让人至今难忘，一家如国，重要人物离场，一场地震，妈妈晕在地上。

果真走了之后，妈妈成了一个被掏去心的人，常常一人在果真发生车祸的地方，一坐就是半天。春天，果真走的那个地方长满青草；夏天，开满星星眼的小花；秋天，旁边的杨树遣下千万伞兵，一个个陪在妈妈的身边；冬天，蓝色的雪花从灰渺的天空飘落，在她结冰的头顶舞蹈，一年四季，这地方都有不同景象送给妈妈看。

妈妈真让人担心，邻居说，白发人送黑发人啊，能不伤心吗？果真走了，你妈妈疯了。

这样的情景持续了好几年。有一天，妈妈好好人似的回来跟余下的孩子宣布了一件事情：小孩儿们，我在果真死的那地方，听到了一个声音和我说话，比炸雷还响。那个声音说，妇人，不要伤心了，你看你的孩子每个季节都在你的身边，春天他是草，夏天他是花，秋天他是叶，冬天他是雪，他一直在你身边，从没有走远。妇人，我纪念了你的眼泪，我为这个世界，舍下了我独生的爱子，我的心情像你的心情，你回到我身边吧，我必赐你安息。妈妈说，所以，我决定去教堂了。

妈妈的决定，让我们全家拍手拥护，我们需要一个正常的妈妈，一日三餐的饮食喂养，一年四季的衣袜缝补。这是我们支持的初衷。

妈妈有了自己的信仰以后，常常一脸笑容，家中混乱多年的秩序终于恢复了。妈妈还会去果真走的那地方，只是脸上一扫阴霾，她嘴里常常念叨着，孩子呀，你好好在那边待着吧，妈妈环视着四周的花草，对它们说：孩子，我看到你了。

果真在世的时候，每年都需要喝一种茶，宽叶子，绿色的根茎，确切地说，是一种草。果真有哮喘病，每年都要发作几次。妈妈不知从哪听得的偏方，说收集立春之后的第一场雨水，以水煎茶可以治疗。偏方治大病，妈妈从果真得上这种病开始，每年春天一次不落地收集雨水，装在屋前的瓦瓮里，宝贝得不得了，谁去碰那个瓦瓮谁就要挨打。一直等着草叶长出来，妈妈摘取来，舀出水，在小壶里慢慢煎熬。果真走了后，妈妈就是在不正常状态，还是一年不落地收集雨水，装在屋前的瓦瓮里，等着春天，等着草叶长出来。

后来，有人听说了这个偏方，千方百计地问计于妈妈，并且讨要妈妈宝贵的雨水。妈妈见人来了，就抱着瓦瓮，又一次展开伤痛的回忆，从三岁开始数算，她的果真的好，她的果真的乖，她的果真如果不死，该多好呀。来人在她伤痛面前，大都泪水淋淋，高兴而来，洒泪而回。

妈妈告诉我们，要联系那人，把果真的雨水送给他。那天，妈妈好隆重，穿戴一新，把煎好的茶装在瓦制的壶中，喊着我，果香，我们走，给他送去。

这个他像我的大哥果真，但又确定不是。

他的小时候

　　长江后浪推前浪，我被拍在了沙滩上。我把涵哥送进考场，心里五味杂陈，感慨万千。天拎着雨，漫不经心撒下两滴，落在我的眼皮上，把眼皮弄得湿漉漉的。六月雨意清凉，我的孩童眸光透亮。我在合欢树下，拾一些毛茸茸的花，不同颜色的鞋踩过落花，是一群赴考的孩子们从四面八方而来，一如当年的我，青涩无畏，一同走进这座"十万人家共起居"的城池，来备战人生给我们设立的一场考试。仿佛才是昨天，一切又无法复原。想到了自己，想到了毛茸茸的小婴儿竟然在岁月里悄悄长大，一步步迈进上天给他设立的轨道，无限感恩……

　　涵哥随着年龄的增长，对他小时候的事情特别感兴趣。

　　我说，你现在的脚都比我的大了，以前多小啊，在我手心还显小。他就好奇，他怎么会那么小过。

　　看见妈妈在街上遇着小孩儿，露出微笑，就知道妈妈想起他的婴幼儿时代了，就忙打听。

　　说刚剖宫产出，他不哭，后来被医生打了一下屁股才哭了，他哭的时候，妈妈的刀口特别疼，爸爸忙着照顾妈妈，一看他哭，想打他，仔细一看，这个小孩怎么长得像他，父爱才被激发的，才没打他。这是笑话。他浑身都是毛，像一个老头精，很老的样子，还好，有一双很白很长的手。

他十一个月大时，每天早晨从摇篮里，高扬着大头，对着我们喊：妈，妈。估计是喷话。他刚会走路的夏天，光着腚，在阳台看姥姥晾衣服，冷不防天上飞来为古井贡酒做广告的飞行物，他吓坏了，一身汗。后来，遇到了不听讲的时候，我们就说"呜呜"来了，他就会乖乖地扑进怀，无限乖巧。

他的小嘴整天到晚都要吃东西，因为整天在家里做体力活，把大小的盆放在一起，从这间屋子搬到那间屋子，不容易，不让搬，还不行。还会守时等候在门前，听见父母上楼的声音，把拖鞋准备好，把板凳搬好，指着凳子对着妈妈说：坐、坐！

因为要吃东西，姥姥就带着上街去吃米酒，米酒吃完了，自己数数上楼梯，回来后就拉肚子，小脸很白，只会说难受。后来，我们吃西红柿，很好吃的样子，他见了，突然哭了起来，说：宝宝生病了。意思也知道，是说，宝宝生病了，不能乱吃东西了。

涵哥也知道关心人，姥姥每次下楼去拎炭，他都要交代：嗷嗷（还不会说姥姥），慢慢。就是来漆窗的叔叔，因为要攀上爬下，他也会说：叔叔，慢慢。

涵哥一岁七个月时就喜欢上臭美，家里养了一只叫混混的狗，可不知道涵哥爱美。混混在家，特别在爸爸面前很规矩，可一见到涵哥劲头就上来了，他们又抱又搂，不知谁抱谁、谁搂谁。冬天了，我给他买了一双新棉鞋，来家就穿上。混混还像以前，又来了，劲儿太大，把涵哥弄跌倒了，混混竟咬起他的鞋来。冬天穿得多，像一个棉花包，没有大人拉是无法起来的。他都不喊大人了，只顾哭喊：鞋，鞋……

五岁的时候，第一次离开父母长达半个月，和姥姥一起回姥姥家去了。见面的时候，大概过于激动了，母子二人四眼通红，他的脸也红了，我说，怎么回事啊，他连连说，我太感动了。这个感动是激动的意思，遣词造句还不懂精准。

涵哥有一双大眼睛，十岁也就是前年，我们在他的大眼睛前方上了两扇玻璃——近视啦。涵哥是个单眼皮男生，还是个戴眼镜的单眼皮男生。听说我喜欢韩国影星权相宇，看到权相宇大笑，权相宇和他一样是个单眼皮，好像人家影星模仿了他。一次，因为发烧，眼皮变成了双眼皮，他看着我，同情地说：真不知道，双眼皮这么难受，妈妈，你这么多年都这么难受，我还不知道呢。妈妈翻着双眼皮大眼睛，不禁晕倒……

近来，涵哥放假在家，不喜欢看文字多的书，喜欢漫画，还有陈小春和袁咏仪演的《我家不打烊》，同时每天都在操心奥运会，说篮球也完了，足球也完了，不过还要看，看看别国的。打算看的还有乒乓球、梦之队等。他在外面咕咕呱呱，我在洗脸间试一下新买的睫毛膏，出来了，兴高采烈地问：儿子看看我的眼睛好看吗？他说，你的眼袋好大……

洪水之外

2003 年夏天，寿县涨水。

六岁的儿子发烧，腮帮子渐大，喝平常的特效药板蓝根不管用。到医院去看，医生说是腮腺炎。当时，公婆在世，他们知道挨着老家孤堆集的赖山集有种特效偏方膏药，不用打针、吃药，一贴就好。儿子小时候，不喜欢吃药，特别怕打针，每次生病打针都像逮小猪，父子母子被弄得又急又气筋疲力尽。当然，最后不免还是一针扎进肉屁股了事。

听到如此不打针能治病的福音，母子二人很高兴，打算去寻赖山集。

彼时寿县，北门外一片汪洋，靖淮路和靖淮桥都泡在水中。北山的人过不来，城里的人出不去。不是个事儿，为方便出行，政府在古城墙外搭了云梯，船民闻到商机，施展开水上本领，划起了渡船。我和同事们上班下班，要坐车、摸水、坐船、地走，各种方式用遍，千辛万苦才能到单位。特殊时期，现在乡镇"五小"中的小食堂当时还没有实行，午饭就是问题。

好在河西毛集的何台轮渡来慰问，送来的西瓜堆了一屋子。夏天，瓜果梨枣烂得快，领导让办公室给所有的同事分了西瓜，午饭吃西瓜。年轻容易饿，等天色已晚，肚子早对着湖水唱空城计了，无边无际的浪。像来时一样，这般如此，才能万苦千辛到家。

为到淮南的赖山集，我带着孩子下了北门吊桥，坐上了铁皮小船。天空澄澈，水波混浊，小孩儿因为发烧，异常乖巧，大眼碧蓝如天。船到水产公司附近，我跟儿子说：这是你丽媛姨上班的地方，两行只露树头的杨树下边是著名的小铁道。看，这是老北关工商所，你的老窝，你出生的第一个月是在这蹲的，也因涨水，你奶奶把我们接回去了。孩子第一次坐船，觉着水很好玩，看到水面上漂着的西瓜，惊奇地叫道：看啦，爸爸的西瓜牙掉水喽！

小铁皮，船行缓慢，从北门吊桥到合阜公路北关集大约需要半小时。孩子的小手凉凉的，额头有点烫。自工作结婚生子后，很少出门，当时好像什么通信设施都没有配备。半呆之人不敢闯，凡事小心蹚着走。我虽没有到过赖山集，但路就在鼻子下。再说，带着孩子，就等于带着全天下。责任让人坚强勇敢。我和孩子上了18路车,18路车终点站是蔡家岗3路汽车站。赖山集属于李郢孜镇，记不清公共汽车通不通了。我和孩子下车，走了一截子路，到李郢孜岔路口，坐了一辆小蹦蹦，往赖山集赶。

洪水没退，天已放晴，二伏天热难耐。下了小蹦蹦，打听了几个人，才找到最有名的膏药铺。膏药铺生意很火爆，看起来是你有千样病，他有万种贴，包治百病的阵势。买膏药需要排队，我让孩子坐板凳等，我跟着各种有病痛的家人排起了队。头疼屁股痒，腿断胳膊折，各种病症不一。我拿到膏药后，看见有一个枯瘦如柴的妇人，蹲在地上，抱着肚子，脸如青灰。听她家人和卖膏药的老头小声叽咕：胃癌晚期，抱着最后的希望看您老人家的万能贴，可能治好她？老头说：肯定治好，我这贴膏药里有肉桂、白芷、赤芍、独角莲、乳香、没药、当归、黄丹、连翘、轻粉、大黄……（一大串好听不懂的名字），河南的一个大姐，骨髓癌都挨我们的膏药贴好了！那个妇人，听到最后的那个"好"，眼睛忽地一亮。

回到家，我把孩子洗好澡，对着小胖脸一边贴了一张赖山集的膏药。看着孩子睡着时可爱的脸，我充满了期待。希望新的一天快点来到，孩子的烧退下去，城外的洪水落下去，生活如常。

神膏药不负期望，孩子很快好了。这时，我的腮帮子开始又肿又疼，一般都小孩儿得腮腺炎，我还没有看过大人得的。我的症状和孩子的一样，我有点担心，忙打电话给我的老母亲。讲腮腺炎她不懂，要讲蛤蟆瘟。蛤蟆瘟得过后，终身免疫，可惜我从小确实没有得过。

得到确证后，我可怜巴巴地看着孩子：宝啊，妈妈也得蛤蟆瘟了。我儿子立马来了劲头，妈妈，来，贴一下吧！儿子把脸上的膏药揭下来，忙着往我的大饼脸上焊……

这时候，城里知了们叫得很欢，低矮的窗户涨满爬山虎的叶子，北门外的洪水正在撤退，被洪水浸泡的房子、田野重新回到太阳下。

我们"起义"吧

天气太热了，不是做事情的时候，发呆都变得没啥情趣。

妈妈呆呆地望着儿子，心里想，找个事情玩玩就好了。

儿子一会儿要练琴，一会儿要看书，心里又记挂着篮球，梦里还牵绊着游泳，表情自然就难看。

爸爸在家里，吹着空调，躺在沙发上，跷着二郎腿，夹着红塔山，眼盯着电脑，正在那喷云吐雾。准地主老财。

天啊，还有如此不平等的事情出现在面前，居然就是他们的日常生活。儿子眼睛看了妈妈一下，又瞪了爸爸一下，屁股甚至要把板凳抵通，不免发出声响，声响都带着情绪，高兴时的声音和愤懑时的声音，就是不太一样。

地主老财不是傻瓜，用眼的余光，不知哪只眼的余光，瞄了一下母子俩，把烟蒂摁掉，说："你们想干什么？"

我们想干什么，母子俩面面相觑，不由得大眼瞪小眼，张口结舌，心想，我们没想干什么呀，你这都啥意思？

地主老财正想把板凳的声响上纲上线时，他的手机响了。

天，他的饭局又来了，真叫场面，怎么啥好事都让这个地主老财给摊上了？郁闷。

地主老财换上他的行头，带着一头的眼睛，想着这一头的眼睛，母子俩明白了，难怪他这么聪明，人家一人只有一双眼睛，他一人有六眼，难怪能够明察秋毫。这是地主老财自己的独特发现，眼镜和头后的两块秃疤，居然被美化成心灵的窗口，真是人比人气死人。可到了妈妈和儿子这里，就是你矮小雀斑没人喜欢和你肯定长不高是个没大料的人，这都哪儿跟哪儿比呀。

母子俩面上不说，心里有数。

哪里有压迫哪里就有反抗。老子前脚一出门，儿子立马就从凳子上站了起来，儿子说，他走了，我们干什么？妈妈说，对付这个地主老财，我们只有起义了！

妈妈居然说了起义，儿子说了，那应该有个口号，用陈胜吴广的？"王侯将相，宁有种乎"，这哪行呢？他不是政府，我们也不能颠覆他，重建政府，只是为自己争取多点的利益罢了，给我们点空间，让我们感受一下地主老财的感觉，让我们也能在37℃的高温天气，对着空调吃冰棒，躺在沙发看漫画。儿子一听，哈哈大笑，还是我妈了解我。

龙生龙，凤生凤，老鼠的儿子会打洞。老子和儿子都是属老鼠的，换言之，都比较擅长和属笨猫的妈妈比赛智力，汤姆这回决定抛弃前嫌和杰瑞联手打一场漂亮的仗。儿子说，妈妈，口号有了，就叫"打倒大生帝国主义"。

起义开始了。母子俩把手上的事情一甩，也穿上行头，出门。眼里高扬着起义大旗，心里高喊起义大号，向超市和牛肉汤进军（干这些事情都是地主老财不高兴却是母子俩高兴的事情），既然都起义了，当然拿他不高兴的事情开刀了。

买，买，买，买东西，当然不是《爱情买卖》，街市流行曲，母子也会唱，买完东西，哼着街市流行曲，母子俩勾肩搭背去吃牛肉汤。牛肉汤，超棒的寿州牛肉汤，母子二人一人一碗，妈妈喝点小啤酒，儿子饮点小可乐，这日子过得，一个字，爽，两个字，超爽。三个字，还没有形容出来，妈妈的手机响了，一看是地主老财的，不由得脸色有变。

妈妈用超级奴颜婢膝的声音说着话，那背是弯的，那声音是颤的，唉，都温柔都成啥样了。儿子连问，是领导？妈妈摇头，是老财？妈妈点头。儿子脸色也变了，做逃跑状。大事不好，起义不到一个小时，儿子要变节了！

漫长的两分钟终于结束。妈妈向儿子传达老财最高指示：老干爸请吃饭，妈妈和儿子重点参加。

儿子听了，面带喜色，又有愁容说，早知道，我们不来吃了，这不浪费吗？喝的一饮而尽，吃的只有打包带走，留待明早吃了。

酒局散场，三人回家。老财虽然眼多，但是很粗心。一大袋的东西放在鞋柜上，好紧张。他看都没看，一甩拖鞋，就跑到沙发上，开始抱着空调，边对着狂吹，边说，小孩子，琴练得如何？给老子弹上一段。小孩子，跑得屁颠屁颠的，你儿子是谁，超级棒喽。

在流泻的乐音里，夜色吞没了人的坚强。妈妈无限温情地看着老财和儿子，喷了一句"我们都起义了"，天啦，起义怎么能通知"敌人"呢！老财大叫，不得了了，起义，造反，我喜欢。他把他的肌肉，裸给母子看。一下子，他俩头奄拉了下来。老财说，你妈就不说了，就你那小样，也不照照，指望什么起义？起义的事情，等你考上重点大学，再来和老子较量。

儿子连连说，我没有起义，是我妈说想起义。联盟在肌肉男面前坍塌了。

妈妈向地主老财连抛媚眼，老财真是牛哄哄，朝妈妈狠瞪了一下，不教好的，就教坏的，怎么当妈的？

酒到微醺的妈妈，尴尬地笑着，我瞌睡了，我睡呼呼了。

妈妈盯着天花板开始寻找睡眠，上面映着地主老财玩电脑的身影。天哪！何时才有出头的日子呀。

那厨房里的牛肉汤，正躲在冰箱里傻笑呢。

请你拥抱我

儿子用脑量大，脑油就大，头屑也多，常常发痒。于是，常常洗头。他洗头往往在早晨，早晨时间短，仓促珍贵。要洗漱，要吃饭，要收拾书包，要自己骑车上学。我这睡不醒的迷糊，总能在孩子需要神奇地醒来，喊他的名字。见他忙乱的样子，做妈的自然不能袖手旁观，就说，我给你洗头吧。

大头儿子自从身长一米八以后，变成了小头儿子。头发也白了不少，浓硬如猪鬃，让稀毛的我很是羡慕。长指甲的好处不单纯是可以作武器，其最大益处在于，比痒痒挠更贴心。小头儿子的头发，被我洗得干净，他清清爽爽的样子，如朝阳临窗。他就对着镜子里的我说，妈妈，我怎么样，帅吧！你就是我最喜欢的样子，我生的正是我喜欢的。儿子大受感动，说，妈，等你老了，我也帮你洗头。嗯，但你没有工夫怎么办？那我雇人给你洗。

我给他讲了一个故事（语速快的妙处，不论时光匆忙）。也是一个实验，大猴子生了一群猴宝宝，科学家就把这些猴宝宝，分作两群，一样吃，一样睡，一群猴宝宝在吃、喝、睡之后可以和猴妈妈玩耍，另一群在吃、喝、睡之后也可以和被克隆的玩具猴妈妈玩耍，真猴妈妈常常抱着自己的猴宝宝，假猴妈妈则任凭猴宝宝们拍打一言不发。若干时间过去了，两群猴子的成长有了明显区别。和真猴妈妈在一起的猴宝宝长得又高又大又快乐，和假猴妈妈在一起的猴宝宝又矮又瘦又木讷。

你知道是为什么吗？儿子说，母爱伟大，无可替代。他背起了书包。这只是其中一部分，引申之意在于，抚摸和拥抱来自爱的源头，双手和其怀抱产生温暖，可以抵挡风寒，克敌制胜，健康成长，延缓衰老，延年益寿……他笑了，妈，别一套一套的了。你再啰唆，我要迟到了。我忙着总结道：所以，不论我老到什么程度，请不要请人给我洗头。请你拥抱我。

他说，我知道了。他背着书包走了。一如我当初，就这样把絮叨着、面带无限期待的双亲留在了身后。

琴与炉
——给儿十八岁

　　五月的这一天，麦子异常饱满，桃和梨挂满树的枝丫，你姥爷在房前屋后种桑植麻，你姥姥带领一群白雪一样的鹅，去赴与青草的约会。

　　孩子，我在回想这一天与别的日子异同时，眼前就会出现我双亲劳动的场景。他们一生生活工作在土地上、蓝天下，没有从业资格证，没有文凭学历，没有靠山背景。多少年啊，在春天，他们把温暖的脚放进冰寒的水田，用温暖的手插下禾苗，到收获的季节，大地也是以麦芒的闪亮、谷粒的饱满来回报他们的辛苦和深情。土地的深厚和朴素养育着我和我的哥哥姐姐，你也正是带着土地上一棵桑麻的特征，来到这个世界。

　　一朵花儿落就会有一枚果儿结。这特别的一天到来了，孩子，当你从我青葱的体内被取出时，你，就是我呈给世界初熟的果子。我想到你刚出生时就情不自禁地笑，期待中一朵桑麻花孕育的果子就是这样子啊，头大头发少，一双雪白的手，我当时和你父说，这不是《与狼共舞》里的那匹可爱的"两只白袜子"吗？初乳未下，初到人世的你，哭个不停，你父抱着软乎乎的你盯着你看，他看到了那个久远的自己，我想，那一刻，他就开始启动了一颗为父的慈心以及教导你的刚直情怀。

因为你来了，生活带给了我们两个年轻人更多的挑战。但因为你，一切都变得不同，而可以承受。我们的夜，被你分割成一小块一小块，不再完整，但你终究是个省心的孩子，满月之后，再也不哭闹。风中稻谷怎样生长，孩子你就怎样生长。因为有你，我从一个整天做梦幻想的女子，变成了一个逐渐脚踏实地的实干家，所以，我们也在陪着你成长，或急或缓。看着你迈开世间的第一步，听见你喊第一声爸妈，感动你在别后重逢情怯流下的热泪，感受你在父需要照顾时，你挪动幼小的身体吃力为父盖起的被子；在妈生病的床前，你童稚的声音至今还在耳边，"你可知道我心好难受"……点点滴滴，如此数算，都是上天的恩典。

孩子，你姥爷在土地上种下秋麦，如期收获高粱和麦穗，失去土地的我，如何经营自己的"田"？看着你上幼儿园，你小小的身影上楼的样子，我流泪了，我知道，我的孩子，开始进入体制内，走上了求学的路途，一天天、一步步和我远离……我们的教育虽然不能因材施教而致千人一面，但我们还得感谢他，他让你学会学习，学会遵守秩序，学会与人相处，所以，孩子，你要感谢所有的老师，他们塑造了你的灵魂，你要一生镌刻他们在你的心里，尊之若父如母。

孩子，就像夏日里疯长的葳蕤草木，你的学识、你的才艺与你的个子渐长，你斯文明朗的笑容下，蕴藏着纤细温暖的心肠，遇博则广，遇壮则强，你行走在有风有雨的学路上。当你说着，我最喜欢小时候，和妈妈躺在床上看《情深深雨濛濛》的时候，你的回忆带着你走进了高三。青春的高考，青春的梦想，青春就是成就一切可能的平台。你迎着朝霞，披着星光，孩子，你为你的青春抒写诗行，爱着你的我们在你的旁边一直陪着你写诗，也陪着你挥汗，更陪着你战斗。

孩子，5月27日，是你十八岁的生日。以上是你成长的简述，以下将是我们对走向成年的你的寄语。

孩子，成年后的第一件事情就是高考，我一直深信"天道酬勤"，我一直笃信"仰望天空"和"脚踏实地"并美，孩子，这点你在做，一定会做得好。

孩子，未来的世代，是你们的世代，对于那些悲观就业论者，我是这么想的，"60后"已老，"70后"人到中年，"80后"走向各类舞台，到了你们的时代，孩子需要预备的还是一颗脚踏实地的心，不盲从权势和金钱，尊重一切劳动，崇尚俭朴生活。你祖父和你姥爷那个时代，土地生产的粮食没有污染，他们也如土地的出产，纯净素美。我们的这个时代，自然和人心都被污染，所以不法的事情增多，不良的人群活跃。这也是我希望你不盲从权势和金钱的因由，掀开权势和金钱明晃晃的瓦，那将是一种败坏和坍塌。

孩子，未来的世代，你会遇到各式各样的人，以及各种各样的事情，孩子，我希望你做一个思想自由的人，将自己的自由意志主动地顺服下来，这样，你遇享乐的日子不会翘尾巴，你遇患难的日子而心不受困拘，因为，这两件事并列，千古已然。少年人当求的智慧，愿你求得，也把这些留给你的儿孙。

孩子，还记得你以前弹琴时的场景吗？每当夜幕降临，做完作业的你，都要在琴上练上一段时间，乐音从你细长的指尖流出，流进渐深渐浓的夜河，因为你，夜河变得清朗温润，河边的植物摇曳生姿。孩子，希望未来你继续坚持弹琴，让音乐成为你的一种素养，成为你与世界交往的一种媒介，可躲可藏、可生可长，让音乐成为长在你家中的一株修竹，装扮你的居室常青。还有，在社会的大熔炉里，保持心性的自由，塑造完全的心智，尊重长者，尊重劳动，保护自然，爱护万物，爱近处和远处的人，爱我们的民族和国家，一生修为。

孩子，生活就是一架琴，掌握技艺者弹奏幽雅的乐曲，不掌握者就是一通杂乱的音。生活也是一个炉，潜心在火中接受陶造者会成为一块精金，在火中不安、逃避煅烧者是一坨不辨面目的铁疙瘩。孩子，愿你记着。

孩子，来，为我们生活着的蓝天厚土和生养你的父母，弹一曲《鲁斯兰与柳德米拉》吧。

孩子，生日快乐。

岁月浅，青衫薄

十五年前的某个夏日，翻阅记忆时，发现像走着走着丢掉的人一样，我早已丢了这个夏日，只能用某来代替当时可能称为亲爱的那个人，一如依然热烈的那个夏日瞬间。

裁缝店里，有面令人满意的镜子，于是，就记住了这面镜子，记住了镜子里小巧玲珑的体态，混沌的脸顿时涂上了一抹秀色。可是，也不能因为讲好话的镜子，就常常到店里照来照去，得找个常常来的由头才是。

我翻过店子里所有的裁剪书，综合各种款式后决定让小裁缝为我量身定做一件旗袍裙，咖啡色的乔其纱，心形领子，裙角开偏叉。我把还不会走路的孩子，交给母亲，母亲坐在店里的板凳上，孩子手里拿着花摇摇，小嘴里淋着口水，当时爱钓鱼的乔，给小孩子取了外号：大头鲢。

小裁缝拿着皮尺，量我的三围。从镜子里，我看到母亲和大头鲢的眼睛追随着围着我的小裁缝。小裁缝记下了三围的尺寸。大头鲢玩花摇摇，玩得正起劲，母亲看着在镜前和小裁缝比画的我，露着怜爱。很热的夏天，知了的声音，叫卖的声音，车辆的声音，透过树荫叫嚣而来，把祖孙三代阻在那个似水流年里，却不能停滞不前。

岁月，马不停蹄。再好的由头，也有不得不掐死的一天，衣服做好了，没有穿出倾国倾城的效果，再会说话的镜子也不能违背本相，径自杜撰。孩子也不管新衣旧衣，在他尚没有思维的脑子里，这就是外移的子宫，是他的地盘，他的地盘他做主，他可以任意妄为。也许直到像我一样无法顾及行走在春色秋景中的母亲，等岁月渐渐剪去，青衫薄去，需要许多东西用来取暖，看她在岁月风寒里把自己从头到脚捂得暖烘烘，才会懂得一点什么，却又回不去，换不回母亲的锦瑟年华了。

小裁缝的手艺超好，衣服穿在身上有些许大，可以当一件马甲裙，里面衬一件白纺绸的衬衫，很别致的绝无仅有两件套。十五年了，淘汰了许多衣服，但这件衣服一直收存着，每年也许只穿那么一两次，我又是不善收拾的人，某年想着它，却根本找不到它，也可以作罢。生活可以没有必需品，生活把许多绝对变成了相对。

夏天了，许多年后夏天又来了，一场要死要活的爱情，最终变成了胸口的一枚朱砂痣，母亲在老去，玩花摇摇的婴儿长成了青葱的少年郎，摇摆在镜子前的那个女子，再次穿起那件裙子，什么也不用衬了，减去的衬衫，被生长的脂肪替代，裙子严严地掐在腰上。镜子里那一位，眉眼间没有了青涩，倒多了一些骄泼的柔媚。这么长时间，是用于和一件衣服彻底契合吗？也许是的，为了彻底而来，走过岁月，爱过岁月，曾经贴心贴肺。

昨日此门

母亲喊自己的乳名，是一件让人特别尴尬的事情，她这一次当着自己喜欢的男孩子的面，喊小名说家长里短，真败，书上那些高大上的妈妈和现实里的她差得太远了，更有甚者，父亲居然还问道，你家买房了吗？在俺们农村，都要盖房子的。姑娘顿时把脸拉成了驴脸，眼珠子翻成了死鱼眼，他们愣是看不见，倒是这边的这位，实打实地作答，一脸的诚恳。在姑娘的字典里，爱情如果建立在金钱和物质的基础上，肯定奇臭无比。姑娘打小在田野中牧放群羊，爱上了天空的流云，地面舞动的群草，跨越河沟是最喜爱的运动，后来发展为跨越河流，跨越和飞越就是一字之差，对长不出翅膀的人来说，有异曲同工之妙。这就是说，有飞行理想和实践的人，不会对地面上的事情太过关注。多年后，在总结自己有限的生涯时，姑娘找出了最初的因由。

在和大自然相处的过程中，姑娘发现了一个真相，有的树高大直指云天，有的木矮小浑身是刺，但它们同时呈现在蓝天厚土下，春天发芽，秋天落发，大自然没有偏爱，同理可证法，姑娘想着那些城市的金枝玉叶和河边浣衣女。把这些就说给父母听，可父母亲根本听不进这些，他们认为通过人力可以改变命运，于是，他们便把一生的时间用在了土地上的庄稼和孩子身上。可最终地上没有长出高楼大厦，他们身上贴着的标签仿佛被文进身，一辈子也没有摘下，也没有一个孩子如愿长成传说中的金枝玉叶，他们带着父母的样子，至今在土地上摸爬滚打。这些无疑成为姑娘发现真理的佐证，道法自然，安之若素，就好。

想回头再和父母理论这些，当年他们的物质至上主义，违背了自己爱情至上的理想，让自己差点葬身在金钱的铜臭里。姑娘全然忘却了父母在人间所受的冷落、白眼和辛苦，他们用种出的稻米，拿到市场上销售，换回可怜的银子，供养着女儿精神的乌托邦。父母全然不知女儿对麦芒光亮的关注永远超过对麦粒饱满与否的关心，她常说自己不属于地上，他们便诅咒她死了也好。姑娘没有死掉，很好地活了下去，就回去找父母评说，自己还是对的。父亲被埋进土中，隔着土地，根本搭不上话，倒是墓上的小草，一岁一荣枯，扯着裤脚和姑娘攀谈。母亲还是老样子，每次分手还是要流眼泪，她站在冬天的村口，伶仃单薄地立在那，任着岁月风寒来搜刮，体内的那点暖缩在皱巴巴的小手绢上，喊小名的时候，递到姑娘的手里让她擦冷风吹下的鼻涕。如何开口？姑娘没有开口，把手绢揣进腰间，迎着寒风哭了起来。

想到这里，姑娘想抽自己嘴巴子，当姑娘的孩子第一次离开自己时，一种绞痛从头撕到脚，她看见了母亲在村口白发迎风、泪水不干的样子。当日拂却慈母暖暖的心，用自己嘴角的不屑和心中的淡然，今日这颗心，上天不知何时做成放在了体腔？姑娘在天黑之前，一个人走在路上总会哭，她一哭就想到了自己的母亲，就越发哭。她想追着时光的河，回到开始的那天，推翻自己，从头来一遍。姑娘见到母亲时，便这样道歉，母亲说：孩子，什么从头不从头的，你从来都是我的好孩子。

　　姑娘抱着自己的胳膊，走了很久，回头看看，那门边站着的人，不知从何时起，变成了自己。

小　候

没想到这么不容易，从为人之纠缠的感情世界中抽身而出。一转脸，月明见到的是一只狗，它毛茸茸的，正转动着身子，拿一双可怜无辜的眼睛看着月明，等着月明带它回家。

月明想到了小时候，父亲给自己找来了一位小伙伴，一只这样的狗，父亲给月明和狗互相做了介绍，说，好好照顾它（她）。多年以后，月明才体会出父亲本来的意思。狗狗是黄颜色的，带着一点黑，月明给它取名：小候，猴子之意。小候整天跟着月明，一刻也不离，月明吃，它也吃；月明睡，它也睡；月明放鹅，它也放鹅；月明看云，它也看云；月明望星，它也望星。他们在长满青草的地上，画童年的图画；在河滩地上，捡游不动的小虾。月明做错了事，挨了大人的打，月明蹲在墙角，抹眼淌泪，它在月明的脚边卧着，用舌头舔月明的手，告诉月明，别哭，还有我呢。

夏天的炎热，丝毫也减低不了季节美轮运转的速度。在天空游走的白云跟着他们，从晨霓到晚霞。中午的时候，它们大朵大朵地聚集在一起，在村庄的上空开会。他们总是逃过大人吃喝午睡的声音，在葡萄树下，铺张席子，月明和小候躺下来，一起听云的交谈，看火热的风经过大叶的杨柳树，摇摆着，生出的姿态，闪耀的光斑，把村庄的地面装扮得特别美。月明和小候一起跟着摇摆的树影，以为可以抓住太阳撒在地面的金币、银币，一枚也没有捡到，月明累到大张着口，等着一口又一口的风灌进肚子，润凉自己。

童年的水塘，是风靡水鬼传说的地方。终于，月明他们在玩腻了抓金币的游戏之后的一个中午，不顾妖魔的传说，勇敢地走向水塘，月明在塘里畅游，戴着荷叶边的小帽，采莲蓬。天生会游泳的小候，用它的姿势教导月明。真的有水鬼吗？月明开始下沉，小候见了，汪汪大叫扑向月明。它用它小小的身体，顶着月明小小的身体，向塘边浮游。大约是狗凄厉的叫声引来了村人。村人救了月明。小候被水塘伸展的藤蔓攀住了小爪，向人发出呼救声。当人从狗腿上取下缠绕的藤子时，水鬼的传说便不攻自破。

溺水不亡的月明，从此被村民视为大贵之人。月明心里知道，小候才是自己的救命恩人。因为，从这以后，月明学会了真正的游泳，是小候的样式。他们成了真正的亲人，月明以为可以把小候养大，看它第一个孩子出生，看它的子子孙孙延续下去，以此回报小候的恩情。

一直到了夏季的末了，秋虫从傍晚就开始准备一夜的吟唱，当然，青蛙们还不肯退出夏夜它们独霸歌唱的舞台。夜半时分，人声沉寂，正是动物们的时段。月华如水流泻，流进池塘，流进院落，流进妈妈沉睡的房间。月明躺在妈妈的身边，小候躺在月明的床边，此时以后，会有多少年的月光，一直看守着月明他们睡去？

月明至终没有等到小候长大的那天，它吃了丢在路边的大肉包，大肉包里包着"三步倒"，吃了以后，小候拼命往回赶，"汪"的一声，是它最后的喊声，也是它的临终遗言。月明哭了，看着它小小的身躯倒在地上一动不动，月明大哭不停，大人把训斥当安慰，畜生就是畜生，狗它又不是人，你都多大了，还哭，哭什么哭呀。

月明与狗的故事戛然而止，刚开始就结束，期许中的未来，是嘴边的肥皂泡，阳光下闪着光彩，啪的一声不见了。月明抱着狗，像抱着自己。在绿油油的田野，她拿一把小铁铲，挖一个小小的坑，安葬小候。晚云在天，月明在草丛结下草环，结下墓志铭，算作安葬自己的童年。

有一天，月明读到了刘亮程的一篇《狗这一辈子》，长大的月明，还是抑制不住哭了。没想到还是这么不容易，从与人纠缠的情感转进狗的世界，不论是大候还是小候，总是这样难以全身而退。

回乡偶书

到了春天，这些场景仿佛一如寻常。

家中厨房里的炉子会起着，温红的炭火烧着水壶的黑屁股，水壶从嘴里吐着丝丝热气。锅灶也还支着，灶洞旁，奶奶坐过的枣树墩散发着油亮的光。枣树墩有一个多世纪了，奶奶留给了母亲，母亲从锅灶前"离职"时，就把枣树墩送给她的儿媳。晴天的时候，母亲的重孙子搬出枣树墩，母亲就坐在这个枣树墩上，靠着墙根晒太阳，手插在暖手宝里，看着她的小重孙在院子里玩他的滑板车。

父亲早年栽下的杨树，围着院墙生长，不负父望，一举长成了村庄的守望者。它高出了所有的庄稼、树木、村庄、河流，多年来，一直沉默不语。它无法甩开脚步，却依旧努力向下扎根、向上生长。大喜鹊就把自己的家安在这棵高高的树上，大叶杨袅娜的心形叶和它们的翅膀互相拍打着，引得小喜鹊喝彩声不断，耳聋的母亲笑眯眯地看着这些可爱的鸟，好像听到了它们的问候。

　　记不清是哪年，也许是我和我的同辈、侄辈长成了大人的那些年吧，我们为了更好地生活，告别了土地，离开了村子。我在外讨生活，他们外出北上广深，也在讨生活。我们把村庄交给了老人、妇女和孩子。我们在的时候，以村庄为中心，田野池塘河流生机勃勃。田中有鸥鸟，河里有鱼虾，老鳖在月下池塘边生蛋，又埋进沙土里，又一晚的月亮爬上来，月光敲碎了蛋壳，领出了一群小鳖。

　　当然，春风也会带着猫和狗，一起在夜晚流浪，它们在隔壁的村庄找到了爱慕的对象，相爱一晚或者两晚。猫三狗四，三四个月后，村庄里的猫狗分别长出邻村猫狗的脸。人们恍然大悟，春夜热闹的原因，狗爱撕咬，猫在哇哇叫，生命赋予动物们的本能被春风唤醒，它们渴望陪人类长长久久地走下去，需要在春夜做一次次游走寻觅。这些年来，在村子里，它们生下了自己的娃，一直陪着大人们生下的娃。

　　大人们走了，留下老人和孩子。老人沉默寡言，孩子咿呀学语。村庄很安静，大鸟安家在高树，小鸟安家在低枝，它们喙爪齐上阵，拗断树枝，飞一程，歇一程，一枝一叶，用嘴巴叼木，建设自己的家园。鸟巢摇在冬夏的风中，鸟睡在高高的鸟巢里，俯瞰着低矮的房舍。老人们和孩子们出出进进，全在它们的视线里，它们在头顶飞来飞去，有时和鸡抢几粒小孩随手一撒的饭粒，有时站在墙头对着人叽叽咕咕地叫。淡淡的枣香遗落在枣枝，小麻雀们最爱抱住这些枣树枝，一起摇，枣叶被摇了一地，蹒跚学步的孩子路过时，正好看见这枚红艳艳的枣子。孩子拾起这枚果子，对着天和鸟说：谢谢。

从小爱用弹弓打鸟的大人们不在村子了，鸟不用防备，它们一直喜欢老人和孩子，时间久了，村庄的鸟和人攀起了亲戚。除了会讲人话的八哥，麻雀叫起来也很有章节，整天盯着老人和孩子看的喜鹊居然也说起了话。那天，孩子接到了在上海打工妈妈的视频电话，他刚刚会说话，刚刚学会喊妈妈。嫂子告诉他，孩啊，我是你奶奶，你整天喊的妈妈，就是她。孩子乐了，扯开嗓子对着天，对着手机喊：妈——妈——喜鹊听见了，居然也拉开了嗓子，喊起了妈妈。它站得高，声音传得远，另外村庄的鸟们都听见了，它们在自己的村庄，在自己的树上，在自己摇摆的家里，对着天一起喊起了妈妈。母亲说，真神奇啊，几个村庄的鸟一起喊妈妈，我耳背都听见了，在北京、在上海的人一定也都听见了。

说这些的时候，春节才过完，村庄经过一年的等待，热闹了一阵子，老人和小孩被亲情回归的大手一遍遍抚摸着，这几天，得积攒"在一起"能散发的所有能量，在家的和外出的都需要能量补给啊。大人和老人孩子分别的时候，大鸟蹲在高高的枝上，已经把两枚蛋孵得暖暖的。它听着孩子哭着喊，妈妈别走！大鸟从鸟巢中探出头，对着底下喊：别走妈妈！狗早就厌烦了鸟的煽情，对着树上的鸟"汪汪汪"地抗议着。鸟缩回头，继续抱自己的蛋。狗跟在猫的后面，猫跟在老人和小孩的后面，把大人送进门口的中巴车上。

载着大人的中巴车，放着轰天响的歌曲，一溜烟消失在村村通水泥路上。

流泪的孩子很快就忘了自己为什么会哭，一把叫着"卧倒、卧倒"的玩具枪讨了他的欢心。走到家时，孩子打算对着狗瞄准，"卧倒"声一响，配合的狗轰然倒地，却是一把藏在暗中的针剂枪射中了它。孩子欢天喜地地围着狗看，他爱这听话的狗，却不懂狗为什么淌着泪看着自己，最后又闭上了眼。多么没用的狗啊，连自己都看守不住，怎能看家守院？嫂子这些年一直在养狗，从未活过两岁，唉！狗是越来越看不住自己了。狗知道自己等不来春天，早早在某个冬夜和猫商量好，请猫来处理自己的后事。狗出事了，等不到猫出头，也等不到主人出头，肉身早有了去处。嫂子想着这些狗狗，伤心溢于言表，郑重说道：不吃狗肉，再不养狗！

可嫂子得了健忘症，发誓不理的人，被带到面前时，她又热情相迎。当然，未隔一年，伤心的妇人忘记了狗带给自己的伤心，烙在记忆里可爱的狗狗们一直鲜活地活着。家里自然还会养起一条狗。猫不知是记住了还是忘却了狗的话，总之，这条狗生平第一次见到外出回乡的你，居然会摇尾巴，一脸欢喜的表情。所以，从这点看，猫对狗的后代交代了狗的话。

村庄的老鼠不知迁移到何处，老鼠嫁女招摇过市的场景再也看不到了。不用躲猫猫捉老鼠，猫过上了好日子。猫从前喜欢钻进灶洞，睡进温热的草木灰里，昏天黑地地睡不醒。大人给孩子买了电热毯，冬天，孩子睡在电热毯上。猫趁人睡熟，搭在电热毯的边角，就在乎点小温暖，春天还早，不用开叫，怎么说，也是老猫扯呼最幸福。夜晚，机警的猫还会行走在屋瓦上，看看这家，看看那家，整个村庄都在安睡。猫记得村子里所有孤寡的老人，他们儿女们的样子，有多长时间没有回来了，它就得到这个老人家去看看。

夜猫也让猫进村子的毛贼害怕，它滴溜溜的眼睛盯着你，瞳孔里刻着你贼头贼脑的样子。毛贼除了摸狗，就是偷鸡、偷鹅、偷鱼，被人发觉了，他学猫叫。有一次，毛贼带着电瓶来到大塘埂，他们知道塘里的鱼几年都没有起了，大塘大水藏着大鱼，早就寻摸好了。电棒伸进了水中，整个大塘打个激灵，一条大头鲢直立在水面上一探究竟，只见月光如水，波光粼粼。尾随而来的猫，这次当了毛贼的同伙。它对着大鱼发出了邀请，拍起了手！

猫抹抹带着鱼腥味的嘴，不动声色地回到家中。它小心翼翼地趴在电热毯的边上，看一会东方鱼肚白，迷糊睡去。

一夜之间，春风吹开了墙角的杏花，蚱蜢开始出洞，上季抛荒的田地里，出现了歇了一季的铁牛，铁牛也不好意思偷懒，它们喝下了几葫芦柴油，走向稻茬高高的田。嫂子把孙子送上了校车，带着几只鹅到远处的岗地吃草，小狗摇着尾巴跟在后面。母亲早早地坐在枣树墩上追着天上的日影晒自己。喜鹊站在高高的树上，一会儿对着天聒噪，一会儿对着母亲喊话。喜鹊看到了一辆车向着村子驰来，是一辆外地牌照的车。车里躺着村里外出打工的年轻人，他再也睁不开眼了，一场意外夺取了他年轻的生命。活着的人在村庄里走动，死去的亲人被我们亲手埋进了土地，他们走进了坟茔，再也没有露面。坟茔围着村庄，和越来越浅的河流一样还在紧紧抱着村庄不肯放手。土地最终还是村子所有人最终的去处。喜鹊宣告了这个消息，用喜讯的方式。

　　母亲拉着我的手，说，那个孩子多好啊，怎么走得这么早？春天早已走上了村庄的柳梢头。临行之前，我抱抱母亲说：妈，你看——喜鹊窝都发芽了，喜鹊也爱折柳枝呢。

看水人

那时候，我还没有见过大海。

我看过最大的水面是我们郢里的前大塘。这是村庄里的父辈们挖建的。后来的当家塘以及村子里所有的塘，都是人工挖成的。

我们生活在一条小堰沟旁。它是唯一一条流经村庄的河流，没有名字，从南往北淌着，时断时续。冬天，农田闲了下来，堰沟安安静静，沟里基本没有水，这是它的枯水期。春夏秋季，堰沟溪水潺潺，应时节而流，周围的庄稼张着小嘴，在等着它的喂哺。

我最初的记忆始于围着堰沟看水的父亲所带来的福利。父亲在看水的时候，很少空手回家。春天，他采回蓝或白色的小花，夏天是荷花，秋天是野菊花，插在胖胖的罐头瓶里，摆在高高的五斗橱上，一季接着一季香。瓜果成熟的季节，太阳晒到屁股上，我的枕边会出现一节菜瓜或菱角或莲藕。

父亲最大的特点是他是个地道的结巴。

据说，他十六岁那年，参与了家庭的一次重要接待，之所以重要，是因为来的人走了以后，他从此口齿就不伶俐了。这次接待是父亲从不结巴到结巴的分水岭。接待贵宾里有一位黄姓的长辈，是长父亲两岁的表叔。黄表叔是个结巴，父亲跑前跑后跟在后面，表叔表叔地叫着，转着，服务着。跟表叔熟了以后，长幼也就分得不那么清楚。有一次，父亲学着表叔的样子，表……表……表……表叔地喊着，这个"表"字那一次没有被幸运地表过去，然后，他就成了名副其实的结巴。

后天学来的结巴，让他吃了一辈子的口头亏。

他才思敏捷，好讲话，舌头又不听使唤，是一个字一个字往外掏。在就……就……就的鼓点下，眼睛一开一闭，脖子朝着一个方向，使上吃奶劲才能把一句话给震将出来。听者被急得都跳了起来，父亲也脸红脖粗，一句话才蹦出几个字。这几个字可谓字字如锤，有一字顶万字的力道。

郢里，有一位公认的智者，是父亲的叔叔，早上了年纪，人们背后喊他老狐狸。作为老狐狸侄子的父亲脑子自然不简单，思想却简单。从年轻到年老，不论农忙还是闲暇，父亲是职业看水人。在生产队的时候，为集体看水，不用分彼此。承包到户后，都各顾各了，父亲习惯不改，看了自己家的田水，也帮着看周边邻居的水情。

一年三季，堰沟的水日夜哗啦啦地淌着，跳着，潺潺向北。郢里大塘小塘都很多。这得益于谋划早。

远在早春，冻土才融，油菜麦苗才伸腰，父亲就开始跑到堰沟上游与临县相接的沟渠处，查看水道水情。他把相接处沟渠枯死的水草挑到堰埂，土坷垃打到坝上，整理出到我们郢堰沟的水道，然后再整饬堰沟水道。一切通畅，就等着佛子岭的水下来了。郢子里空着大小肚子的大当家塘、二当家塘、三当家塘等，整个郢子都在等着佛子岭的水。大塘和堰沟都是满当当的，扛着铁锹转悠的父亲，说，这就是我们郢的海。

此时，春天深似海，菜花金黄，小麦青绿，和着紫云英一波波荡漾在春风里。郢子里忙起来了，父亲才开始整理自家田沟、修秧亩、泡稻芽。

春天迅疾，很快到了芒种，忙季。忙收忙种，忙乱不堪。

父亲整夜整夜在外看水护水，他要守着水从临县的接头处，一无阻碍地流下来，不被上村下郢拦去。

如果遇到打坝拦水的，结巴的毛病让他吃尽了苦头。

孔圩在我们郢子上游，大别山下来的水得把孔圩的田和塘灌满后，才能轮到我们郢子。从最最上游的水开始，流啊流，流到我们这，不知要过多少关，不知要遇多少只拦水虎。父亲当年虽然未做过调查，但凭自己的眼见和推断就知这孔圩，有一撮最凶猛的拦水虎。孔姓家族集聚地，心齐有序。遇到农忙用水季，他们挨家挨户选拔人才，组建成三个小分队，分别是护水队、守水队、灌水队，三个小分队各负其责奔赴岗位。这三个队就是铁打的桶，滴水不漏。下游生产队只能望桶兴叹。

父亲是其中最为焦急的兴叹者，他整天在孔圩附近转悠，看老虎可有打盹的时候。这老虎奇了怪了，也不打盹也不睡觉。父亲就凑合到跟前，想跟水老虎套套近乎。遇到女的来换班，父亲就遭了罪了。他磕磕巴巴说不完一句完整的话，母水老虎又急又气，一蹦多高，大嚷着，你这个结巴子，赶紧回去，学会说话再来！

田地干渴，父亲的嗓子跟连着也冒出了火。

有一夜，起了东风，正是上风头，父亲借着东风，开始对着母水老虎唱了起来。他是天生的歌唱家，加上有当兵训练经验，唱起来的时候，整个头颅像个音箱，歌声嘹亮，直入云霄，声震四方。他把李谷一演唱的歌曲《边疆的泉水清又纯》，根据自己的需要，改编一下给喊唱出来：

> 分水岭河水清又纯，这里的歌儿暖人心暖人心
> 清清河水流不尽，声声赞歌唱给你
> 唱给你　看水人，沟埂相连情意深情意深
> 哎哎哎，唱给你　看水人
> 沟埂相连情意深情意深，无边的水稻翻金波
> 我们农民爱土地来爱丰收，条条命脉水相连
> 你我看水一条心，一条心保丰收
> 仓廪丰实万年春万年春……

孔圩的母水老虎"扑哧"一声，乐了。她没有想到，下郢子这个矮子唱得这么好听。人心情一好，矛盾容易化解。再说，都啥年代了，水是社会主义的水，不是私有制的水。大塘小沟都满满的了。水满则溢啊，让它溢，还不如做个顺水人情。这是孔圩的思想。在我们郢子看来，是父亲的本事。

唱歌的父亲，浑身发着光，是父亲希望带来的水光。他的

歌声给看水的那些年带来平安。人听到好听的歌声总是愉悦的，所以，周边从未有过因抢水生发的命案。

唱过了，等于理论过的父亲耐着性子，等孔圩人发出许可的口信，他小心地在坝子上挖上一锹，看着白花花的水，顺着白花花的月光，流向我们郢的田。

流到我家的田之后，是流向老魏家的田。

老魏鳏夫一人，两个女儿已经外嫁，在当时传统观念里，女儿不算传家人。郢里人背地里都喊他绝户头，还会欺负老魏。年底，郢子起当家塘鱼货，按照人头来分，老魏独寡一人，一人的份也够吃了，但就有一两个人要从老魏的筐里拿走几条，嘴里还说着：绝户头吃不掉那么多鱼。

自然，这水到田边，按照郢人寻常惯例，自己田灌满，一定把田缺口打实筑牢，不许一滴水外流他处，更别说老地主家了。与老魏家相邻的几块田地处高岗，不容易上水。父亲不管这些，不论想什么法子，他放满了自己的田，又挖开通往老魏家的田缺，等几块田水都灌满，再把自家和老魏家的田缺打上。

田虽有主，水稻都在扬花，都是生命，都需要水。父亲说。

父亲不管村人的眼光，顾念着不被待见的老魏。据说，是因为他收到过他黄姓表叔的一封信，就是那个把结巴传给他的表叔。信里说了些什么，他没有透露过。冬去春来，风里雨里，在老魏的有生之年，父亲一直给他看水。背地里，郢里人不屑地说，他给老地主当儿子。

在一个梅雨天，堰沟水高涨，父亲正忙着清理沟塘，塘水少的要进水，塘水多的要放水。这时，"啊哦"一声哭喊声闯了过来，只见老魏的外孙黄英哭天喊地，一脸丧气，直奔而来。他跑到正在看水的父亲跟前，夺过父亲的铁锹，指着鼻子问：你这个矮子，你跟我讲，到底是谁，害了我姥爷？父亲一脸蒙，说，前晚还和他拉话，自己忙着到上郢子看水，昨天没有去，怎么就走了？头摇得像拨浪鼓，说死都不信。

可死人的事，不是闹着玩的。

黄英仇恨至极，抓不着谁，也打不了谁，把平时对老魏最好的父亲当作了仇敌，不容分说，揪着父亲的领子往村里拽。父亲到家门口才知，老魏确实走了。老狐狸在邻居家的空屋里找小鸡时，发现老魏悬在梁上，喊人放下来，已经没有气了。梅雨季，天一直在下雨，老魏从自己家到邻居家的空屋，有两百米远。老魏死时穿着一双新布鞋，雪白的鞋底没有泥也没有湿。四下里，也没有发现胶鞋。没有任何征兆，老魏走得突然，很蹊跷。

真是奇了怪，黄英认定这郢里的人害死了他姥爷，他料理好老魏的后事，拿着刀在郢里转了几圈子，扬言一定要找到凶手，一定要报仇雪恨。

别说是黄英，郢里所有人都想知道事情的真相到底是什么。老魏之死，成为我们郢子20世纪末最大的谜案。

黄英时不时出现在郢里，他的到来，像传说中的猫头鹰，村民霎时变成瑟瑟发抖的小鸡。他恶狠狠的目光像一把匕首，扫过他认为最可疑人的脸，逗留片刻，让人脸上一阵疼。

等黄英走后，老狐狸跟父亲说，你不得害怕，你对老魏家有恩，黄英不得搞你。父亲放下手中的锹，什么搞不搞的，老魏家的田水还是要看。

二轮承包刚完成，政府出台政策，遇人口增减，可局部微调。规定虽如此，到了郢子里，没有人敢动老魏的责任田。

黄英早就放话，他姥爷的田，他要种，他要收。黄英说到做到，每年就来两季，栽秧的时候，收稻的时候。其余的时候，他就把父亲讹上，这田水必须得看。

父亲不说什么，在外人看来，等同于不敢说什么。

老魏家房子在我们家前面，人走了，房子没有人住，不几年就倒塌了，宅基地理所当然地充了公。父亲的儿子们生男育女，人丁兴旺。他开始一生中最后一次建房，盖大门楼子，一连四大间。房子前屋檐搭在老魏家从前的后屋檐处，再把老魏家的宅基地平整平整正好作为出场，正迎着满盈盈的大塘。背靠岗，前有塘，老狐狸连说，风水好。

一晃好几年，黄英都没有出现在郢里。

栽秧的时候和稻子收割的季节，他老婆带着两个孩子来的。稻子还在稻场地，他老婆就把稻子卖给了稻贩子。听外面的边音说，黄英犯了法，进去了，需要钱。黄英老婆把一堆瘪稻壳留给父亲喂鸭子，作为看水的报酬。临走时道了谢，还说，以后田交给队上分配吧，外乡人来占用是不对的。

万物生长又消失，人间也在新陈代谢。老魏家的田自然就落户到刚出生的孩子们头上。这年，侄子出生，我家也有份。为方便看水，父亲选择了紧挨着的地亩，位于高岗上的两块田。

这年，终于不用给老魏家看水了，终于是为自己家看水了。父亲的脚却出了一点儿问题。从年轻的时候起，看水的父亲习惯打赤脚，他的脚底板磨砺出一层可以做鞋穿的老茧。茅草针扎进他的脚掌，经年累月，长成厚厚老茧，针眼一直在，疼痛一直在。加上在国民党部队里害过腿疾，那一段时间内，他整天龇牙咧嘴，连连唱疼。

磕磕巴巴絮絮叨叨也就算了，这回父亲不讲话了，眼皮一张，改为唱了，诉苦地唱，有腔有调地唱。时间一长，不用说大人，连几岁的小孩子都会唱了，唱词里说呀：

俺在十七岁那一年，到了国民党步兵连

待了七年半，差点去台湾

腿上落下伤，行走很迟缓

伤蛋啊！是部队的负担

渐渐地，渐渐地，连队里没人来待见

在部队开拔前，幸运李摇身又一变，回到老家田地间

俺回家务农使牛打坝看水兴田，一直到眼前

好不容易，不愁吃、不愁穿，儿孙满堂承其欢

怎奈呀——怎奈俺自身落下病身残……

其实，就是暂时不能走路而已，也不是他以为严重不得了的残了废了。可不能走路，对父亲来说，情况就是很严重。看水是他长期以来形成的习惯，不能跑到堰沟田间转，瞧看各个时节的水，他很难受，等于是废了。

他坐在大门楼马台上，盯着滴水的屋檐，看水一滴一线渐渐形成一流，淌向大塘。大塘雾蒙蒙的，看起来，今年风调雨

顺，稻子又要丰收了。像有渔夫收网，父亲的视线一会儿被一个人收拢起来。

消失很久的黄英，幽灵般地出现在了面前。

又一个不容分说，黄英亮出了一把匕首，对着父亲。黄英把说辞从一万条中归拢回来，变成一条，说，我姥爷就是你给害的。你看，你得了我姥爷的爵份，得了他的田，又得了他的宅基地。

不知内情的人听起来句句在理。此时的父亲结里结巴不能为自己辩驳一句完整的话。情况太突然，面对这样的情况，他也不知怎么来为自己唱诉。

他靠在门边，站不起来，坐不下去，一时间，老泪纵横。

后来，横下心，唱了起来：

你姥爷从前是旧世间

现在是文明法治社会　法当先

说我杀人你要讲证据

不是由你胡乱编

杀我可以　法不容

杀人一定要偿还……

父亲激越的唱调，让黄英打了个激灵，特别是你也要偿命！"偿命"两个字像一把匕首，狠狠地捅向了黄英。他使劲地摇了摇头，不由收起刀，放低声音说：那也好办，给三百元，我们一笔勾销。

父亲盯着这个威猛的黄英，目光不聚，飘摇涣散。这小孩从小到大都生活在鄙视里，好不容易能撑开肠子了，成了这副德行。他这样一想，心里反倒涌起了怜悯。

三百元在当时也不是小数字，勤劳的父亲此时段手里有点儿结余。钱能摆平的事情，不算事情。于是，拿钱。

黄英见到钱一把抢过来，随脚踢了父亲腿一下，刚好踢在父亲的疼处。父亲疼得老泪未干，新泪又连。

钱装在一个信封里，黄英打开信封检查确认。他看到了父亲表叔许多年前写来的那封信，脸色不由大变，"扑通"一声向父亲跪了下去，连喊：对不起，我该死，这我亲爹，你我亲爹……他把钱扔还给父亲，羞愧而逃。

一封信带来了神奇的反转，更为奇特的是，父亲的坏腿被黄英踢了一下，居然好转了。

老狐狸说，天看见了，都不忍心，亲自出手把坏事变成了好事。

父亲腿疾好后，还有一个最显著的特征，就是他的 O 型腿越发突出。他扛着铁锹，四下里去看水。你从远远的地方看过去，一个人走在波光粼粼的塘边，不像在行走，像在滚动着自身做成的圆环。直到有一天，这个圆环滚进了水里，再也没有站起来，而是被荡漾的清波给举了上来。

从童年出发

　　我的童年和青少年时光都是在农村度过。蓝天白云下，无边无际的油菜花田和绵绵稻浪是我成长的背景墙。

　　童年专职放鹅，偶尔放牛。对父母安排的活计，我顺从又喜欢。鹅高雅又老实，它们不会像鸭子不明所以地到处乱跑，有时为了抓小鱼，有时只是为了追逐雨点，一直跑，一直跑，直到把自己跑丢了，害得放鸭的小孩子哭着喊着到处找它们。

　　农村有一句话讲，放鸭哭瞎眼，放鹅坐驼背。能坐好啊，可以做作业看书，特别对我这个喜欢冥想的孩子来说，真是天赐良机。夏天暴雨过后，地平线出现隐约的山影，逶迤在高岗之上。在想象力的驱使之下，我甚至能看到云朵里的神仙和山中的仙子拉着手飘飞的样子。可没有人支持我的想法，我很孤独，就到处问人，把人问到无语的程度，自己也就不好意思了。母亲就说，你都上学了，可以问老师啊，还有书本呢。

　　为了寻找答案，就这样，我的阅读开始了。

　　大自然不着一字，是无字之师，更是我一生的恩师。老师和书本确实掌握着智慧的钥匙。阅读为我打开了一扇扇了解大自然、了解人类文明和历史演变的窗子。知识也从此改变了我的命运和生活轨迹。我曾经一度在村子踱着学富五车的步子，最后，像一个手握秘器的游侠，对着田野的庄稼和在田埂吃草的老牛，笑眯眯地宣布了自己的秘密决定：再见了，你们！

逃离乡村，可以说是我们这代农村孩子的人生理想，我也不例外。可故乡又是一个大磁场，不论你走多么远，到了一定的年龄，隔了一定的时间距离，你会受到这种引力的牵引，把你又吸附回她的身旁。离乡五年后，我走到了这个时间点上。童年记忆，以父母耕作和田野万物为代表的标志事物，常常拉扯着自己的思想。特别在受到委屈的时候，就想回到母亲身边，什么都不要说，只要看到她们，像是机器人遇到他的充电桩。母体本伟大啊，靠近她的你，很快就能恢复造血功能，再次出发，保证又是一个全新的自己。后来，书籍也充当着母本的角色，发挥着故乡的作用，在净化、深化、纯化着自己。

当然，至今我还是那个白日做梦者。天上的仙子、地下的地精到底怎么样了？怎么离家越远，远去的事物会越清晰？怎么越珍爱低处的生命，越会感到离天越近？当时，阅读没有通过实践变成阅历，生活中遇到的各种个性化的问题得不到致用之学来解答。田园牧歌，梦里梦外，乡愁浓厚。日有所思，夜有所梦，有一天，半夜做梦写文章，清醒后整理成《听夜》，一梦而成的第一篇文章，发表在 2000 年的某期《寿州报》上。

为了排解乡愁以及类似的倾诉需要，我开始了写作。

人的脚踪总会把身体带到一个个未知的领域，随着活动半径的扩大，外延不停地伸展，那个待得时间长的地方又被你昵称为第二、第三故乡，直至被拓展到地球村、太阳系、银河系、河外星系……这是阅读和阅历给我们带来的境界。由小而大，可小可大，以小见大，为故乡抒写，就变成了无限可能。当然，这只是我的想法。现实情况是，我的阅读和写作还是属于散漫和即兴式的，主题仍然围绕着自己喜欢和关注的东西，总体还是和童年的兴致相关。只是故乡范围大了些，从寿县最南端鸡鸣三县闻的故乡小村，到居住和工作二十多年的八公山和古城。

作家庆山说："我是一个笃信思想与文字力量的人。我曾经写过一个短篇小说，里面讲到精神的脱氧核糖核酸（DNA）传播。通过写作与阅读，人类精神便生生不息，就像生物的DNA一样传播下去。这可能是写作者天然的信仰。正因为相信这个，才会有动力一直读写下去。"

对此，我深有体会。靠阅读蓄养精神的DNA，在阅读里寻找精神世界的亲人。"你要相信在世界的某个地方，一定存在着与你灵魂相契的人，找到他，并与他相认。"我遇到了许多作家、诗人、哲学家和宗教。他们是老子、孔子、泰戈尔、高尔基、安徒生、莎士比亚、玛格丽特·米切尔、艾米丽·勃朗特、曹雪芹、鲁迅、路遥、木心、苏童、余华、张炜、刘亮程……他们仿佛就是自己的亲人，穿行在不同地域，在不同时间点，在不同的空间亮起自己的灯盏，为迷失的人指路，为平凡的人立传，为身处的时代书写。书中的人物和流露的思想，经过时光的淘洗，至今熠熠生辉，激励人心。长此以往，我靠着这些精神的滋养，培育出独立的心性，从自己的精神血液里隐约可见这些人的 DNA。身之发肤，受之父母。精神遗传，受之书籍。对儿时就知道的"教师是人类灵魂的工程师"有了醍醐灌顶般的理解。所以，在这里，向所有伟大的灵魂及其培养传承者致敬！

有人说"苦于读书，乐于作文"，对我而言，恰恰相反。阅读是我将"独与天地精神之往来"具体化为某个作者，带着自己的眼睛逡巡众里，任凭各色人物天马行空的方法。许多时候，自己的思想就成了别人的走马场。读书不苦，会让收获甚微。这样一来，作起文来，就是一件苦差事。虽然对写作怀有虔诚的想法，但至今仍处于即兴散漫状态。如果说，我们人生就是为了赴一场诗意的约定，这种率性而为、兴之所至的读写，就是我一直在寻找的科学方法论。我可以不会写诗，但我要学会体会诗意的生活。

阿德勒说过：幸运的人，一生都被童年治愈；不幸的人，一生都在治愈童年。我感谢父母给了我幸福的童年，让我至今还保有着一颗童心。我感谢书籍一直以来的涵养，在经过世俗的尘埃荡涤，我还有赤子情怀，可以带着理想和信仰，踏过崎岖的山路和广袤的沙丘返程。

感谢书籍，感谢盛装书籍的图书馆，让我们可以经常到这里来给精神洗洗澡。

愿你行走一生，可以带着童年的幻想和初心返程，归来还是当初的那个少年。

愿你一生过着"吹灭读书灯，一身都是月"的诗意生活。

谁的星星

睡不着的时候，路灯比月光明亮，灯光透过窗纱，模拟着清冷的月光，模拟着母亲的手，一遍遍抚摸着自己。

小区特别安静，猫猫狗狗沉睡入梦。我知道，我醒着，狗小白它是不会睡的。它知道人的举动，在人间过了几年，它懂得人给它立的规矩，不到万不得已，它在夜里可以做到缄口不言。

闭着眼睛，心意驰骋于天空和旷野。

奇妙的事情，总能发生在一个人闭上眼睛的时候，世界以其极大的丰富多彩夺取了我们的注目。闭上眼睛，打开心眼，浩瀚完美的星空呈现在眼前。

星星们都在干什么？想象着星空八十八个星座图，把它们搬出来，按照星空图的坐标位置，以北斗为坐标，跨越银河，找猎户，找天琴，找双子……

想着这些星星，孤悬天宇，静默无言，在自己的轨道运转，闪闪发光。闪烁的恒星，离地球以光年计，宝石般镶在天幕的星星。它们是怎么做到的？来源于一次偶然爆炸吗？像茫茫人海的一次相逢碰撞？思考这些，心潮会澎湃，真想肋下生翅，飞上去，去看个究竟，问个究竟。

看它们的时候，眼前不由呈现出凡·高著名的油画《星空》。旋转的星星，看似抽象的表达，却有着实景的呈现。天远地阔，一个人仰望星空，浩瀚无垠，灿烂无比。

天启只给清心者。

凡·高无疑就是。他极度敏感忧郁，带着精神分裂的气质，大家都说他是疯子。与高更交往不多久，发生了龃龉。二人分开，高更上了小岛，凡·高挥刀割耳，后自杀，燃烧尽生命最后的热情。凡·高一辈子穷困潦倒，身后声名大噪。

《星空》成为凡·高极其著名的代表作之一：星群沸腾，小山和村落静卧。整幅画作色彩冷暗，以火焰式的视觉效果，触发人们一直以来对夜晚天空和星星的幻想。尖塔高高，像一枚定海神针，给周边世界带来了安稳，这种安稳正是他缺少而又一直在寻找的。

谁也不知道，这样性格气质的他，曾经无数次无眠，独坐星空下，看星星，听星星讲话，或者对着星星说话。越是身处人群越是让人孤独啊，也许一个人独处才是自己内心最丰盈的时刻。他内心热烈，他的画作《向日葵》足以印证一个朝着太阳迎接光照火热的内心世界。他的世界清澈，调色微冷的《杏花》，呈现着一个怎样安静的世界啊。那一年的杏花春雨，洒向富人，洒向高尚者，洒向乞丐，也洒向这个暂时精神愉悦的疯子。

诗意的烟火

一个纯粹的疯子世界超过一个八面玲珑伪君子精彩的表演。艺术是纯粹的，人性是复杂的。生前无人问津，身后的天价画作，等等这些，凡·高生前不理，身后就更不用去理了。

看过他的画，读过关于他的书后，我竟久久为之动容。

矗立尖塔，星空很近。李白诗说：危楼高百尺，手可摘星辰。不敢高声语，恐惊天上人。何等的敬畏，才涌出这样的美辞，流传至今？

都说艺术触类旁通。从尖塔到高楼，不同时空的诗人和画家会在某个点上相逢。这个被擦亮的点，会成为文明的星星，以不朽之明灯的样式流芳百世。

这样的星星很多，人类的星空因此灿烂。

星空在旋转，无垠浩渺的银河系，河外星系……

你数星星吧：一闪一闪亮晶晶，满天都是小星星，挂在天上放光明，好像许多小眼睛……后来，变成了母亲在摇篮边的吟唱，她的手一直在拍着你，一直把你拍进梦乡。

燃灯与造屋

　　《西游记》是一部久播不厌的电视连续剧，它改编自吴承恩的同名小说。这部剧架起了联系我父亲、我、我儿子三代人的桥梁，是我们共同的记忆。我们对剧中的许多故事情节和人物熟稔于心，听剧中声音就能准确地判断唐僧师徒走到了哪座山哪个洞，遇到了哪个妖。除一路斩魔降妖，师兄弟几个打打闹闹，给我们带来了无穷的乐趣，也带来了许多思考。八戒呆憨懒惰，他一出来，我的父亲就乐得合不拢嘴，把劳作的苦累忘得一干二净。我儿子最神往一个跟斗十万八千里的孙悟空。当我面对生活压力时，经常会想到忍辱负重的沙和尚，他是我学习的榜样。

　　像《西游记》这样的作品，经过了时光的淘洗，流传不息，终成经典。它们属于每一个时代，每一代人。它们集聚着古今中外贤人志士的智慧，是照亮漫长人类文明史、发展史的灯盏。作家铁凝这样说：文学是灯，或许它的光亮并不耀眼，但即使灯光如豆，若能照亮人心，照亮思想的表情，它就永远具备着打不倒的价值，而人心的诸多幽暗之处，是需要文学去点亮的。所以，亲爱的孩子们，在你们最好的年华，应该多读一些好书。读书就是与智者交谈，他们思想的亮光通过文字表达呈现，必定会照彻我们的昏昧，改变我们的性情，塑造我们的品格，锤炼我们的能力。

你们成长的年代与我们成长的年代有了很大的变化，你们接受知识的方式除了书本之外，渠道更多，同时，丰富的物质生活让你受到的诱惑更多。我想说，哪一代人都有自身需要正视克服的困难，但读书是正途，先哲掌握着解决难题的秘器，他们也是通过学习并探索才得到的。所以，在你们求学的最好年华，还是要以书为本，以大自然为师，学习先贤并向其致敬，少碰手机，只利用手机越来越强大的功能来学习，不要让手机牵着你的鼻子走。孩子你可能要问，关于读书，有没有"克敌制胜"的法宝？让我告诉你，就从今天做起，列出书单，制订读书计划，除了完成每日的学校作业，坚持每日读书，坚持下去，必有效果。

我们读书下了功夫，自然作文就不在话下，文章就会丰满有物。在读书之余，到大自然中去，踏落花，听松涛，感受山中的四季风物，体验生命的喜乐变迁。这种体验，也是你未来写作的不尽源泉。还记得电影《无问西东》里的一个场景吗？在临时搭建的屋子里，西南联大的学生在上课，雨水敲打在铁皮屋顶上，淹没了教授的声音。于是老教授在黑板上写下四个字："静坐听雨"，让同学们和他一起享受天人合一之境。

欣喜地读着《山花》上你们的文字，虽然稚嫩，却闪耀着独属于你们的青春朝晖。坚持下去！别嫌八公山这个园亭狭小，也别嫌自己举步蹒跚。"苔花如米小，也学牡丹开"，说不定，你们以后就能成为作家、画家、科学家等，用你们的学问营建起精神家园，建造起智慧之屋，用你们的学识做时代的燃灯人，照亮后来者。想用第八届鲁迅文学奖报告文学奖得主丁晓平这段话，与同学们共勉：就做一个热爱文学、热爱历史的人吧！眼睛里没有黑暗，嘴巴里没有谎言。面对生活，满怀诗意，披荆斩棘；面对人生，向善向美，所向披靡。人在旅途，成长总不易，你现在的努力，都是在为你的将来找机会。

山生明月（外一篇）

庆山叫安妮宝贝的时候，曾经年收入位居全国作家富豪榜的前三，依靠写作实现了经济自主独立。人们看到畅销书作家蜂拥而至的名利，给她写信，也想当作家。安妮说，她很少鼓励他人写作。极度自律，三餐不保，身体里奔腾着的千军万马般的念头在不停地撕扯，在电脑前一坐就是一天或者一夜，也许一个字都写不出来，就是写出来了，到了读者面前，还得不停折腾，磨碎心肝。这是一位真实诚恳的作家。

等她改笔名庆山，我才真正喜欢上她。读了两部她的小说《春宴》和《夏摩山谷》，讶异一众。市面上的许多作家为博取名利声望，在为名利情爱书写。此刻的庆山转身没入群山，不理尘世纷扰，带着她的人物向大地深处、天蓝深处走去。

2021年，她出版新书《一切境》。她在自序中，再一次提到：写作者在散文表达中通常一览无余。他所有的生命体验都在敞开，展示出内外，与一切读者分享。不管他在多远，是从未见过面的陌生人或任何人。在文字中，彼此的心流相融。这也是失去自我重要感的一种训练方式。把一切存在体验消融于大众之中，如同盐粒溶解于茫茫大海。

她有自己的读者群，2019 年读她的《夏摩山谷》后，在网上也读到一些读者们的读后感，大都是对她的肯定，言之凿凿，心领神会，惺惺相惜。读者们看到自己喜爱的作家过着清醒的写作生活，思想正在逐步成熟起来，欣喜不已，仿佛与成长的自己接上了头。包括我在内。

她谈写作和阅读：发自内心地写作和阅读，是持续地写出和阅读一封长信。写作者不怀有任何秘密，他所有的秘密最终会成为阅读者的体验，把生命敞开与他人共享，在他人的心识中实现一种"不死"。她谈爱情：真正好的关系，是让彼此得到自由、互相成就。人若能遇见一个明月一般的爱人，心先成为一面澄湖。说到道德：不是独占，而是不剥削他人。但在某些男女关系上，已无欢愉可言。彼此剥削金钱与肉体。说到母爱：真正的母爱都夹杂着疲惫、愧疚、悲伤、艰辛、愤怒、孤独感等各种情绪。说到中年危机：大概是发现自己与变化的社会价值观慢慢拉开距离。说到神秘主义者：是深感人生与物质世界受限因此愿意去探索的人们。

无疑，庆山是一位听道者、修道者，她在长期静修中，弃绝肉身多余妄想、世俗追打，逐渐领悟出，人在变老的过程中，灵魂与肉身逐渐拉开距离，灵魂是有恒久的光亮和能量，灵魂需要形成更高级的密度和强度，才能平衡与世间一切的交会。看看她笔下的小说人物，经过了情爱的捶打、悲苦的际遇，在人生特定的交会点上，有觉知地醒来，有新生的样子。他们出离尘世，悲辛不能打扰，人物脸上有着莲花的清净馨香和柔美。这种美，她也有，是一种属于布道者的豁达通透。她提倡得道者要述要著，启发后来者。对于有没有读者和知音，她从不担心。许多人追求一次元的物质欲望满足，终其一生不亦乐乎。哪有闲心，低头看看小草的芽尖怎么就会一夜之间钻出土地？走遍千山，天蓝深处群星闪烁？会心的读者，读到了，心中一会，那就够了。可以说是生命的另一种传承，思想的接力棒交出去了。这是我对她的理解。

读书、写作、旅行、育儿、交友、日常，都按自己的方式来，不逢迎，不讨好，不自高，常慈悲，如一朵莲花，卓立于浊世，孤美于悬崖。对她所说：没有比净化心灵、忏悔、思考反省、训练自心、面对生死更重要的事情了。深以为然。或许因为我是会心读者中的一位，面对如是生命之命题，走过看山是山、看山不是山再到了看山是山的年龄段了。抬头看见山中明月，心内不惊，只生欢喜。

一次旅行

从《莲花》《春宴》《夏摩山谷》，三本小说读下来，你发现这个作家不一样了。她笔下的人物，从颓废阴郁、痴缠情爱格调走出来，灵魂插上翅膀，带着人整个飞腾起来。坐过飞机的人都知道，翱翔蓝天，俯瞰大地，没有群山阻挡，没有云雾遮眼，一切了然眼前。于人见识格局说，也是如此。一如看桌腿的眼睛，由于角度不同，高度不同，突然，就看到了远方的风景。我读庆山的小说就是这般感受，主人翁在人间摸爬滚打，结果不是灰头土脸，而是凤凰涅槃，出落清灵。打个比方，世界是泥潭，她长出了荷花的生命。走过的路，吃过的苦，都成了营养，成就了安妮宝贝，摇身一变为庆山。

小说家写散文或者随笔，可以称为闲笔。写小说是大工程，即使短篇，也耗费心血。就我个人体会，或因自己天资平庸吧，在几千字的篇幅中，人物、细节、冲突、设计情节，到最后，发现设计情节中的人物自顾自走了。情节变成了陷阱，自己被弄了进去。自讨苦吃，寝食难安。心有千万结，不知如何述。能把一碗水变成满汉全席，能从寻常生活提炼出生命精髓，让一人脱颖而出，来替万人代言，许多中外著名作家具备这种能力。我读庆山的小说，也有此感受。小说家是干大工程的人，小说家的散文和随笔就是她的小项目。当然，写好哪一种文体都不容易。

庆山写作的基本节奏是一本小说，一本散文随笔。随笔记下写小说、过日子、跑步、旅行、问道时的心情和见闻。如果说，写小说时，作家可以藏进书里。写随笔就不行，写这种文体，作家是坦诚的，她的父母、弟弟、女儿恩养，以及走过的每一座城市、爬过的雪山，均在文字有所呈现。这里，最能读到作家本人，她是清澈通透的，是悲悯温慈的，又远避热闹的人群。随笔最易见她的观点。人生在世，如果遇到一个持相同观点的人，不论她是谁，不论她的远近，也算天赐知音。作家成长了，读者只是变老，不懂书中精义，有点儿可悲啊。

《一切境》最能引起共鸣，以及启发。不是溪流的响声而是深渊的呼应。作家作品生产出来了，投入人海，肯定要看反响，是惊雷，还是细雨，观人潮翻涌的浪花可见。她在微博收到了许多反馈，一些读者因为她闪闪发光的智慧，就将自己遇到的各种疑难杂症问询庆山，庆山不敷衍，以己推人，推心置腹，一一解答，帮助自己的读者渡过难关，走出幽谷。同时庆山说：读者同时在给予她发展心力的源泉，使她认识到人生更为广阔和深沉的痛苦，认识到生命和生活全局性、整体性，以及彼此的一体无差别，和人与人之间应该具有的平等心与仁爱……多么美好的互动！

《一次旅行》是庆山最新的随笔选集，是她一贯清醒消散的笔调，多是周游东南亚以及日本的一些见闻。2019 年，庆山出版发行了《夏摩山谷》，其间，她进行了一次从香格里拉到拉萨的环线旅行。篇名就叫《一次旅行》，拍了大量的照片，庆山爱好摄影，视角别致，总能看到常人看不到的东西。环线旅行，在西南藏域，大地广袤，山泉清澈，大片正在消融的蓝色冰川，万物美到令人窒息，于内心而言，是一次精神的朝圣之旅。在书中，可体会到一句话的真谛：读万卷书不如行万里路。难怪庆山可以如此这般源源不断高质量高能量地输出。

从前读书多为了消遣，现在也有目的性地读点儿书，有时为写作，有时为找亮光，多半还是为精神愉悦。人生是逆旅，不能重来。读书若逆旅遇故知。一个人的经历太单薄，读书可弥补。把读书当旅行，打开一本书，开始一段旅程，一直在路上，不同的路上。权当对苦短人生的另一种补偿。

素白时光温暖字

按我母亲的话说，小孩子吃哪碗饭是已定的，既然是已定的，凡事不必太认真了，反正一个草棒顶一颗露水珠子，能生出来就能活下去。这看似乐观的论调纵容着父母消极逃避，但终究难以摆脱为儿女操心的宿命。我不是个按照指定线路走的孩子，人家的闺女一顺百顺指哪打哪，他们的闺女凡事先理论一番，然后按照自己的想法来。父亲最大的理想是希望我初中毕业，从师学习无线电修理技术，可在集头摆个摊位修理无线电营生，也好免去劳作的辛苦。那个时代，升学难，对农村娃来说更是难上加难。可他们的闺女宣告，不走寻常路就是要考大学。年迈的父母终是疼爱老闺女，在她构筑理想国的强大愿景中，父母妥协了，任着自己的想法泡汤。

我也自此误信，我就是和别人不一样的人，至于这种不一样我自己也说不清，世界看重的东西，在我这里不值一钱，而我紧护在心的，别人会嗤之以鼻。和年迈父母一起生活的岁月里，我用笔把他们躬耕农亩和田园万物刻在心版上，以及翩跹惊鸿一出又一出的黄粱美梦，在用文字构建的理想国里，清风溪流花开蝶飞，王子有威仪，威仪下盛满蜜意，最妙的是对尚远的未来天堂般的描画。真喜欢字字相遇出现的奇迹，喜欢词汇相逢出现的语境，为了搜罗字句，强大的记忆都给了课本以及课外书籍。现在想想，当时心气高傲，眼睛长在头顶上，可见对自己误会多深，读书庞杂潦草不够精细，消化吸收有问题，吸取有用元素太少，字句再空灵鲜美也要落脚在现实的土壤里，表达不出鲜活的思想，终迎来枯死的命运。这些最初思想和动态被我写进了《十七岁太阳》诗集中，当时我以为自己有一天会因此诗集永垂不朽的。高中毕业后，回乡没事时四处溜达，意外看见我的诗页躺在了邻居家的茅坑里，气得两眼喷火，高呼对牛弹琴、曲高和寡。明珠投粪坑的现实，如当头一棒，好一阵子，孤独四望，夜寂黑沉，深情无表。

　　对自己的误解加深着，济世济人的梦接着做。工作以后，贼心不死，依然坚持搬砖摞瓦，畅建理想国，拟把我所爱的人和事物都挪进去住。在《散文诗》上发表第一篇文章后，更误认了自己有戏可唱，门路打开，投稿纷纷，身边的报纸也投投试试吧，没想到一投即中，《寿州报》上刊出《听夜》的标题赫然惊艳，从此便与《寿州报》结下深缘，它当仁不让成为养育我文字的母壤。如今想来济世救人的梦太大太大，大到自己寻不见前世来生，而在字字组合的浅短岁月里，于无声处见云卷云舒，黑寂暗夜涌现亮光。一如木心先生所说，作家是一字一字救自己，书法家是一笔一笔救自己，受益者常常因文面带荣光，心花怒放。常被人夸赞为才女，所写屡见《寿州报》，言下小刊小报不值一提。个中滋味尽得的我对许多人深铭在心，因为在我理想国里，众师友给过我人间没有的温暖，他们用这些散发微茫热气的文字，堵住了世间薄凉，让我可以偏安一隅，接着做梦构想。

然而，令人难堪的谜底终于抖搂出来，世俗洪流强大，结婚生子、吃喝拉撒、人情过往、生活压力等逐渐取缔梦想登诸我报首页。无数个睡不着的夜晚把自己解剖明白，没有李白、杜甫、曹雪芹的时代和天赋，也没有路遥用生命写作的勇力，手心所握着的表达不出发展变化中的社会万象和沉落在繁华浮生里的市井百态，小到连父母可怜的愿望都无法满足。一切的一切都从何谈起啊？面对这些来自内心的拷问，思想逐渐明朗清晰，一切等落地生根再说。再回看这些年对文字的经营，早就雷声大雨点小，虽有师友鼓励，勤力已怠，纵横看都是一片荒园，这境地情同越来越尴尬的传统纸媒。于是，在与《寿州报》相识二十年的今天，对自己进行整盘梳理，也为自己辩白似的来替《寿州报》说声，不容易啊，一百三十多万的民众有几人真心关注它的荣枯兴衰，它在或者不在，又怎么样呢？今日国人多是电脑控、手机控，一网相连，手指摇动，各样信息方便快捷，一点即来，谁还会看报读书呢？而令人高兴的是，《寿州报》也顺应形势推出了电子版，满足了不同层次读者的需要。这算是我们不约而同的新悟吧。

鲁迅弃医从文欲唤醒国人，他的理想国终建在 1936 年，世间留下了他呐喊的文字，读之，从疼痛到麻木，至今日的不知所云。而我了悟后，只想在属于自己的时代，在寿州这片土地上做一个勤勉农夫播种经营，心随风物，播散小暖小爱，做回听话的女儿，满足父母小小的心愿，在父母需要我的时候及时出现。文在流年风在家，文字是我与世界交往的方式，是父母安置在闺女草头上的露水珠子，我不期露水珠子变成钻石，就是真实的一滴水，回报滋润母壤的一滴水。

留一片精神的白

与菪约定了。

一个人要有契约精神的，特别是我这个道貌岸然的人，更要引为重视。

对于写作，我是有想法的，但不系统，走着走着容易跑偏。

对于阅读，我是挑食的，对不喜欢的，味同嚼蜡，索性不看，宁可发呆。

海日生残夜，江春入旧年。

站在一岁一岁的路口，数着过来过去的行人，丢了许多人，遇到了许多人。一些面孔早已模糊，记忆已被新的事物刷新，却又固执，前浪这种老事物会去而又返。

终将逝去，我知道。

站在岁末，为什么会盘点自己的写作？大约还是因为这是我生命中比较重要的事情吧，如菪所说，都搞了一辈子。当然是一辈子，对于早夭的人，都活过几辈子了。一个爱好陪你走过童年、中青年，犹如有个人陪你走过岁岁年年，由不得你不珍视、不重视、不去爱，如果不这样，也就不要谈文学了。一个作家所必备的情怀，就是悲天悯人。连身边的事物都不爱的人，却亮爱国爱人类的高言大志似乎有点儿不妥。

所以，对于这个重要的事情，应该有个态度。应该就是坚持，如上所表。

近几年，一直会读书，都如过眼云烟，仔细一想，好像什么都没有读。从哪里得来，又还到哪里去了。记得一个故事：就是竹篮打水。读书不得，就像竹篮打水。但，每天把自己思想的竹篮放水中淘洗一番，即使淘不到几滴水，一年下来，起码竹篮是干净清洁的。本着这个初衷，我把读书当洗澡。取澡雪的名字，意在虚静无为，自在沐雪，留一片精神的白。

除了读书，还浅涉水墨。至今不解笔法，云遮雾照，一头雾水。但就是觉着好，可不知达到这个好，要如何入手。眼界不低，这手却如稚童的手，不听使唤。可就这个好，它在精神世界里，若即若离，让人欲罢不能。

时间不够用，我成功到发这个感慨的年龄了。我的母亲为我蹚过衰老和死亡，我的所有喜悦收获和感想再也不能跟她分享。我没有一天不想她，我把她对我的想念，一天天归还给她。

我天天揶揄一些人，同情一些人，揶揄的时候，自然就抢占一个制高点，睥睨着，这些世面人，都差不多，满足于第一层次的需要，吃喝玩乐，沉溺其中，根本不知第二境界和第三境界是怎样的妙境。寒淡！过分追逐低等需求，对人体是一种消耗。另两种则能产能蓄能，到关键时刻还能赋能。为自己有这个见识，与多人不能共识，常常为之难过。殊不知，这个制高点是抢占的，自己的见识短了又少，不过是打肿脸充胖子，哪有说教别人的资格呢？站在二楼看一楼，常常一不小心，滑跌下去，与寒淡的人一起推杯换盏，早就忘了被睥睨者变成了自己。

庸人常自扰。

许多时代过去了，许多人都这样来了，又走了。这是自然规律，我们这个时代的人也不能幸免。这人就像地里的庄稼，春荣秋收，一批批一茬茬，呱呱坠地到耄耋而至，庄稼熟了，等候收割的人。人也是，如飞而来，如飞而去。

既然这么虚空，还要计划打算吗？人生有限，灵魂有锚。跳到半空，俯瞰一回，身体力行肯定不行，但精神就能，理想、梦想都有翅膀，带着人飞腾。读书、写作、音乐等爱好自带生命力，可以为你助力，肋下生出双翼，跨越时空，与先贤相遇。因为，精神可以传承，精神永不寂灭。

总得留一片精神的白，把你熬炼的精神小火传递下去。

跋：山水赋

黄丹丹 ①

　　她写作、写字、作画、唱歌，养萌宠、腌小菜，节假日亲山近水，偶尔把酒言欢。她在人群里唱《欢乐颂》，在私人空间里苦思冥想。众人都喜她活泼的灿然，我却从她的文字里与多年的相处中窥见她不轻言放弃的执着与坚守初心的孤独。

　　我可能是她第二本散文集《诗意的烟火》最早的读者。我见证了一篇篇四处开花的小文，被她采撷盛于花篮里呈现一派蓬勃的野趣，经艰辛拣选、精心修剪后被制成插花，再颇具匠心地打破"精致"，让它们或孤子或疏离或绚烂或团簇，如缀

---

　　① 黄丹丹，中国作家协会会员，安徽省作协理事，安徽省文学院第六、第七届签约作家，安徽省优秀青年文艺工作者"551"培养人选，鲁迅文学院第46届高研班学员。发表小说、散文、诗歌等数百万字，作品多次被权威文学选刊转载或收入年度选本。出版小说集《孤城》《别说你爱我》、散文集《应知不染心》《一脉花香》等。有小说改编成影视作品，曾获全国散文原创大赛一等奖、《美文》最受读者喜爱的中篇散文奖和《小说选刊》最受读者喜爱的小说家奖等多种文学奖项，现任寿县文学艺术院院长、寿县作协主席。

于山水画卷中的一些小景，充满意趣而不失真味。"诗意的，烟火"——我面对手边的打印稿与电脑中的电子文档，以吟诵之腔诵出这五个字的书名，脑海里呈现的是她——这本散文集的作者李振秀，捧着它——《诗意的烟火》，静坐在八公山松林一块山石上，沐于山风中，读书的背影。

多年前，我们因文字结识、相伴、相知。而实际上，人与人又怎能真正地相知呢？我们自以为的对他人的"知"多建立在自己的认知谱系，以己之心去推断、去臆想、去解读他人之意，这种"知"难保不附带可疑的"伪"。庆幸的是，这一年多来，我在见证《诗意的烟火》从念到果的过程中，在细致阅读她的过程中，我想到一句被泛滥引用的句子："因为懂得所以慈悲"。她对万物的慈悲，藏在对她所游历河山的描绘，藏在她对日常生活的描摹，藏在她对生命所遇之人的刻画中。那些慈悲里，有她作为女性作家天然的细腻，又有几分充满童趣的好奇，那是她始终保有的"少女心"的裸露。

我书房里，有她所赠的两幅山水画。两幅画，所作的时间间隔为三年。一幅是她学画之初最早装裱的成画，第二幅是她近期入选画展的画作。那两幅画中，山皆不陡峭，且两画中皆有人影。疏淡的水墨间，人影隐然入画。我喜欢这样的画。"山不在高，有仙则名"——她曾在寿县八公山工作多年，八公山乃西汉淮南王刘安召集三千门客编撰《淮南子》的中国文化名山，《淮南子》第一次完整地记录了二十四节气。两千多年前，刘安在八公山修仙炼丹，发明了闻名于世的中华美食豆腐，留下"一人得道，鸡犬升天"的成语传用至今。除此以外，八公山在中国公共语汇中，还有，"八公山下，草木皆兵""风声鹤唳"等成语，至今仍被频繁使用。背依着这样一座文化名山，她的性情乃至文学艺术之审美皆有那座山的投影——不高峭不奇崛，却丰富灵动。八公山有泉，曰珍珠泉，珍珠泉水涌流状若珍珠串链，绵延不断。读她文章，你能发现，她的语言具有饱和清澈的流动性，能展现出生活本身的自然气息——这些，不正是八公山之神韵吗？多年来，她对文学忠诚守望，对写作充满敬畏。这种执着的精神，亦如珍珠泉水般不涸不断。于是，在她出版散文集《八公仙踪》八年后，这部更为丰富的《诗意的烟火》即将付梓。

　　作为与她在文学之路上一路相伴的朋友，遵她所嘱，写下这篇"跋文"。时为阳历 2025 年 1 月 10 日，我和她一路相伴，在飞驰而行的高铁上，由白山黑水的黑龙江牡丹江林口县去往哈尔滨搭乘飞往合肥的航班，完成一场遥远的出差之旅，返回家乡。在出行前，我便立意，要于此行完成此稿。此刻，车窗外是一派皑皑雪景，我在与她相隔三个车厢的座位上，望着从窗口一晃而逝的景物，想到她和我，乃至更多普通写作者的写作意义，其实，都是为了让生命中这些稍纵即逝的事物可以更真实而长久地存留。在浩渺的宇宙里，生而为人是多么偶然，如果说生命是一场虚无，那么，每一笔真情的记录都是让虚无显影的意义。

　　是为跋。

2025 年 1 月 10 日定稿于黑龙江省

林口南至哈尔滨的 G940 上

后记：好戏都在烟火里

从一个小女孩变成中年妇女，不用许多年。

时光很不经用。过往的日子鸡零狗碎，有时若无其事，有时装模作样，但不论什么状态，最骗不了的是你自己。因为每一天每一分每一秒，你都与自己在一起，你与青春的自己，你与流逝的自己，你与欢乐的自己，你与痛哭的自己，哪一种状态的自己，都是你自己，你拥有着自己，孤独又热情。

做出此番感叹，也不止一回。我是个爱感慨的人，藏不住什么情绪，藏不住笑容和泪水。我这样过着自己的日子，一边烟火养育肉身，一边清风涵养心灵。从鸡鸣三县闻的家乡小村，到蓄圣表仙的八公山，再到居家过日子的寿州古城，一路走来，是一个农民女儿的成长史，也是大地上我这种作物的发展史。

从前，我不喜欢人家说我腿上的泥巴还没有洗干净，我认为这是对我的一种羞辱。在经过岁月的揉搓后，我欣然接受并珍爱自己身上的泥巴，那是故乡的味道，父亲的味道，是我的根脉，是我所有情绪的出发点和归宿地，是我为人为文的压舱石。

清晨的朝露，一点一滴，在青草之上，在作物之上，在高大的杨树之上，洒在我的童年里。我多么喜欢它们，特别是杨树。杨树长着心形的叶，风来了，小叶子欢呼鼓掌，齐声颂扬，心心相印。雨来了，小叶子双双击掌，清脆响亮，又丝丝入扣。我宣布它们是乡野的歌唱家。夏日午间，莲叶田田，是水牛的时间，知了的时间。水牛一声不吭，知了叫声烧脑。杨树荫下，太阳撒着金币，活泼跃动的光斑，追着日影。暴雨中，不听话的鸭子追着雨点，把自己弄丢。雨后天晴，出现奇景，海市蜃楼，地平线上现出青山巍峨……这是我人生最初的记忆。

作为家里老幺，在田园牧歌中成长，这些场景写在我生命册的扉页上，是我人生的背景墙。离家之后，或者说从未远离，我该用什么形式报答故土亲人的养育之恩？犹记小学三年级暑假作业上的一篇文章开首：此时，晨星闪烁，残月如钩，柳树低语……这些词句跃进脑海，再也没有溜走，大约这就是最初的文学启蒙吧。我就想以文学的形式描摹农村，如同牙牙学语的孩童，是呼喊妈妈的每一句练习，哪怕词不达意，也是母女情深。

如人们所说：幸运的人，一生都被童年治愈；不幸的人，一生都在治愈童年。我是幸运的人，一路求学，高考改变命运。1994 年 7 月，我从安徽省司法学校民政专业毕业，那时候，毕业还包分配，找到关系可以分配得更好。为了我的工作分配，老父亲弯着 O 型腿，地走加搭车，从老家到寿县来找全家最出息的人脉。最终，我的社会人生在八公山下得以正式开始。

时至今日，你要我用一两句话来概括在八公山下度过的二十多年，怎么可以？情长纸短，我写下第一本书《八公仙踪》都不能尽述，只能算是用有限年日于无尽关系中聊表寸心。我和每一个季节的青山相处，观它春潮涌动，夏云翻滚，秋叶群飞，冬雪灿烂。我和乡村生活的干群朝夕相处，从朝鲜复员老兵递来的一枚热鸡蛋，贫困大妈眼中滚下的热泪，高铁江淮运河修建期间带来的机遇和疼痛。一如福克纳邮票大小的故乡，这个历史与现实交融、梦想与现实碰撞的地方，她在每一个时代，生发的每一种作物，都是中国大地上最生动的实践。在时任乡党委书记金鑫同志的鼓励支持下，我和熊学明兄跑山进村，收罗八公山地域历史掌故、传说故事，经加工创作成《八公仙踪》。真是落笔有悔，山的昨天没有写好，山的今天没有写进，一想起这些，还真应了诗人张枣所言：只要想起一生中后悔的事，梅花便落满了南山。春天的八公山桃李芬芳，花落了，就献出一枚果子。我真希望，我心中的花没有白落，这个蒂，结在心里，有一天再结一果，把属于她的果子还给她，是献给她的初熟果实。

到了一定的年纪我才知道，一生的疆界都是已定的。所以一切都是最好的安排。家里没有背景没有人，没有分配到公检法司民等部门工作。幸亏如此，不然，也遇不到生命中最重要的男子。我们闪婚，青青木李结出一生最大的木瓜——儿子，随着儿子在毛家巷第一声嘹亮放歌，将我正式载进古城烟火。三街六巷七十二拐，我的烟火古城啊，有着摩肩接踵的三月十五物资交流大会，长街短巷藏着各色小吃，大成殿前银杏树下明月倚深秋。幼儿园楼下第一次分别，我放开牵着的小手，看着他挪着小身子蹒跚上楼，正式迈开他的人生第一步。也在落花的街与好朋友树下谈诗，坐而论道，不多年后，人生惜永别……很多郁结，很多事体。当时看不到未来，生活这个出题者也没有即时给出答案，就交给时间，交给来来去去的风。想着谁的黑夜想着谁的容颜，翻翻覆覆孤枕难眠，早已忘记，交给古城的烟火气。就真没有一顿饭解决不了的问题。有一年中秋节零点时分，哀痛被吃喝治愈后，我们一起到宾阳桥上看明月，天晴月圆，怎样的美轮赏赐给了两个年轻人。月华落满一身，一番洗濯，清朗爽洁，宛若重生，便手牵手转回，再入烟火人间。

我喜欢诗人叶慈《走过黄柳园》中的一句：她劝我从容相爱，如叶生枝端；她劝我从容生活，如草生堤堰。所以，就这么容易被搞定。要月亮还是六便士，就在你的选择。我选择文学这轮明月，朗照头顶，指引着我从一万条小路上回到人生大道。悲喜翻篇，肤发生长，楚楚如新。古城，八公山，家乡厚土，父母亲人，如日如月从高天之上照彻下来，我的心还是最初的那块白幕，全盘照收，小心反映。这些有感而发的写作，从故乡出发，集聚八公山和寿州古城，是对故土亲人的缅怀，是对烟火古城的颂赞，记录着个体生活的情感幽思，也是普罗大众的，放在时代里，就是时代的小缩影。若呈现出一丝温暖，一星光亮，一点儿启发，也不属于我，而属于他们，我爱着的浩阔山川以及巴掌大的古城人间。

过了知天命的年龄，我心里还住着一个害羞的小女孩。大约人都有两面性吧，我向阳的一面，阳光热情豁达开朗，我朝月的一面，气质忧郁敏感多疑。我和我常常打架，一个叫嚣决不轻饶，一个哄劝放过他们。我常常面含悯色，哀怜万物，力不能帮贫穷弱小，救助医治无功而返。然后，就想着从尘世烟火里抽身而出，回到故乡，回到她的身旁，那里有一座逃城，住着我亲爱的母亲，她会在傍晚挑旺柴火，熬好一锅粥，等着她的孩子们回家。

　　感谢著名作家、诗人、评论家、编剧李云老师为我文章把脉，写序，为我未来文学创作指引方向。感谢作家黄丹丹为我写跋，一直以来，她是我的益友，更是我的良师，激励我、陪伴我，在这条孤独的文学朝圣路上。感谢书法家凌海涛先生为我的书名题字增彩。感谢我的故乡古城父母亲人以及关心我的朋友，他们是我的远方也是我的诗篇，更是温胃暖心的一碗烟火。